Diogenes Taschenbuch 22451

Frank O'Connor

Meister-erzählungen

Aus dem Englischen und mit einem Nachwort von Elisabeth Schnack

Diogenes

Dieser Band enthält eine Auswahl
aus den als deutsche Erstausgaben bei Diogenes
erschienenen Bänden ›Und freitags Fisch‹ (1958),
›Die lange Straße nach Ummera‹ (1959),
›Geschichten von Frank O'Connor‹ (1967) sowie den
›Gesammelten Erzählungen in 6 Bänden‹ (1977).
Umschlagillustration: Atkinson Grimshaw,
›Liverpool from Wapping‹ (Ausschnitt),
ca. 1875

Veröffentlicht als Diogenes Taschenbuch, 1992

20/93/24/2
ISBN 3 257 22451 6

Inhalt

Die Brautnacht

Die Sonne war untergegangen. Die beiden großen Felsbuckel warfen ihre Schatten über die Bucht, in der die Boote den Strand hinaufgezogen dalagen. Nur aus einer kleinen, weißgetünchten Hütte fiel ein Lichtschimmer.

Ein Boot kam um den Felsvorsprung, und das schwere Eintauchen der Ruder klang wie eines Reihers Flug. Die alte Frau saß auf der niedrigen Steinmauer vor ihrer Hütte.

»Ein einsamer Ort«, sagte ich.

»Ja«, gab sie zu, »ein einsamer Ort. Aber 's ist überall einsam, wenn man keinen hat, für den man sorgen kann.«

»Ihre Leute sind wohl alle fort?« fragte ich.

»Ich hatte immer nur den einen«, antwortete sie, »meinen Sohn.«

Da sie kein Gebet für seine Seele folgen ließ, wußte ich, daß er noch am Leben war.

»Ist er in Amerika?« fragte ich. (Alle jungen Burschen der Umgegend gehen nach Amerika.)

»Nein, er nicht«, antwortete sie still. »Ich hab ihn in der Heilanstalt in Cork. Zwölf Jahre sind's jetzt.«

Ich brauchte nicht zu befürchten, daß ich ihren Gefühlen zu nahe treten könnte. Diesen einsamen Menschen in öden Gegenden liegt es im Blut, daß sie sprechen müssen. Wie die wilden Vögel müssen sie ihren Kummer hinausschreien.

»Gott steh uns bei«, rief ich, »das nenn ich weit genug!«

»Weit genug«, seufzte sie. »Für eine alte Frau zu weit. Einmal kam ein guter Priester her, der brachte mich in seinem Wagen hin, damit ich ihn wiedersehen sollte. Den ganzen weiten Weg kam er, bis hier in diese Einsamkeit, und dann fuhr er mich in die Stadt. So ein Haus hatte ich noch nie gesehen; aber es tat mir wohl, daß der arme Denis gut umsorgt wurde und daß alle ihn gern mochten. Vorher war mir immer das Herz schwer gewesen, weil ich dachte, sie wüßten nicht, was für ein guter Mensch er war, ehe die Krankheit über ihn kam. Er kannte mich, und er begrüßte mich; aber er sprach nicht, bis der Oberaufseher mir sagte, daß der Tee für mich bereitstünde. Da hob der arme Denis den Kopf und sagte: ›Bitte nicht den Toast vergessen! Ohne ihren Toast kann sie nicht sein!‹ Es schien ihn zu erleichtern, und nachher weinte er ein bißchen. Er war immer ein guter Junge gewesen, und er ist's noch. Es sah ihm ähnlich, nach sieben langen Jahren an seine alte Mutter zu denken, und daß sie auch ihren Toast bekam.«

»Gott steh uns bei«, sagte ich; denn ihre Stimme klang hell wie die Stimme der Vögel, die hoch, unendlich hoch über uns durch das farbige Licht eilten, aufs Meer hinaus und zu den letzten Inseln draußen, wo ihre Nester sind.

»Gesegnet sei Sein heiliger Wille«, fuhr die Alte fort. »Was auf uns wartet, können wir nicht beiseite schieben. Damals wohnte eine Lehrerin hier. Miss Regan hieß sie. Sie war ein schönes, großes, fröhliches Mädchen aus der Stadt. Ihr Vater hatte dort ein Geschäft. Die Leute sagten, am Tage, als sie Schullehrerin wurde, hätte sie dreihundert Pfund Bargeld bekommen – 's ist kaum zu glauben, aber alle sagten es, und ich will ihr nichts nachreden – sie war nicht von ihrer Familie verstoßen worden, sondern zog aus freiem Willen und Antrieb hierher, weil sie das Meer und die Berge schön fand. Ja, so war das also, und ich sah sie mit meinen eigenen Augen: tagein, tagaus kam sie den kleinen Fußweg herunter, den Sie selbst eben von der Straße her einschlugen, und dann saß sie da in einem Felswinkel, den Sie von hier aus kaum erkennen können, und ganz windgeschützt. Die Nachbarn wußten nichts mit ihr anzufangen, und sie war ja auch eine Fremde und konnte nur wie in den Büchern sprechen. Also ließen sie sie in Ruhe. Nie schien's ihr leid zu sein, immer so in dem Winkel zwischen den Felsen zu sitzen und in einem kleinen Buch zu lesen oder Briefe zu schreiben. Und ab und zu brachte sie auch mal eins von den Schulkindern mit, die pflückten sich Sträuße.

Und dort hat auch mein Denis sie gesehen. Manchmal gegen Abend ging er zu ihr hinauf und setzte sich neben sie ins Gras, oder er nahm sie hin und wieder in seinem Boot mit aufs Meer hinaus. Dann sagte sie mit ihrem fröhlichen Lachen: ›Denis ist mein Bräutigam!‹ Das waren ihre eigenen Worte, und sie dachte sich kein bißchen Schlimmes dabei, nicht mehr als ein neugeborenes Kind, das wußte ich, und das wußte auch Denis. Es war unser kleines Späßchen, das wir drei untereinander hatten. Genau solche Späße machte sie über ihren Felswinkel. ›Mrs. Sullivan‹, sagte sie immer, ›lassen Sie ja keinen fremden Menschen in meinen Winkel! Das ist mein Nest und meine Zelle und Kapelle, und vielleicht bin ich schon wie die Vögel geworden und wittere Fremde und fliege fort und komme nie wieder her.‹ Ich mochte es gar zu gern, wenn sie so lachte, und immer, wenn Denis herumging und den Kopf hängen ließ und nicht wußte, was er mit sich anfangen sollte, dann sagte ich selber zu ihm: ›Denis, warum gehst du nicht ein bißchen in die Felsen hinauf und machst Miss Regan einen Besuch, wo doch alle sagen, du bist ihr Zukünftiger?‹

Es war ja nur ein Spaß. Das gleiche konnte ich ihr auch ins Gesicht sagen; denn Denis war solch stiller Bursche, kein bißchen wild oder auf Mädchen scharf – wie sollt er denn auch an so einem einsamen Ort?

Ich will ihr nichts nachreden. Sie war die erste, die merkte, daß Denis nicht bloß zum Zeitvertreib zu ihr in die Felsen stieg. Von da an kam sie nie mehr her, sondern ging nach drüben in die kleine Bucht hinter dem Vorgebirge, und sie ging auch nie allein dorthin, sondern immer hatte sie ein kleines Schulkind bei sich. ›Ach‹, sagte ich dann, weil sie mir richtig fehlte, ›wie sie sich rar macht, unsere Miss Regan!‹ Und Denis zog sich die Jacke über und streifte in der Dämmerung umher, bis er die Stelle gefunden hatte, wo sie steckte. 's war auch weiter kein großer Trost für den Armen; denn er redete überhaupt nicht mehr, lag nur lang ausgestreckt vor ihr und kaute an einem dummen Grashalm und weiter nichts, bis sie aufstand und ihn allein ließ. Er wußte sich auch nicht zu helfen, der arme Junge. Die Krankheit saß schon in ihm, damals schon, und erst als ich die Bescherung sah, wußte ich, daß es für ihn kein anderes Mittel gab, als sie sich gänzlich aus dem Kopf zu schlagen. Denn es war der Wahnsinn, der in ihm saß, und er wußte es, und darum redete er auch nicht – er, der kaum einen Daumennagel groß Tabak hatte – ja, ich will's nur zugeben, oft genug hatte er überhaupt keinen, wenn die Hühner nicht legten, und oft genug hatten wir nichts als Hafergrütze, tagein und tagaus. Sie dagegen mit viel Geld in der Bank, das da auf ihren Namen stand! Und das war nicht alles; denn er war ein guter Mensch, ein stiller, gutherziger Mensch, und eine andere hätte sich seiner erbarmt und gewußt, daß sie an ihm einen braven, treuen Mann hätte. Aber von der Art war sie nicht; das hatte ich vom ersten Augenblick an gemerkt, daß ihre Hand nie auf einer Wiege liegen wollte. Da kam der Wahnsinn immer mehr über ihn.

Und da war ich – und machte und tat und beredete ihn, zu Hause zu bleiben, und fand dies und das, lauter kleine Arbeiten, die er mir bis zum Abend tun sollte, nur damit er nicht leer herumsaß. Aber er war nicht mit dem Herzen bei der Sache, sondern er horchte, immer horchte er, oder er stieg auf den Bühl und hielt Ausschau, ob er wohl einen Zipfel von ihr zu Gesicht bekam. O Maria, was für einen tiefen Seufzer stieß er aus, wenn er sein bißchen Abendbrot gegessen hatte und ich die Tür für die Nacht verriegelte und er die endlosen Nachtstunden vor sich sah! 's brach mir das Herz, wenn ich's mir vorstellte. Es war eben der Wahnsinn. Der Wahnsinn saß schon in ihm. Er konnte kaum essen oder schlafen, und nachts konnte ich ihn hören, wie er sich im Bett herumwarf und stöhnte – so laut stöhnte wie das Meer in den Klippen.

Und damals, als sein Schlaf so fiebrig war, fing er an mit Nachtwandeln. Ich kann mich noch so genau an die eine Nacht erinnern, als ich hörte, wie er den Riegel zurückschob. Ich zog mir schnell ein paar Sachen an und ging ihm nach. Hier stand ich und konnte hören, wie er über den Zauntritt stieg. Ich ging schnell zur Hütte und machte die Tür zu, und dann lief ich hinter ihm her. Was hätt ich denn sonst tun sollen, hier in dieser schrecklichen Gegend, wo im Finstern überall Meer und Hügel und Felsen und Gräben sind, und er, der Arme, mit Blindheit geschlagen in seinem Schlaf! Er wanderte schnell die Straße aufwärts und bog dann ab, in die Berge hinein, und ich ihm immer nach, und meine Füße zerkratzt von Ginster und Dornen. Es war drüben auf der andern Seite beim Doktorhaus, da gab er's auf. Er drehte sich zu mir um, wie ein kleines Kind, das fortlaufen will und sich plötzlich umdreht und einem die Knie umklammert. Er drehte sich zu mir um und sagte: ›Mutter, laß uns jetzt nach Hause gehen. Es war ein schlimmer Tag für dich, als du mich zur Welt gebracht hast.‹ Und als der Morgen graute, half ich ihm zu Bett und deckte ihn zu.

Ich hatte gehofft, daß es sich mit der Zeit verwachsen würde, aber es wurde schlimmer. Ich war damals eine starke Frau, eine mächtig starke Frau. Ich konnte eine ganze Ladung Seegras schieben und ein Feld umgraben wie ein Mann; aber das Schlafwandeln hat mir den Rest gegeben. Eines Nachts kniete ich vor der Heiligen Jungfrau und betete zu ihr, was auch kommen müsse, es solle geschehen, solange noch Leben in mir war, damit ich ihn nicht einsam und allein zurücklassen müßte.

Und so, wie ich gebetet hatte, kam es. Beim Allmächtigen, weckte er mich in jener Nacht oder der nächsten und brüllte. Ich ging zu ihm, aber halten konnte ich ihn nicht. Er war so stark wie fünf Männer. Darum ging ich fort und verschloß die Türe hinter mir. Im Sternenschein ging ich den Hügel hinunter und auf das kleine Haus zu, da drüben jenseits der Bucht. Die Donoghues kamen mit, alles was recht ist, gute Nachbarn und starke Männer. Der Vater und die beiden Söhne kamen, und ein Tau aus dem Boot hatten sie mitgebracht. Sie mußten schwer kämpfen, und es dauerte lange, bis sie ihn auf dem Boden hatten, und noch länger, bis er gebunden war. Und als sie ihn so zusammengeschnürt hatten, legten sie ihn mir wieder ins Bett, und ich deckte ihn schön zu, wie sich's gehört, und schob ihm einen warmen Backstein ans Fußende.

Sean Donoghue wachte die Nacht über mit mir vor dem Feuer, und am Morgen schickte er einen von seinen Söhnen zum Doktor. Da rief Denis mit seiner alten Stimme nach mir, und ich ging zu ihm, und Sean kam auch.

›Mutter‹, sagte Denis, ›willst du mich so liegen lassen, bis sie kommen?‹

Das bracht ich nicht übers Herz. Ich konnt's bei Gott nicht.

›Tu's nicht, Peg‹, warnte mich Sean. ›Es war das erstemal schon schwer genug, ihn zusammenzubinden. Das nächstemal wird's noch viel schlimmer sein, und ich könnt's nicht verantworten.«

›Ihr seid ein guter Nachbar, Sean‹, hab ich ihm da geantwortet, ›und nie werd ich was auf Euch kommen lassen; aber er ist der einzige Sohn, den ich großgezogen habe, und lieber will ich, daß er mich jetzt umbringt, als daß ich ihm zu guter Letzt die Schande antue.‹

Also machte ich die Stricke ab, und den ganzen Tag lag er sehr ruhig da. Essen tat er nichts. Gegen Abend bat er um einen Schluck Tee, und bald danach kam der Doktor mit einem andern Mann im Wagen an. Sie sagten ein paar Worte zu Denis, aber er antwortete ihnen nicht, und der Doktor schrieb mir etwas auf einen Zettel. ›Vor morgen früh wird er nicht abgeholt werden können‹, sagte er, ›und es ist nicht recht, daß Sie die Nacht über allein mit ihm im Hause sind.‹

Aber ich sagte, daß ich bei ihm bleiben wolle, und Sean versprach's auch.

Als es dunkel wurde, fing der Wind von der See her an zu wehen, und Denis begann wieder vor sich hinzureden, und immerzu rief er ihren Namen. Winnie hieß sie, und es war das erstemal, daß ich ihn hörte.

›Wen ruft er denn immerzu?‹ fragte Sean. ›Die Schullehrerin‹, sagte ich, ›denn wenn ich auch nicht weiß, ob sie so heißt, so kann er ja nach niemand anders verlangen.‹ – ›Das ist ein böses Zeichen‹, sagte Sean, ›je mehr die Nacht vorrückt und je stärker der Wind weht, desto schlimmer wird es mit ihm werden. Es wäre besser, ich hole die Jungen, damit sie mir helfen, ihn zu binden, solange er noch ruhig ist.‹ Und da kam mir etwas in den Sinn, und ich sagte: ›Es könnte sein, wenn sie selbst herkäme, nur für einen Augenblick, daß er dann ruhiger würde.‹ – ›Versuchen können wir's wenigstens‹, meinte Sean, ›und wenn das Mädchen ein gutes Herz hat, so kommt sie.‹

Sean ging zu ihr. Ich hätte nicht den Mut gehabt, sie darum zu bitten. Ihr Häuschen liegt draußen am Abhang, und wenn Sie die Landstraße zurückgehen, können Sie es sehen. Ein Stück Gartenland ist dabei, das hat der neue Lehrer verwildern lassen. Ja, Sean hatte wahr gesprochen, es wurde schlimmer und schlimmer mit Denis, und er schrie lauter als der Wind und rief, wir sollten ihm Winnie holen. Sean blieb lange fort, oder vielleicht kam's mir nur so vor, und ich dachte schon, sie hätte sicher Angst herzukommen. Vielen wäre es ebenso gegangen, und man kann's ihnen nicht verdenken. Doch dann hörte ich draußen auf dem Weg den Schritt, den ich so gut kannte, und wollte vors Haus laufen und ihr sagen, wie leid es mir wäre, daß wir ihr solche Mühe machten; doch kaum hatte ich die Türe auf, da schrie Denis ihren Namen ganz laut, und ich konnte vor Weinen nicht sprechen, weil ich daran denken mußte, wie lustig wir früher zusammengewesen waren.

Ich konnte nicht aufhören mit Weinen, und sie schob sich an mir vorbei und ging in die Schlafkammer, und ihr Gesicht war weiß wie die Wand. Die Kerze brannte auf der Kommode. Er drehte sich um und brüllte und sah wild aus, und dann wurde er auf einmal ganz still, weil er merkte, daß sie sich über ihn beugte mit ihrem windzerzausten Haar. Ich war ihr nachgegangen. Ich hörte alles. Er hob seine beiden armen Hände hoch, die an den Handgelenken noch von den Stricken rotgeschwollen waren, und flüsterte ihr zu: ›Winnie, Winnie, mein Herz, du bist ja sehr lange nicht bei mir gewesen!‹

›Ja, Denis, ja‹, sagte sie. ›Aber du weißt doch, ich konnte nicht anders.‹

›Laß mich nie wieder allein, Winnie!‹ flüsterte er, und dann sagte er gar nichts mehr, und nur seine Augen leuchteten, als er sah, wie sie sich auf sein Bett setzte. Und Sean Donoghue brachte mir den kleinen Schemel, und da waren wir nun alle drei und sprachen miteinander, und Denis achtete nicht auf uns, sondern starrte immer nur sie an. Und dann wurde er plötzlich wieder wild und setzte sich hoch.

›Winnie‹, rief er, ›leg dich hier neben mich!‹

›Ach je‹, sagte Sean und wollte ihm gut zureden, ›du weißt doch, wie müde das arme Mädchen ist nach all ihrer Arbeit. Sie muß nach Hause.‹

›Nein, nein, nein‹, rief Denis, und das schreckliche wilde Funkeln kam wieder in seine Augen. ›Es geht ein wüster Wind, und in solch einer Nacht darf mir eine wie sie nicht nach draußen. Laß sie hier neben mir schlafen! Laß sie unter meine Bettdecke, dann kann ich sie wärmen!‹

›O weh, o weh, o weh‹, rief ich da. ›O weh, Miss Regan, wie's mir leid tut, daß wir Sie geholt haben! 's ist ja nicht mein Sohn, der so redet, sondern der Wahnsinn. Ich muß fort‹, hab ich gesagt, ›und Seans Söhne holen, damit sie ihn wieder mit Stricken binden.‹

›Nein, Mrs. Sullivan‹, sagte sie mit ganz ruhiger Stimme,

›das dürfen Sie nicht tun! Ich will hier bei ihm bleiben, dann schläft er schnell ein. Nicht wahr, Denis?‹

›Ja, ich will‹, sagte er, ›aber du mußt zu mir unter die Bettdecke kommen. Von der Tür her zieht es so kalt herein.‹

›Ja, das will ich, Denis‹, sagte sie, ›aber du mußt mir auch versprechen, daß du gleich einschläfst!‹

›O je, Kind, hören Sie doch!‹ sagte ich. ›Sind Sie denn toll? Solange Sie unter meinem Dach sind, muß ich auf Sie achtgeben, und was sollt ich wohl Ihrem Vater antworten, wenn Sie ganz allein hierbleiben wollen?‹

›Um mich müssen Sie sich nicht sorgen, Mrs. Sullivan‹, sagte sie. ›Vor Denis hab ich kein bißchen Angst. Ich kann's Ihnen versprechen, daß mir nichts geschieht. Sie können mit Mr. Donoghue in der Küche sitzen, und mir wird kein Leid geschehen.‹

Sie sah unglücklich aus; aber es stand auch noch etwas anderes in ihrem Gesicht. Ich konnte es nicht über mich bringen, dem Mädchen zu widersprechen. Wir gingen in die Küche, Sean und ich, und wir hörten jedes Flüsterwort. Sie legte sich neben ihn ins Bett, ich hörte es. Er flüsterte ihr die närrischsten Dinge ins Ohr, die junge Burschen in dem Alter sagen, und dann hörten wir nichts mehr, nur noch, wie sie beide ruhig atmeten. Ich ging an die Tür und schaute zu ihnen hin. Er hatte den Arm um sie gelegt, und sein Kopf lag an ihrer Brust, und er schlief wie ein Kind und so, wie er in seinen guten Tagen geschlafen hatte, ohne den kleinsten Schimmer von Traurigkeit in dem armen Gesicht. Sie sah mich nicht an, und ich sprach nicht mit ihr. Mein Herz war zu voll. Gott steh uns bei, ein altes Lied, das mein Vater immer gesungen hatte, ging mir durch den Kopf:

›Keine andere Braut als die wilde See.‹

Später erlosch die Kerze, und ich zündete keine neue an. Ich hatte überhaupt keine Angst mehr um sie. Der Sturm brach aus; aber er verschlief's und hörte nichts davon, sondern atmete sanft und ruhig. Als es hell wurde, machte ich ihr eine Tasse Tee und winkte ihr von der Tür aus zu. Sie machte sich frei und schlich aus dem Bett. Da rührte er sich und öffnete die Augen.

›Winnie‹, sagte er, ›wo willst du hin?‹

›Ich muß arbeiten, Denis‹, sagte sie. ›Du weißt doch, daß ich ganz früh am Morgen in der Schule sein muß?‹

›Aber heute abend kommst du doch wieder zu mir, Winnie?‹

›Ja, ich komme wieder, Denis. Hab keine Angst, ich komme wieder.‹

Da drehte er sich auf die Seite und schlief gleich wieder ein.

Als ich in die Küche kam, bin ich vor ihr auf die Knie gefallen und habe ihr die Hände geküßt. Das habe ich getan. Worte wollten mir nicht kommen, und wir saßen da, wir drei, mit unserem Tee, und bestimmt dachte ich damals, daß es sich eigentlich doch gelohnt hatte, all der Kummer, ihn zur Welt zu bringen und großzuziehen, und dann die langen einsamen Jahre, die noch vor mir lagen.

Ein großer Frieden kam über uns. Der arme Denis rührte sich kein einziges Mal, und als die Polizei kam, ging er mit ihnen fort, ohne Aufregung oder Handschellen oder irgend etwas, weswegen er sich hätte schämen müssen, und alles, was er sagte, war: ›Mutter, sag Winnie, ich warte auf sie!‹

Und ist es nicht seltsam und wunderbar? Von der Stunde an bis zum Tage, wo sie für immer von hier fortging, sagte keiner ein schlechtes Wort über das, was sie getan hatte, und die Leute konnten ihr gar nicht genug zuliebe tun. Ist das nicht seltsam, wo doch die Welt so verdorben ist, daß ihr da keiner ein böses Wort nachgeredet hat?«

Auf den Atlantik hatte sich Dunkelheit gesenkt – ein leeres Grau – bis in die fernsten Fernen.

Michaels Frau

Auf dem Bahnhof – eigentlich ist es bloß eine Ausweichstelle mit einem Schuppen – war niemand, nur der Bahnhofsvorsteher und der alte Mann. Als er sah, daß der Bahnhofsvorsteher sich die andere Mütze aufsetzte, erhob er sich. Längs der Küste drang von weither der schrille Pfiff der Lokomotive, noch ehe der Zug wie in gemütlichem Zockeltrab näherpuffte und in Sicht kam.

Eine Handvoll Leute stieg aus; sie verliefen sich rasch. Eine junge Frau in dunkelblauem Mantel blickte unschlüssig den Bahnsteig auf und ab, und er erkannte Michaels Frau in ihr. Im gleichen Augenblick sah sie ihn, aber kein begrüßendes Lächeln flog über ihr Gesicht. Es war das Gesicht einer Kranken.

»Willkommen, Kind!« sagte er und hielt ihr die Hand hin. Anstatt sie zu ergreifen, warf sie ihm die Arme um den Hals und küßte ihn. Sein erster Gedanke war, sich umzuschauen, ob es auch keiner bemerkt habe, doch fast gleichzeitig schämte er sich der Regung. Er war ein warmherziger Mann, und der Kuß beschwichtigte sein anfängliches Mißtrauen. Er hievte sich den Schiffskoffer auf die Schulter, und sie folgte ihm mit den zwei kleineren Taschen.

»'s ist ein weiter Weg«, sagte er bedrückt.

»Kann ich denn nicht mit dir fahren?« fragte sie müde.

»Du solltest MacCarthys Wagen nehmen, aber der ist noch nicht aus Cork zurück.«

»Das möcht ich gar nicht. Ich will lieber mit dir fahren.«

»'s ist ein Klapperkasten«, sagte er ärgerlich und meinte seinen alten Wagen. Trotzdem war er froh. Sie stieg von hinten auf und setzte sich auf ihren schwarzen Schiffskoffer. Er zog sich auch hinauf, und nun rumpelten sie, linkerhand die Bucht, zum Dorf hinunter. Hinter dem Dorf klomm die

Landstraße einen steilen Berg hinan. Zwischen einer Reihe von Bäumen entfaltete sich die Bucht im Gegensatz zum dunklen Blätterbaldachin in stets zunehmendem, wundervollem Glanz. Immer höher hinab, bald nach rechts, bald nach links – bis die Bäume zurückwichen und die Bucht hinter einer Bergschulter verschwand und sie eine sonnenbeschienene Bergstraße mit eingefallenen Steinmäuerchen entlangfuhren. Zu ihrer Rechten stiegen die Berge sanft wie Polster an und leuchteten grellgrün, wo sie nicht von einem Stück Ackerland oder von Klumpen goldenen Stechginsters unterbrochen wurden; ein dunkelbraunes Moor mit blanken Tümpeln und hohem grauem Schilf stieß an die Straße.

»Ihr seid gegen acht Uhr eingelaufen, wie mir schien«, meinte er, das Schweigen unterbrechend.

»Ja, ich glaube.«

»Ich hab euch gesehen!«

»Wirklich?«

»Ich hab Ausschau gehalten. Als das Schiff ums Vorgebirge kam, bin ich ins Haus gerannt und hab der Frau gesagt: ›Deine Schwiegertochter kommt!‹ Sie hätt mich fast umgebracht, als sie merkte, daß ich bloß das alte Schiff gemeint hab.«

Die junge Frau lächelte.

»So«, sagte er kurz darauf voller Stolz, »jetzt bekommst du mal was zu sehen!«

Sie hob sich ein wenig am Wagenrand und blickte in die Richtung, auf die er deutete. Der Boden vor ihren Füßen brach hier jäh ab, und das offene, von Wellen und Möwenflügeln weißbetupfte Meer erstreckte sich weit hinaus. Die Berge, deren glatte Flanken nur das bunte Muster der Äcker trugen, fluteten in großen, ungebrochenen Linien zum Meer hinab, und zwischen ihrer windzerfetzten Helle und der Helle des Wassers sahen die Klippen sehr dunkel aus. In den kleinen Mulden kuschelten sich Häuser und Hütten, winzig und wunderlich und meistens von einem kalten, grellen Weiß, das hie und da durch die Frühlingsfarbe eines frischen

Strohdaches noch besonders betont wurde. In der klaren Luft breitete sich das Meer wie ein großer Saal aus, dessen Flügeltüren alle weit offen standen, ein Tanzboden, Saal über Saal, und jeder entferntere kleiner und blasser als der vor ihm liegende, bis in den fernsten Räumen ein paar Dampfschiffe, die kaum größer als Punkte waren, wie an einem Draht hin- und herruckten.

In der Haltung der jungen Frau lag etwas Starres, so daß Tom Shea die Stute mit Zurufen zum Halten brachte.

»Das Haus da drüben ist's«, sagte er und schwenkte den Stock. »Das mit dem Schieferdach am Berghang!«

In einer Anwandlung von Zärtlichkeit blickte er unter seinem schwarzen Hut hervor auf sie nieder. Die junge Frau mit ihren amerikanischen Kleidern und ihrer leicht amerikanischen Aussprache war seines Sohnes Frau, und eines Tages würde sie die Mutter seiner Enkelkinder sein. Ihre Hände umklammerten den Wagenrand. Sie weinte. Sie versuchte gar nicht, sich zusammenzunehmen oder die Tränen zu verstecken, wandte aber die Augen nicht vom Meere ab. Er mußte an einen weit zurückliegenden Abend denken, als auch er so nach Hause gekommen war, nachdem er seinen Sohn zum Schiff begleitet hatte.

»Ja«, sagte er nach einer kleinen Stille, »so ist das mal, so ist das mal.«

Eine Frau mit einem strengen, schönen Gesicht stand in der Haustür. Wie bei Tom alles um eine Mitte aus Sanftmut zu kreisen schien – sein mächtiger Körperbau, sein gemütlicher Bauch, sein Gang, das runde Gesicht mit den listig zwinkernden braunen Augen und dem großen Schnurrbart –, so schien bei ihr alles einer innersten Zurückhaltung zu gehorchen. Ihre Natur war fast bis zur Härte verfeinert, und während ihr Mann von allem, was ihn umgab, Farbe annahm, konnten auf ihr, das fühlte man, weder Umstände noch Umgang eine Spur hinterlassen.

Ein Blick genügte, um ihr zu zeigen, daß er bereits besiegt war. Sie würde nicht so leicht nachgeben, besagte ihre Miene. Doch schneller als er hatte sie die Anzeichen von Erschöpfung bemerkt.

»Du bist todmüde, Kind«, sagte sie.

»Ja«, erwiderte die junge Frau und preßte die Hände gegen die Stirn, wie um einem jähen Schwindel vorzubeugen. In der Küche legte sie Hut und Mantel ab und setzte sich ans obere Ende des Tisches, wo das Abendlicht auf sie fiel. Sie trug ein blaßblaues Kleid mit einem dunkleren Kragen. Sie war sehr dunkel, aber die Blässe der Krankheit hatte den bräunlichen Ton aus ihrer Haut gebleicht. Ihre Backenknochen saßen so hoch, daß sie unter den Augen durchsichtige Schatten bildeten. Es war ein sehr irisches Gesicht, lang und beseelt, von einer angeborenen Schwermut, die in raschen Zorn oder ebenso rasche Heiterkeit übergehen konnte.

»Du warst sehr lange krank«, sagte Maire Shea und warf eine Handvoll Reisig aufs Kaminfeuer.

»Ja.«

»Vielleicht war's noch zu früh für die Reise.«

»Wenn ich noch nicht gekommen wäre, hätt ich den Sommer in Irland verpaßt.«

»Das hat Michael auch gesagt.«

»Ach was«, erklärte Tom mit glühender Zuversicht, »jetzt dauert's nicht mehr lange, bis du dich mit Gottes Hilfe wieder aufgerappelt hast. Wir haben herrliche Luft hier, kräftige Luft!«

»Wir sind rauhe, einfache arme Leute, wie du siehst«, fügte seine Frau mit großer Würde hinzu und nahm ihm ein Paket ab, das eine billige Zuckerdose aus Glas enthielt, die den Becher mit dem abgeschlagenen Henkel ersetzen sollte, den sie bisher benutzt hatten. »Wir wissen nichts von deiner Art, und du nichts von unserer, aber wir wollen's dir von Herzen gern rechtmachen.«

»Ja«, stimmte Tom kräftig ein, »von Herzen gern!«

Die junge Frau aß nichts; sie nippte nur an ihrem Tee, der nach verbranntem Holz schmeckte, und es war offensichtlich – als sie zum Beispiel Milch aus dem großen Krug gießen wollte –, daß sie in der neuen Umgebung wie verloren war. Und das deutliche Gefühl, daß sie entmutigt war, legte den beiden alten Leuten einen Zwang auf, vor allem Tom, bei dem der Wunsch, einen guten Eindruck zu machen, so sehr im Vordergrund stand.

Nach dem Tee ging sie nach oben, um sich auszuruhen. Maire begleitete sie.

»Es ist Michaels Zimmer«, sagte sie. »Und das da ist Michaels Bett!«

Es war ein kahler, grüngetünchter Raum mit einem niedrigen Fenster nach vorne heraus, einem eisernen Bett und einem Öldruck von der Heiligen Familie. Für einen kurzen Augenblick beschlich Maire Shea ein altvertrautes Gefühl wilder Eifersucht, aber als die junge Frau beim Auskleiden die Wunde auf ihrem Leib zeigte, schämte sie sich.

»Schlafe jetzt nur«, sagte sie weich.

»Ich kann nicht anders.«

Maire stahl sich die steile Treppe hinunter.

Tom stand in der Haustür, hatte den schwarzen Hut tief über die Augen geschoben und die Hände auf dem Rücken verschränkt.

»Na, was meinst du?« fragte er flüsternd.

»Pst!« erwiderte sie ärgerlich. »Sie hätte überhaupt noch nicht reisen dürfen. Ich weiß gar nicht, was Michael einfällt, daß er's zugelassen hat, wo er doch genau weiß, wir haben's nicht bequem genug für sie. Die Narbe auf ihrem Bauch – die ist so lang wie dein Arm, sag ich dir!«

»Soll ich schnell zu Kate gehen und ihr sagen, sie möcht lieber nicht kommen? Sie wollte ja bald mit Joan kommen.«

»Das nützt doch nichts. Bestimmt sind bald alle Nachbarn hier.«

»Bestimmt, ja, bestimmt!« gab er niedergeschlagen zu.

Er war sehr unruhig. Nach einem Weilchen schlich er nach oben und kam auf Zehenspitzen wieder herunter.

»Sie schläft. Aber denk bloß, Moll, sie muß geweint haben!«

»'s kommt von der Schwäche!«

»Vielleicht fühlt sie sich einsam?«

»'s ist die Schwäche, nur die Schwäche. Sie hätte nicht reisen dürfen.«

Später kamen Kate und Joan, und nach ihnen drei oder vier andere Frauen. Das Dämmerlicht fiel in die lange, weißgetünchte Küche, und noch immer sprachen sie mit gedämpfter Stimme. Plötzlich öffnete sich die Tür an der Treppe, und Michaels Frau erschien. Sie war anscheinend ruhiger geworden, obwohl sie noch immer etwas von einer Schlafwandlerin an sich hatte, und im Zwielicht war ihr langes, bleiches Gesicht mit dem kohlschwarzen Haar und den schwarzen Augen von einer seltsam überirdischen Schönheit.

Das Unbehagen war wieder sehr spürbar. Tom bemühte sich umständlich und ungeschickt um sie, bis die Frauen ganz nervös wurden und anfingen, ihn zu verspotten und zu schelten. Doch eine hingeworfene Frage regte ihn von neuem auf.

»Könnt ihr sie nicht endlich in Ruhe lassen, nein? Seht ihr denn nicht, daß sie müde ist? Unterhaltet euch doch weiter mit eurem dummen alten Geschwätz, aber quält sie nicht!«

»Ach«, sagte sie, »ich bin jetzt nicht mehr so müde!« Ein gewisser herbsüßer Klang in ihrer Stimme erinnerte an ihre Heimat Donegal.

»Nimm mal ein Schlückchen!« nötigte Tom. »Ein winziges Schlückchen – das kann dir nichts schaden!«

Sie lehnte den Alkohol ab, aber zwei von den andern Frauen tranken, und Tom hob das Glas ›auf ihre schönen schwarzen Augen‹ und leerte es auf einen Zug. Dann stieß er einen Seufzer tiefster Befriedigung aus.

»Der Vikar war beschwipst und die Hebamme betrunken, in ein Taufbecken voll Whisky wollten sie mich tunken!« summte er vor sich hin. Er schenkte sich wieder ein und setzte sich an die offene Haustür. Über dem Wipfel eines Baumes, der zur offenen Tür hereinschaute, verfärbte sich der Himmel zu einem immer tieferen Blau. Ein Stern blinzelte zum Fenster herein. Maire stand auf und zündete die Wandlampe mit dem Blechschirm dahinter an. Ganz weit weg, in einer Mulde zwischen zwei Vorgebirgen, rief eine Stimme wieder und immer wieder in sinkendem Tonfall: »Taaaamie! Taaamie!« und so aus der Ferne war der Ruf von einer heimlichen, ergreifenden Lieblichkeit. Als er abbrach, drang das Geräusch des Meeres an ihre Ohren, und plötzlich war es Nacht. Die junge Frau setzte sich gerader hin. Alle waren stumm. Eine von den Frauen seufzte. Die junge Frau blickte auf und warf den Kopf in den Nacken.

»'s tut mir leid, Nachbarinnen«, sagte sie, »aber ich war ein kleines Kind, als wir Irland verließen, und alles ist mir so fremd . . .«

»Natürlich«, erwiderte Kate munter. »Dir ist einsam zumute! 's muß dir alles so fremd vorkommen, wie's uns in New York fremd wäre.«

»Richtig, sehr richtig!« rief Tom beifällig.

»'s macht aber nichts«, fuhr Kate fort, »solange du mich hast! Ich sorge schon für dich!«

»Zum Kuckuck mit dir!« entgegnete Tom in gespielter Entrüstung. »Keiner darf sich um die Kleine kümmern – bloß ich!«

»Da kann sie sich auf was gefaßt machen bei euch beiden«, sagte Maire kalt. »'s ist noch keinem in den Sinn gekommen, daß sie ins Bett gehört.«

Sie steckte eine Kerze ins Feuer und hielt sie hoch. Die junge Frau folgte ihr. Die andern saßen da und schwatzten;

dann verabschiedeten sie sich alle. Maire, die noch lange Zeit in Haus und Hof zu tun hatte, hörte ihre Stimmen und Schritte, die ein leichter Landwind ihr zutrug.

Sie dachte auf ihre leidenschaftslose Art an Michaels Frau. Sie hatte früher schon oft über sie nachgedacht, aber jetzt wußte sie nicht ein noch aus. Es war nicht nur deswegen, weil die junge Frau eine Fremde und krank war, sondern – und das hatte Maire nie wahrhaben wollen – weil sie das Kind einer fremden Welt war, deren Luft sie nun mitgebracht hatte und die jedes Urteil in Frage stellte. Weniger deutlich als Kate und Tom, aber doch deutlich genug begriff sie, daß Michaels Frau sich unter ihnen ebenso fremd fühlen mußte, wie sie es in New York wären. Im leuchtenden Sternenschimmer zeichnete sich eine Gruppe weißgetünchter Hütten gegen den Berg ab – genau wie ein Rahmen aus Schnee um die rotgelben Fenstervierecke. Maire betrachtete das Bild zum ersten Mal in ihrem Leben, und in einem merkwürdigen Gefühl von Entzückung fragte sie sich, wie es wohl auf jemand wirken mußte, der nicht daran gewöhnt war.

Ein Schritt schreckte sie auf. Sie wandte sich ins Haus und sah, daß Tom verschwunden war. Durch den Alkohol und die Aufregung erhitzt, war er auf Zehenspitzen die Treppe hinaufgeschlichen und hatte oben die Tür aufgemacht. Er war erstaunt, als er entdeckte, daß sie auf dem niedrigen Fensterbrett saß. Aus dem Dunkel sah sie mit fremden Augen auf das gleiche Bild, das Maire mit Augen betrachtet hatte, denen alles vertraut war: Berge und weißgetünchte Hütten und das Meer.

»Bist du noch wach?« fragte er – eine dumme Frage.

»*Wisha* – komm doch um Gotteswillen nach unten und laß das Kind schlafen!« klang Maires Stimme gereizt vom Fuß der Treppe herauf.

»Nicht doch, nicht!« flüsterte er nervös.

»Was ist?« fragte die junge Frau.

»Geht's dir gut?«

»Ja, danke.«

»Haben wir dich gestört?«

»Nein, gar nicht.«

»Willst du jetzt nach unten kommen, du alter Dummkopf!« rief Maire ganz erbittert.

»Ich komme, ich komme ja schon. Jemine, laß mir doch mal Zeit!« fuhr er ärgerlich fort. – »Sag mal«, tuschelte er, »die alte Operation – die hat dir doch wohl nicht geschadet?« Er neigte sich über sie, erhitzt und aufgeregt, wie er war, und sein Atem roch nach Whisky.

»Ich versteh nicht recht ...«

»Ach«, sagte er mit der gleichen leisen Stimme, »es wär doch ein schreckliches Unglück, nicht? Ein ganz schreckliches Unglück! Ein Kind bringt erst Leben ins Haus.«

»Ach so – nein, nein«, antwortete sie hastig und nervös, als ob sie es mit der Angst bekäme.

»Bist du sicher? Was hat der Doktor gesagt?«

»Es schadet nichts, bestimmt nicht!«

»Oh, Gott sei gelobt und gepriesen!« rief er und wandte sich ab. »'s ist ein großer Trost für mein Herz, daß ich das weiß. Ein großer Trost! 's hätt mich kreuzunglücklich gemacht.«

Er torkelte nach unten, dem Zorn seiner Frau entgegen, der noch lange anhielt, noch nachdem er das Haus für die Nacht zugesperrt hatte. Wenn es ihr beliebte, hatte sie eine scharfe Zunge, und jetzt beliebte es ihr. Seit Wochen hatten sie sich vorgenommen, einen guten Eindruck auf Michaels Frau zu machen, und nun war alles zuschanden gemacht durch den betrunkenen alten Tropf von einem Mann!

Er drehte und wälzte sich im Bett und konnte nicht schlafen, weil er es so ungerecht fand. Als ob ein Mann so etwas nicht gern wissen wollte! Als ob er seiner Schwiegertochter nicht eine höfliche Frage stellen durfte, ohne daß ihm gleich an den Kopf geworfen wurde, er sei schlimmer als ein Mohr, als ein wilder Heide aus Afrika, gar nicht nett und rücksichtsvoll, sondern bloß auf sein Essen und Trinken bedacht! Er, Tom Shea, der sich bemühte, auf alle Welt einen guten Eindruck zu machen, auf jeden Hund und Hanswurst, der die Straße daherkam!

Am nächsten Morgen ging es Michaels Frau etwas besser. Die Sonne kam nur zeitweise hervor, doch den größeren Teil des Tages konnte die junge Frau an der Giebelwand draußen sitzen, wo sie gegen den Wind geschützt war und den Blick aufs Meer hatte. Unterhalb floß ein Bach vorbei, und die Fuchsienhecke faßte den engen, steinigen Pfad ein, der an den Strand hinunterführte. Um sie her tummelten sich die Küken, und ihr Piepsen klang wie fernes Pfeifen. Von der Rückseite des Hauses drang das Klagelied einer Henne her; sie rief dauernd und ohne Unterbrechung: »O Gott! Gott! Gott! Gott!«

Hin und wieder kam Maire und setzte sich auf den niedrigen Schemel. Sie stellte ihr keine Fragen (das war gegen ihren Stolz), und die Unterhaltung war gezwungen, fast feindselig, bis die junge Frau begriff, was Maire eigentlich fehlte: es war Wißbegier auf die kleinsten Nebensächlichkeiten aus ihrem und Michaels Leben in Amerika, Einzelheiten, die so sehr ein Teil ihrer selbst geworden waren, daß sie sich nur mühsam daran erinnern konnte. Wieviel Lohn das Mädchen erhielte, wie die Milch ausgetragen würde, wie das Mietshaus aussähe mit der Zentralheizung und dem Neger-Lift-Hop, wie die Straßenbahn und alles übrige wäre. Endlich schien ihr Verstand den lebhaften und nichtgebildeten Verstand der alten Frau zu erfassen, die versuchte, sich ein Bild von der Welt zu machen, in der ihr Sohn lebte, und sie fuhr fort, weiterzuplaudern um des Plauderns willen, als sei das Unpersönliche ihrer Worte eine Erleichterung.

Es war ganz anders, als Tom zur Essenszeit in seinem schmutzigen alten Hemd, den schwarzen Hut tief in die Stirn gezogen, vom Strand heraufstapfte.

»Hör mal, Kindchen«, sagte er mit rauher Stimme, die ganz anders als in der voraufgegangenen Nacht klang, und dabei lehnte er sich mit übereinandergeschlagenen Beinen und auf dem Rücken verschränkten Armen gegen die Mauer. »Du könntest deinem Mann sagen, er soll öfters an seine Mutter schreiben. Frauen sind nun mal so. Wenn's dein eigener Junge wäre, würdest du's auch verstehen.«

»Ich weiß, ich weiß«, erwiderte sie hastig.

»Natürlich verstehst du's. Du bist ein prächtiges, liebes Mädchen, und glaube ja nicht, daß wir dir nicht dankbar sind. Meine Frau – hm – meine Frau ist eine prächtige, gute Frau, aber sie ist wunderlich. *Dir* würde sie's niemals sagen, aber andern hat sie's gesagt, wie viel sie von dir hält!«

»Du darfst Michael nicht schelten«, entgegnete sie mit leiser Stimme. »Es ist nicht seine Schuld.«

»Ich weiß, ja, ich weiß.«

»Er hat niemals Zeit.«

»Aber sag's ihm trotzdem. Doch! Sag's ihm nur! Der Brief, in dem er schrieb, daß du kommst, war der erste, den wir seit Monaten von ihm hatten. Sag ihm, 's wär wegen seiner Mutter – nicht etwa meinetwegen.«

»Wenn du nur wüßtest, wie gern er mitgekommen wäre«, rief sie mit betrübter Miene.

»Ja, ja, ja, aber es wird noch zwei Jahre dauern, bis er kommen kann. Zwei Jahre sind für jemand in seinem Alter rein gar nichts; aber für alte Leute, die Zeit und Ort nicht wissen können ... Und deshalb könnt's leicht das letzte Mal sein, daß er einen von uns beiden zu Gesicht bekommt. Und wir haben ja nur den einen, Kindchen, darum ist's um so schlimmer.«

Nach ein paar Tagen war sie schon etwas zu Kräften gekommen. Tom schnitzte ihr einen kräftigen Eschenstock zurecht, und sie machte kurze Spaziergänge: an den Strand, zum kleinen Hafen hinunter oder zur Post, wo Toms Schwestern die

Poststelle versahen. Meistens ging sie allein. Zu seiner Freude wurde das Wetter zwar regnerischer, doch schlug es nie vollständig um.

Den ganzen Tag war der Himmel mit Millionen kupferfarbener Wölkchen bevölkert, die dicht und rundlich und winzig, wie Cherubim auf einem Madonnenbild, bis an die äußersten Grenzen des Gesichtskreises stießen. Dann begannen sie anzuschwellen, ein Ballon um den andern, und sich auszudehnen und die Farbe zu wechseln; eine riß sich aus der Menge los, und dann noch eine. Es artete in ein Wettrennen aus: sie drängten sich zusammen und schickten dunkle Wimpel aus, die den Tag verdüsterten und die Patina des Wassers mit dunkelgrünen Sturmpfaden aufwühlten; endlich pfiff schrill der Wind, und ein wild peitschender Regen hüllte alles in Dunst ein. Sie suchte unter einem Felsen oder auf der windgeschützten Seite eines Mäuerchens Zuflucht und sah zu, wie der Regenguß sich in goldene Lichtpunkte auflöste, aus denen in der Ferne eine sonnenbeschienene Landschaft wuchs, während die Wolken wie Kinder in übermütigem Entsetzen holterdiepolter ausrissen, zurück an den Horizont. Der Streifen Himmelsbläue wurde breiter, der Regen ließ nach, Wiesen und Meer entledigten sich der grauen Schlacke, bis alles glänzte und dampfte.

Was es für sie bedeutete, konnten sie nur vermuten. Sooft sie zu lange im Haus blieb, überfiel sie der Schatten. Kate riet ihnen, es nicht zu beachten.

Zu Kate schien sie sich sehr hingezogen zu fühlen. Ihre Spaziergänge führten sie häufig zur Post, und dort konnte sie stundenlang bei den zwei Schwestern sitzen, nahm auch an ihren Mahlzeiten teil und hörte sich an, was Kate über die alten Zeiten im Kirchspiel erzählte, auch über ihre Eltern und ihren Bruder Tom, vor allem jedoch über Michaels Kindheit.

Kate war groß und hager und hatte eine lange Nase, ein großes, vorstehendes Kinn und eine Drahtbrille. Ihre Zähne waren sämtlich morsch, ebenso die ihrer Schwester. Sie war von der Art, wie sie von den Landleuten als grundgütig bezeichnet wird, eine tüchtige Frau, immer tätig und laut und gutmütig. Tom, der sehr stolz auf sie war, erzählte gern, wie sie einst wegen einer ernsthaften Operation in die Stadt mußte und gleich einen Korb voll noch zu verkaufender Eier mitnahm, damit die Reise ›nicht umsonst‹ gemacht würde. Ihre Schwester Joan war ein Geschöpf wie eine Nonne. Eine Zeitlang war sie in einer Nervenheilanstalt gewesen. Sie hatte ein wundervoll weiches, sanftes, rundes Gesicht mit den letzten Spuren einer sehr mädchenhaften Haut, dazu eine Stimme, die selten etwas anderes als Geflüster hervorbrachte, und die herrlichsten Augen. Doch wenn die dunkle Wolke sie überfiel, war sie störrisch und widerspenstig. Im Wohnzimmer hing an der kunterbunt mit Bildern bepflasterten Wand ein eingerahmtes Mustertuch mit gestickten Buchstaben, ›Eleanor Joan Shea, März 1881‹. Dem Namen nach war sie zwar die Postmeisterin, aber die Arbeit wurde von Kate besorgt.

So sehr sich Michaels Frau an die beiden anschloß, so sehr fühlten sie sich zu ihr hingezogen. Joan konnte sich schon wegen eines herrenlosen Hundes die Augen ausweinen, hinter Kates Sympathie steckte jedoch ein gut Teil Verschmitztheit.

»Du hast in deiner Ehe nicht viel Glück gehabt«, meinte sie einmal.

»Wieso?« Die junge Frau blickte sie mit leerer Miene an.

»Weil du erst ein Jahr verheiratet bist und doch schon viel Kummer gehabt hast. Keine Hochzeitsreise, dann die Krankheit, und jetzt die Trennung!«

»Ja, du hast recht. Immer wieder getrennt!«

»Und nur sieben Monate habt ihr zusammengelebt?«

»Nur sieben.«

»Du armes Ding! – So verlassen, wie du dich am ersten Abend gefühlt hast – das hab ich noch nie erlebt! Aber so wachsen wir!«

»Glaubst du? Das frag ich mich.«

»Doch, doch, ich weiß es.«

»Vater Coveney sagt's auch immer«, entgegnete Joan weinerlich, »aber ich hab's nie begreifen können: die guten Menschen, die's gar nicht verdienen, haben dauernd Unglück, und die Bösen kommen so davon.«

»Zu guter Letzt bist du gerade deswegen um so glücklicher, und an Michael hast du einen lieben Menschen ... *musha*, hör einer an, da red ich schon wieder von Michael! Man könnte glauben, ich wär seine Mutter.«

»Das könntest du auch sein.«

»Wieso denn?«

»Er ist dir in vielem so ähnlich!«

»Oha, das hab ich schon immer gesagt. Stimmt's nicht, Joan? Und warum auch nicht? Wenn seine Mutter ihn versohlt hat, ist er zu mir gekommen und hat sich trösten lassen.«

»Er hat's oft gesagt: du hast einen Mann aus ihm gemacht.«

»Stimmt!« sagte Kate stolz. »*Musha*, er war ein Wildfang, und keiner hat ihn richtig verstanden, wenn er so wild war. Ich will ja nichts gegen seine Mutter sagen, aber vor lauter Pflichtgefühl hat sie alles zu schwer genommen.«

Kate nahm fast jede Gelegenheit wahr, wenn sie Maire eins auswischen konnte.

»Jetzt kannst du uns schon ganz gut leiden, scheint mir?« fragte sie schließlich.

»Ja«, gab die junge Frau zu. »Ich hab zuerst solche Angst gehabt.«

»Jetzt wirst du dich wohl nicht mehr so auf Amerika freuen?«

»Ich wünschte, ich brauchte nicht in Amerika zu leben!«

»Oh – wahrhaftig?«

»Ja – bestimmt!«

»Aber laß nur, in zwei Jahren kommt ihr ja beide her.

In deinem Alter machen einem die zwei Jahre nichts aus, oder?«

»Mehr als du ahnst!«

»Stimmt, stimmt – es hängt davon ab, wie man die Jahre empfindet.«

»Und ich komme nie wieder her!«

»Ach, zum Kuckuck nochmal, fängst du schon wieder damit an? Jetzt hör mal zu: warum wollt ihr nicht ganz und gar zurückkommen, hab ich schon oft zu Tom gesagt? Was kann euch dran hindern? Hör doch nicht auf den alten Dummkopf, der dauernd sagt, Michael bekäme hier keine Stelle! Warum denn nicht? Und wenn Tom nicht solch Faselhans gewesen wäre, hätt er den Jungen überhaupt nie fortgelassen.«

Das Wetter klärte sich auf, ohne daß es zu schweren Regenfällen kam, was Tom sehr ärgerte. Allerdings schien die Sonne nie stark und auch nur stellenweise: hier und da erschien sie plötzlich an den Berghängen oder wie in lauter Spiegeln auf dem Meer, und dann verblaßte der Glanz wieder zum eintönig bedrückenden Grau.

Michaels Frau war jetzt von früh bis spät draußen, saß auf den Klippen oder wanderte durchs Dorf. Mit ihrem blauen Kleid und dem Eschenstock war sie auf allen Wegen eine vertraute Gestalt geworden. Zuerst hielt sie sich in großer Entfernung auf, wenn sie den Männern zusah, wie sie an den Netzen arbeiteten oder an der Straßenkreuzung saßen; mit der Zeit wagte sie sich näher heran, und eines Tages rief ein Fischer ihr einen Gruß zu und sprach mit ihr.

Von da an ging sie überallhin, in die Häuser, an die Schiffslände und, wenn sie zum Fischen fuhren, im Boot aufs Meer hinaus. Maire Shea gefiel das nicht, aber die Männer hatten Michael alle von klein auf gekannt und konnten von ihm erzählen: wie er sich auf die Boote und aufs Fischen verstand. Nach wenigen Tagen war es schon so, als sei auch sie mit ihnen aufgewachsen. Mag sein, daß sie von den Stunden draußen auf dem Wasser einen Gewinn hatte: in stillen Schlupfwinkeln bei grauem Wetter, wenn der Wind einen Schwarm wechselnden Lichts ausschüttete, oder in der Bucht, wenn gewitteriges Licht rasch dahinjagte und aus jeder Vertiefung jähe Glanzlichter wie Hasen aufscheuchte: blau in den Bergen, veilchenfarben von den Klippen, primelgelb aus den Wiesen, und hier und da ein geheimnisvoll milchiges Glimmen, das Fels oder Wiese oder Baum sein mochte. Vielleicht vertieften all diese Dinge ihre Vertrautheit, so daß sie sich nicht länger als Fremdling fühlte, wenn sie des Morgens am Strand entlangwanderte und hörte, wie die Flut mit knisterndem, leisem, eindringlichem Regenlaut ihre großen grünen Tangnetze ausbreitete, oder wenn sie von ihrem Fenster aus beobachtete, wie der Mond seinen silbernen Bohrer ins Wasser tauchte.

Es war auffallend, wie sehr sie sich in ihrem Äußeren und in ihrem Auftreten verändert hatte. Sie war rundlicher geworden, das Gesicht war sonnenbraun, und der düstere, geistesabwesende Ausdruck war verschwunden.

»Na also«, meinte Tom, »hab ich's nicht gleich gesagt, wir machen einen neuen Menschen aus ihr? Sie ist nicht mehr zu vergleichen mit dem armen Ding, das sie war. Ich schwör's bei Gott, als sie am ersten Abend die Treppe herunterkam, hab ich geglaubt, 's wär ihr eigner Geist, der sie holen wollte!«

Auch Kate und Joan freuten sich. Sie hatten sie um Michaels und um ihrer selbst willen gern, aber sie liebten sie auch wegen ihrer Jugend und Frische. Nur Maire hielt sich zurück. Nichts hatte die Kluft zwischen den beiden Frauen bisher ganz überbrücken können; hinter jedem Wort und Blick Maires stand eine stumme Frage. Es dauerte einige Zeit, ehe es ihr gelang, auch Tom anzustecken. Doch eines Tages ging er trostsuchend zu Kate. Er war niedergeschlagen, und seine verschmitzten braunen Augen blickten besorgt.

»Kate«, sagte er und steuerte, wie es seine Art war, gleich aufs Ziel los, »es ist was wegen Michaels Frau!«

»Ach so! Was ist denn mit ihr?« fragte Kate und zog ein schiefes Gesicht. »Du willst dich doch wohl nicht über sie beklagen?«

»Nein. Aber sag mir mal, was du von ihr hältst!«

»Was ich von ihr halte?«

»Es ist wegen Maire!«

»Ja, und?«

»Sie macht sich Sorgen.«

»Wegen was denn, *aru*?«

»Sie meint, Michaels Frau hat was auf dem Herzen.«

»Tom Shea, wie oft hab ich's dir nicht schon gesagt: deine Frau ist mißtrauisch!«

»*Wisha, wisha,* hör endlich damit auf! Hab noch niemals gehört, daß jemand so schlecht auf seine Verwandte zu sprechen ist! Ich weiß ja, daß ihr euch nicht vertragen könnt, aber Kate, du mußt doch zugeben, daß sie eine kluge Frau ist.«

»Und was glaubt eine kluge Frau?«

»Sie glaubt, die beiden haben sich gestritten. Das glaubt sie, und felsenfest!«

»Glaub ich nicht!«

»Immerhin – es könnt ja eine Kleinigkeit sein, die man mit ein paar Worten in die Reihe bringen kann.«

»Und ich soll wohl die paar Worte sagen?«

»Ach, weißt du, Kate, das war *meine* Idee, ganz allein meine! Wie Moll nun mal ist, die sagt entweder zuviel oder zuwenig.«

»Allerdings«, bestätigte Kate mit grimmigem Vergnügen. »Dafür ist Maire Shea bekannt!«

Am nächsten Tag berichtete sie, es sei ganz verrückt, so etwas zu glauben. Damit mußte er sich zufrieden geben, denn auch Kate war nicht dumm. Doch die stumme Frage in Maires Verhalten bedrückte ihn ständig, und er wußte nicht, ob er ihr oder der jungen Frau gram sein sollte. Drei Wochen verstrichen, und schließlich fand er es unerträglich. Wie immer ging er damit zu Kate.

»Das Schlimmste ist«, sagte er düster, »daß ich allmählich ebenso werde wie sie. Du weißt ja, wie ich bin. Wenn ich einen Menschen gern habe, dann will ich nicht an allem, was er sagt, wie eine alte Henne herumpicken und fragen: ›Was kann er wohl damit gemeint haben?‹ oder ›Was will er wohl jetzt aus mir herausquetschen?‹ Moll sagt zwar nichts, aber sie hat mich schon so unruhig gemacht, daß ich kaum noch mit der Kleinen reden kann. Zum Kuckuck, ich kann auch nicht mehr schlafen, und heut nacht ...«

»Was war denn heut nacht los?«

Unter den Brauen hervor blickte er sie finster an:

»Machst du dich wieder über mich lustig?«

»Nein. Was war heut nacht los?«

»Ich hab gehört, wie sie im Traum gesprochen hat.«

»Michaels Frau?«

»Ja.«

»Und was schadet's, wenn sie's tut?«

»Schaden tut's gar nichts«, brüllte Tom wütend los, stampfte in der Küche auf und ab und warf die Arme gen Himmel. »Schaden tut's nichts, verdammt nochmal, aber Himmelnocheins, Frau, ich sag dir, 's hat mich aufgeregt!«

Kate blickte ihn über ihre Drahtbrille hinweg verächtlich und mitleidig an.

»Mutters Kapuzen-Umhang, den keiner getragen hat seit ihrem Sterbetag, den sollt ich für dich hervorholen. Wenn du dir den noch anziehst, bist du ein richtiges altes Weib!«

»Moll«, sagte Tom, als sie am Abend zu Bett gingen, »du träumst!«

»Wieso?«

»Wegen Michaels Frau!«

»Vielleicht«, gab sie murrend zu, und er war sehr erstaunt, daß sie überhaupt etwas zugab.

»Doch, du träumst«, sagte er entschieden, um jeden Zweifel zu beseitigen.

»Ich hatte meine Gründe. Aber in der letzten Zeit ist sie anders gewesen. Vielleicht hat Kate mit ihr gesprochen?«

»Ja.«

»Das erklärt alles«, sagte sie selbstgefällig.

Zwei Nächte darauf wachte er plötzlich auf. Bei jedem fremden Geräusch schreckte er jetzt immer aus dem Schlaf. Er hörte, wie Michaels Frau im Schlaf sprach. Sie murmelte mit leiser Stimme, die schlaftrunken versickerte und während langer Pausen immer wieder verstummte. So – mit den Pausen – ging es weiter und weiter, ganz leise. Manchmal drückte die Stimme große Freude aus, so schien es ihm wenigstens, und manchmal sprach sie flehentlich. Doch der Eindruck, den er hauptsächlich von der Stimme hatte, war eine große Innigkeit und Zärtlichkeit. Am nächsten Morgen kam sie spät und mit roten Augen nach unten. Am gleichen Tag traf ein Brief aus Donegal ein. Als sie ihn gelesen hatte, verkündete sie stockend, daß ihre Tante sie erwarte.

»Es wird dir sicher nicht schwer, von hier fortzugehen?« fragte Maire und blickte sie forschend an.

»Doch«, erwiderte die junge Frau schlicht.

»Und wenn ein Brief für dich kommt?«

»Das ist unwahrscheinlich. Wenn Briefe gekommen sind, dann liegen sie zu Hause. Ich hab nie gedacht, daß ich solange bleiben würde.«

Maire blickte sie wieder sehr lange an. Zum ersten Mal erwiderte die junge Frau den Blick, und eine Sekunde lang sahen sie sich in die Augen, die Mutter und die junge Frau.

»Zuerst«, sagte Maire und heftete den Blick aufs Feuer, »hab ich dir nicht getraut. Ich bin eine aufrichtige Frau und kann dir das sagen. Ich hab dir nicht getraut.«

»Und jetzt?«

»Und jetzt glaube ich – einerlei, was andere darüber denken –, daß mein Sohn gut gewählt hat.«

»Hoffentlich denkst du immer so«, erwiderte die junge Frau im gleichen ernsten Ton. Sie sah Maire an, aber der Ausdruck der älteren Frau wies Gefühle von sich. Da stand sie auf und trat an die Tür. Lange blieb sie dort stehen. Der Tag war düster und drückend, und von Zeit zu Zeit peitschte eine Bö ihr Regennetz übers Wasser.

Jetzt hatten Tom und seine Frau die Rollen vertauscht, wie es bei zwei so entgegengesetzten Naturen oft der Fall ist. Kurz vor Anbruch der Dämmerung begann es in Strömen zu regnen. Er ging noch spät zur Poststelle und saß hadernd zwischen seinen beiden Schwestern.

»Das ist eine echte Frau!« rief er bitter. »Erst versetzt sie mich in Unruhe, und dann läßt sie mich mit meinen Sorgen allein. Was mag die Kleine nur im Sinn haben? Es ist was Seltsames an ihr, etwas, das ich mir nicht erklären kann. Am liebsten würde ich Michael schreiben!«

»Was wolltest du denn schreiben? Ihn ohne Grund beunruhigen?« fragte Kate. »Kannst du nicht vernünftig sein?«

»Sie ist mir anvertraut«, rief er zornig, »und wenn ihr was geschieht ...«

»Es geschieht ihr nichts!«

»Aber wenn ...«

»Es geht ihr gut. Sie hat ihre Gesundheit wiedererlangt, was keiner von uns für möglich gehalten hätte. Außerdem reist sie ja ab.«

»Das macht mich so verrückt«, gestand er. »Sie läßt mich hier mit all meinen Sorgen zurück, und ich kann nicht mehr zu ihr und es mit ihr durchsprechen.«

Er kehrte sehr spät und bei strömendem Regen zurück. Die beiden Frauen waren schon zu Bett gegangen. Er legte sich auch hin, konnte aber nicht schlafen. Allmählich nahm die Gewalt des Windes zu. Das Haus erzitterte von den Böen, und die Fensterscheiben klirrten.

Ganz plötzlich fing es wieder an, das verdammte Gemurmel! Er lag vollkommen still, um Maire nicht zu wecken. Lange stumme Pausen, und dann wieder die Stimme. In jäher Angst beschloß er aufzustehen und sie zu fragen, was sie auf dem Herzen habe. Alles andere, nur nicht länger diese Furcht, die ihn immer heftiger packte. Er richtete sich auf und hoffte, über Maires Füße klettern zu können, ohne sie aufzuwecken. Sie rührte sich, und er kauerte sich zusammen und lauschte auf den Wind und die Stimme oben und wartete, bis seine Frau wieder fest schlief. Und plötzlich, gerade, als Wind und Meer zu einem bloßen Murren verebbt waren, rief die Stimme über ihm dreimal, immer lauter und angstvoller werdend, und endete mit einem unterdrückten Schrei: »Michael! Michael! Michael!«

Ächzend sank er zurück und legte die Hand über die Augen. Er spürte, wie eine andere Hand ihm kühl die Stirn und das Herz berührte. Während einer aufregenden, verwirrenden Sekunde war es, als sei Michael tatsächlich oben ins Zimmer getreten und als habe er leibhaftig Hunderte von Meilen über Wellen und Sturm zurückgelegt: als habe er mittels der unsäglichen Sehnsucht seiner jungen Frau Gestalt annehmen können – neben ihr. Tom bekreuzigte sich – wie vor einer bösen Macht. Danach war alles still – bis auf das Donnern des zunehmenden Sturmes.

Am nächsten Morgen wäre er ihren Blicken gern ausgewichen, aber es war etwas an ihr, das ihn zwang, sie auch gegen seinen Willen wieder und immer wieder anzuschauen. Eine nervöse Begeisterung war gleich einem Kristall in ihr aufgeblüht und ließ sie überirdisch und entrückt und lieblich erscheinen. Wegen des Regens, der immer noch niederprasselte, wollte Maire sie dortbehalten, aber sie bestand auf der Abreise.

In schweren Stiefeln und im Regenmantel ging sie zur Post, um sich von Kate und Joan zu verabschieden. Joan weinte. Kate sagte auf ihre herzhafte Art: »Zwei Jahre, wie schnell sind die herum! ’s ist gar nichts!« – Als sie gegangen war, schien es, als sei ein Licht in dem kinderlosen Haus erloschen.

Maires Lebewohl war sachlich, aber hochherzig.

»Ich weiß, daß Michael in guten Händen ist«, sagte sie.

»Ja«, erwiderte die junge Frau mit strahlendem Lächeln, »das ist er!«

Und durch den Regen fuhren sie davon. Verhangen lag das Meer, als sie zurückblickte: nichts als ein bleierner Streifen hinter den Klippen. Sie wandte den Kopf um und sank auf ihrem schwarzen Schiffskoffer zusammen. Tom hatte sich einen alten Kartoffelsack um die Schultern gelegt und fuhr mit geducktem Kopf in den Regen hinein. Die Furcht hielt ihn noch immer im Bann. Er blickte ein- oder zweimal auf die junge Frau nieder, aber ihr Gesicht versteckte sich im Kragen ihres Regenmantels.

Sie verließen die scheinbar endlose, windgepeitschte Bergstraße und tauchten in die Bäume, die ihnen zu Häupten knarrten und tosten und ganze Händevoll Wasser in den Wagen schütteten. Seine Furcht ging in Entsetzen über.

Als er vor der Abteiltür stand, sah er sie flehend an. Er konnte die Frage nicht in Worte fassen. Er fühlte, es war eine Torheit, die unausgesprochen von ihm weichen mußte; daher fragte er nur mit den Augen, und sie antwortete ihm mit den Augen: mit einem Blick entzückter Erfüllung.

Die Lokomotive pfiff. Sie lehnte sich aus dem Abteilfenster, während der Zug losruckte, aber Tom sah nicht länger zu ihr auf. Er hatte die Hand über die Augen gelegt, stöhnte leise vor sich hin und schwankte ein wenig. Lange Zeit blieb er so stehen, eine komische Gestalt mit dem alten Kartoffelsack um die Schultern und der kleinen Pfütze, die sich auf dem Bahnsteig allmählich um seine Füße sammelte.

Mein Ödipus-Komplex

Vater war während des ganzen Krieges Soldat, deshalb sah ich ihn bis zu meinem fünften Lebensjahr nur sehr selten. Wenn er auf Urlaub nach Hause kam, schien er nicht weiter zu stören. Manchmal wachte ich nachts auf und sah im Kerzenlicht, wie eine große Gestalt sich über mich beugte und mich betrachtete. Oder ich hörte morgens, wie die Haustür ins Schloß fiel und seine genagelten Stiefel über die Pflastersteine der Gasse lärmten und sich entfernten. Vater kam und ging so geheimnisvoll wie Sankt Nikolaus. Eigentlich mochte ich seine kurzen Besuche recht gern, obwohl es sehr ungemütlich eng zwischen ihm und Mutter war, wenn ich frühmorgens in das große Bett kletterte. Er rauchte, und darum roch er so schön, und er rasierte sich – ein Vorgang, den zu beobachten ich nie müde wurde.

Mein Leben mit Mutter allein war friedlich und angenehm. Das Fenster meiner Dachstube sah nach Südosten, deshalb wachte ich schon beim ersten Morgengrauen auf, und mein Kopf war sofort berstend voll von Plänen. Nie schien das Leben so einfach, so angefüllt mit tausend Möglichkeiten wie gerade dann. Ich zog meine beiden Füße unter der Bettdecke hervor – sie hießen ›Frau Links‹ und ›Frau Rechts‹ – und erfand dramatische Auftritte, in denen sie die Tagesprobleme besprachen. Meistens redete ›Frau Rechts‹; ›Frau Links‹ begnügte sich damit, kräftig zu nicken (weil ich sie nicht so gut unter Kontrolle hatte). Sie berieten, was Mutter und ich den Tag über tun sollten, was Sankt Nikolaus zu Weihnachten bringen würde oder was man zur Verschönerung des Heims tun konnte. Da war zum Beispiel die Sache mit dem Baby, über das ich immer verschiedener Meinung mit Mutter war. Unser Haus war das einzige in der kleinen Straße, in dem es kein Baby gab, und Mutter sagte, wir könnten uns keins leisten, weil Vater im Krieg sei, sie kosteten sechzehn Shilling sechs, und das käme zu teuer. Doch darüber konnte ›Frau Rechts‹ nur den Kopf schütteln, denn die Geneys am Ende der Gasse hatten ein Baby, und die hatten bestimmt nicht sechzehn Shilling sechs übrig.

Wenn ich so meine Pläne für die allernächste Zukunft festgelegt hatte, stand ich auf, rückte einen Stuhl unter das Mansardenfenster und schob es ein wenig hoch, so daß ich über die Dächer der Stadt schauen konnte. Danach ging ich ins Schlafzimmer meiner Mutter, kletterte zu ihr ins Bett und erzählte ihr meine Pläne. Inzwischen war ich vor Kälte fast zum Eiszapfen erstarrt. Sobald ich wieder aufgetaut war, schlief ich über meinem Geplauder ein und wachte erst auf, wenn Mutter unten in der Küche schon Feuer anzündete und das Frühstück zurechtmachte. Nachher gingen wir in die Stadt, kauften ein, beteten in der Kirche für Vater und machten am Nachmittag, wenn das Wetter schön war, Spaziergänge über Land. Abends im Bett betete ich wieder für Vater, damit er gesund aus dem Kriege käme. Ich ahnte ja nicht, was ich damit tat!

Eines Morgens, als ich in das große Bett stieg, war Vater wieder über Nacht wie ein Sankt Nikolaus erschienen. Aber anstatt dann seine Uniform anzulegen, zog er sich einen guten blauen Anzug an, und Mutter war schrecklich froh. Ich verstand gar nicht, warum sie so froh war, denn ohne seine Uniform sah er wie ein ganz gewöhnlicher Mann aus. Doch sie strahlte und sagte, daß unsere Gebete erhört worden seien.

Als er mittags nach Hause kam, zog er die Stiefel aus und die Pantoffeln an, schlug die Beine übereinander und sprach sehr ernst mit meiner Mutter, die ein besorgtes Gesicht machte. Natürlich gefiel mir das gar nicht, daß sie besorgt aussah, denn sie war dann nicht mehr so schön. Also unterbrach ich ihn.

»Warte, Larry«, sagte sie sanft.

Das sagte sie immer, wenn langweilige Besucher da waren, deshalb bekümmerte ich mich nicht groß darum und redete weiter.

»Larry«, sagte sie ärgerlich, »sei still, ich rede mit Pappi!«

Es war das erste Mal, daß ich diese schrecklichen Worte hörte: »Ich rede mit Pappi.«

»Warum redest du mit Pappi?« fragte ich so gleichgültig ich nur konnte.

»Pappi und ich müssen etwas Geschäftliches besprechen. Störe uns jetzt nicht mehr!«

Ich fand, es sei höchste Zeit, mit Gegengebeten anzufangen, um Vater so schnell wie möglich wieder in den Krieg zu schicken.

Am Nachmittag ging er auf Mutters Bitte hin mit mir spazieren, und zwar, anstatt aufs Land, in die Stadt. In meiner gutgläubigen Art dachte ich, das sei entschieden ein Fortschritt. Aber ich merkte bald, daß Vater und ich verschiedener Ansicht waren darüber, was ein Spaziergang durch die Stadt bedeutete. Für ihn bedeutete es nicht, Straßenbahnen und Schiffe und Pferde anzuschauen, und wenn ich ihn zum Stehenbleiben bringen wollte, ging er einfach weiter und zog mich an der Hand nach.

Wenn er aber stehenblieb, dann dauerte es eine Ewigkeit, und immer sprach er mit seinen alten Freunden, die mich nicht im geringsten interessierten. Es war, als ob man mit einem Berg spazieren ginge. Entweder achtete er überhaupt nicht auf mein Ziehen und Zerren, oder er sah wie von einem Kirchturm auf mich herunter und lachte. Noch nie war ich einem Menschen begegnet, der immer nur so an sich selbst dachte wie mein Vater.

Beim Nachmittagstee fing es wieder an, das ›Gerede mit Pappi‹. Doch war's nun noch komplizierter, weil Vater eine Zeitung hatte und sie alle fünf Minuten sinken ließ, um Mutter etwas daraus zu erzählen. Das war wirklich kein ehrlicher Wettbewerb um Mutters Aufmerksamkeit: *mir* hörte sie sonst genausogut zu – aber wenn man die Sachen fix und fertig aus einer Zeitung vorlas – was ich nicht konnte ... Ich versuchte immer wieder, das Gespräch auf etwas anderes zu bringen, aber umsonst.

»Du mußt still sein, wenn Vater liest, Larry«, sagte Mutter ungeduldig.

Entweder unterhielt sie sich wirklich lieber mit Vater als mit mir, oder er hatte irgendwie Macht über sie, und sie getraute sich nicht, zu tun, was sie gern wollte. Ich nahm an, daß es das letztere war.

Und was dann am nächsten Morgen geschah, bestärkte noch meinen Verdacht. Ich wachte munter und vergnügt zur gleichen Zeit wie immer auf und hatte zuerst eine lange Unterhaltung mit meinen beiden Füßen. ›Frau Rechts‹ sprach von all dem Kummer, den sie mit ihrem Vater hatte, und ›Frau Links‹ bedauerte sie tüchtig. Dann holte ich meinen Stuhl und steckte den Kopf aus dem Mansardenfenster, wie ein Forschungsreisender, der zum erstenmal das neu entdeckte Land erblickt. Ich platzte förmlich vor Ideen, ging ins Schlafzimmer nebenan und kletterte in das große Bett.

Ich hatte Vater vollkommen vergessen, und nun saß ich da und überlegte, was ich mit ihm anfangen sollte: er nahm noch mehr Platz als sonst ein, und ich hatte es gar nicht bequem. Ich knuffte ihn also ein paarmal, und er brummte und streckte sich und machte tatsächlich Platz. Ich kuschelte mich zufrieden in das warme Bett und rief laut: »Mammi ...«

»Still, Kindchen«, flüsterte sie, »weck Pappi nicht auf!«

Das war ja etwas ganz Neues! Wenn ich morgens nicht mehr erzählen durfte, wie sollte ich denn da Ordnung schaffen in meinem Kopf?

»Warum?« fragte ich.

»Pappi ist müde!«

Das ist doch kein Grund! dachte ich und fuhr fort: »Mammi, weißt du, wohin ich heute mit dir gehen möchte?«

»Nein, Kind«, seufzte sie.

»Crowleys Gasse hinunter und ins Tal, und da fische ich dir Wasserläufer, und . . .«

»Weck Pappi nicht auf!« zischte sie und legte mir die Hand auf den Mund.

Aber Pappi war wach, beinahe wenigstens. Er brummte, drehte sich um und sah auf seine Uhr. Er blinzelte ungläubig.

»Soll ich dir eine Tasse Tee bringen, Liebchen?« fragte Mutter so zart und leise, wie ich sie noch nie hatte sprechen hören.

»Tee?« rief Vater entrüstet, »du weißt wohl nicht, wieviel Uhr es ist? Fünf!«

»Mammi!« rief ich.

»Geh sofort in dein Bett, Larry!« sagte Mutter streng.

Ich fing an zu weinen, aber leise. Vater sagte gar nichts. Er zündete sich die Pfeife an, guckte ins halbdunkle Zimmer und beachtete uns nicht. Ich wußte, daß er wütend war. Und dabei war alles so ungerecht! Immer, wenn ich zu Mutter gesagt hatte, es sei unnötig, zwei Betten zu haben, und wir könnten die ganze Nacht in einem Bett schlafen, hatte sie geantwortet, daß es gesünder in zwei Betten sei. Und nun kam dieser Mann hier, dieser fremde Mensch, und schlief die ganze Nacht in ihrem Bett, ohne im geringsten an die Gesundheit zu denken! Er stand auf, machte Tee und brachte Mutter eine Tasse. Mir nicht.

»Mammi«, rief ich, »ich möchte auch eine Tasse Tee!«

»Ja, Kind«, seufzte sie, »du kannst aus meiner Untertasse trinken.«

Ich wollte nicht aus ihrer Untertasse trinken. Ich wollte als Gleichberechtigter in meinem eigenen Heim behandelt werden und eine Tasse für mich allein haben. Also trank ich ihre Tasse aus und ließ ihr gar nichts übrig.

Als sie mich am Abend zu Bett brachte, bat sie mich freundlich, ihr etwas zu versprechen.

»Was?« sagte ich.

»Deinen armen Vater nicht schon am frühen Morgen zu stören.«

»Warum?« fragte ich, denn mir schien alles verdächtig, was mit diesem unmöglichen Menschen zusammenhing.

»Weil Vater Sorgen hat.«

»Warum?«

»Ach, du weißt doch, als Vater im Krieg war, bekamen wir Geld von der Post, und jetzt gibt's dort keins mehr, und Vater muß suchen, ob er anderswo Geld findet, sonst müssen wir betteln gehen wie die arme Frau, die freitags immer das Geldstück bekommt. Und das möchtest du doch wohl nicht?«

Nein, das mochte ich nicht. Wenn der Mann Geld suchen mußte, so war's eine ernste Angelegenheit. Ich faßte also die besten Vorsätze. Mutter legte all meine Spielsachen rings um mein Bett, und als ich aufwachte, sah ich sie, und mein Versprechen fiel mir ein, und ich spielte – stundenlang, wie es mir schien. Dann holte ich den Stuhl und sah aus dem Mansardenfenster, auch stundenlang. Es war langweilig, und es war kalt. Schließlich konnte ich es nicht länger aushalten und ging ins andere Zimmer.

Meine Mutter wachte erschrocken auf: »Larry, du mußt entweder ganz still sein oder wieder in dein Bett gehen!«

»Mammi, ich finde es gesünder, wenn Vater auch ein eigenes Bett zum Schlafen hat!«

Das schien sie stutzig zu machen, aber sie antwortete nicht.

Zornig gab ich Vater, ohne daß sie es merkte, einen Knuff. Er stöhnte und riß entsetzt die Augen auf: »Was ist? Wieviel Uhr?«

»Es ist nur das Kind«, sagte sie beruhigend. »Siehst du, Larry, du mußt jetzt wieder in dein Bett gehen!«

Als sie mich auf den Arm nehmen wollte, schrie und strampelte ich. Vater fing an zu schimpfen: »Das verdammte Kind! Schläft wohl überhaupt nie?«

»Es ist ja nur eine Angewohnheit, Liebchen«, sagte sie.

»Höchste Zeit, daß er sie aufgibt!« schrie Vater und sah uns mit bösen schwarzen Augen an. Ich machte mich frei, rannte in eine Ecke und heulte laut.

»Halt den Mund, du Strick!« rief Vater zornig.

So hatte noch nie jemand mit mir gesprochen. Da hatte ich also immer für ihn gebetet, und dabei war er mein schlimmster Feind. »Halt du selber den Mund!« schrie ich.

»Was?« rief Vater und sprang aus dem Bett.

»Michael«, rief Mutter, »ich bitte dich, das Kind ist noch nicht an dich gewöhnt!«

»Er muß Prügel bekommen«, rief Vater.

»Selber, selber, selber!« schrie ich ganz verzweifelt.

Da verlor er die Geduld und schlug mich. Gar nicht schlimm – aber die Ungerechtigkeit, von einem Fremden geschlagen zu werden, der sich in unser Heim und in Mutters Bett geschlichen hatte, machte mich vollkommen verrückt. Er sah mich an wie ein Riese, der mich ermorden wollte. Auf einmal begriff ich, daß er neidisch auf mich war.

Von dem Tag an war das Leben die reinste Hölle. Vater und ich verkehrten kühl und höflich miteinander. Ich konnte immer noch nicht verstehen, weshalb Mutter ihn so gern hatte. Er war in jeder Beziehung weniger nett als ich. Oft benützte er häßliche Wörter, und seinen Tee trank er auch nicht immer leise. Eine Weile glaubte ich, ihre Liebe zu ihm käme daher, weil sie sich für Zeitungen interessierte. Also dachte ich mir auch Neuigkeiten aus und tat so, als läse ich sie ihr vor. Aber es machte ihr nicht viel Eindruck. Ich steckte mir seine Pfeife in den Mund und wanderte so durchs Haus. Ich schlürfte sogar beim Teetrinken, aber sie verbot es mir nur. Der einzige Ausweg schien der zu sein, recht schnell zu wachsen und sie ihm dann wegzunehmen.

Eines Abends, als er besonders abscheulich war, immerzu mit ihr sprach und mich nicht beachtete, unterbrach ich ihn ganz ruhig:

»Mammi, wenn ich groß bin, heirate ich dich!«

»Ja, mein Herzchen«, antwortete sie freundlich. Aber Vater legte die Zeitung hin und lachte laut heraus.

»Ja«, sagte ich voll Verachtung, »und Kinder werden wir auch haben.«

»Weißt du, Larry«, sagte sie, »vielleicht werden wir schon ganz bald eins haben, dann hast du einen Spielkameraden.«

Darüber freute ich mich mächtig, obwohl eigentlich kein Grund dazu vorhanden war, wie sich allmählich herausstellte. Mutter war oft bedrückt, vermutlich, weil sie die sechzehn Shilling sechs für das Baby auftreiben mußte. Mit den Spaziergängen hörte es ganz auf. Sie wurde schrecklich nervös und gab mir Klapse für rein gar nichts. Oft dachte ich: Hätte ich sie doch nie auf die Idee mit dem Baby gebracht!

Und dann war es da – und ich konnte es von Anfang an nicht leiden. Ein schwieriges Kind, das dauernd alle Aufmerksamkeit beanspruchte. Mutter tat sehr töricht mit ihm. Sie merkte nie, daß es nur Theater machte. Und als Spielkamerad war es natürlich hoffnungslos.

Jetzt hieß es nicht mehr: »Wecke Vater nicht auf!«, sondern: »Wecke Brüderchen nicht auf!«

Als Vater eines Abends von der Arbeit nach Hause kam, spielte ich im Garten Eisenbahn. Ich drehte mich nicht um. Ich sagte nur laut vor mich hin: »Wenn mir noch ein verdammtes Baby ins Haus kommt, dann gehe ich weg!« Ich duckte mich und dachte, nun würde Vater mir eine Ohrfeige geben. Aber er stand lange still und sagte gar nichts, und dann ging er ins Haus. Von dem Augenblick an verstanden Vater und ich uns anscheinend etwas besser.

Mutter war nämlich furchtbar in ihrem Getue mit dem Baby. Sogar während der Mahlzeiten stand sie auf, schaute in seine Wiege, lächelte es wie verrückt an und bat Vater, auch zu kommen. Vater hob den Kopf ein wenig und sah unsicher hin, als verstünde er nicht, was die Frau wollte.

Wenn er sich beklagte, daß das Baby die ganze Nacht brüllte, wurde Mutter ärgerlich und sagte, daß es niemals weine, nur wenn ihm etwas fehle. Das bewies, wie töricht die gute Frau war, denn dem Baby fehlte nie etwas, es tat sich bloß wichtig. Da war Vater doch klüger – wenn er auch nicht hübsch war. Er durchschaute das Baby ohne weiteres.

Und eines Nachts wachte ich dann auf und spürte etwas Warmes neben mir im Bett. Ich bekam Herzklopfen vor Freude, weil ich dachte, es sei Mutter. Da hörte ich, wie das Baby nebenan jammerte, und wie Mutter leise zu ihm sagte: »Ja, ja, ja, mein Babylein!«

Sie war es also nicht. Sondern Vater. Er lag neben mir, atmete laut und war hellwach. Anscheinend war er teufelswild. Allmählich begriff ich, warum. Jetzt war *er* an der Reihe. Erst hatte er mich aus dem großen Bett verjagt, und nun war er selbst weggejagt worden. Mutter bekümmerte sich um niemanden mehr als um das ekelhafte Baby, und Vater und ich, wir mußten darunter leiden. Ich war schon mit fünf Jahren sehr großherzig: Rachsucht lag mir einfach nicht. Also streichelte ich ihn leise und sagte wie Mammi: »Ja, ja, ja, Pappi!«

Er war nicht gerade dankbar. »Hallo?« rief er scharf. »Bist du denn wach?«

»Nimm mich in den Arm!« bat ich, und er tat es, so gut er's konnte. Er war nichts als Knochen, der Mann, aber immerhin war es besser als gar nichts. Ich kuschelte mich an ihn und schlief ein.

Zu Weihnachten strengte er sich mächtig an und kaufte mir eine phantastisch schöne Eisenbahn. Denn seit jener Nacht war's mit den bitteren Gefühlen zwischen uns vorbei.

Eine kleine Grube im Moor

In der Dämmerstunde pflegte der große Engländer Belcher seine langen Beine aus der heißen Asche zu ziehen und uns zu fragen: »Hallo, Kinder, wie wär's?« Und Noble oder ich antworteten dann: »Wie du meinst, Kamerad!«, und der kleine Engländer Hawkins zündete die Lampe an und holte die Karten hervor. An manchen Abenden kam auch Jeremiah Donovan und führte die Oberaufsicht über das Spiel. Er regte sich über Hawkins' Karten auf (die er immer schlecht ausspielte) und schrie ihn an, als ob er einer von uns wäre: »Ih, du Saukerl, warum hast du denn nicht die Drei gespielt!«

Aber im allgemeinen war Jeremiah ein so stiller und zufriedener armer Teufel wie der lange Engländer Belcher, und respektiert wurde er bloß, weil er sich auf Dokumente verstand, wenn's auch langsam genug ging. Er trug einen kleinen Stoffhut und hohe Gamaschen über Straßenbeinkleidern, und selten habe ich seine Hände außerhalb seiner Hosentaschen gesehen. Wenn man mit ihm sprach, wurde er rot, wippte von den Zehen auf die Fersen und zurück und blickte die ganze Zeit auf seine großen Bauernfüße. Noble und ich hänselten ihn mit seiner ungewöhnlich breiten Aussprache, denn wir stammten beide aus der Stadt.

Damals konnte ich nicht begreifen, warum Noble und ich die zwei Engländer bewachen mußten. Ich war fest überzeugt, daß man die beiden in irgendeinen irischen Acker zwischen hier und Claregalway hätte stecken können, und sie hätten ebensogut Wurzeln geschlagen wie ein einheimisches Unkraut. Noch nie in meinem kurzen Dasein hab ich gesehen, daß zwei Menschen sich so rasch ans Land gewöhnten.

Sie wurden uns vom zweiten Bataillon zur Verwahrung übergeben, als die Suche nach ihnen zu brenzlig wurde, und Noble und ich, jung wie wir waren, übernahmen die Aufgabe mit großem Verantwortungsgefühl, aber damit machten wir uns bald vor dem kleinen Hawkins lächerlich, denn er bewies uns, daß er sich in der Gegend besser auskannte als wir.

»Du bist doch der Mann, den die andern ›Bonaparte‹ nennen, was?« fragte er mich. »Mary Brigid O'Connell hat mich gebeten, ich soll dich fragen, was du mit dem Paar Socken gemacht hast, die ihr Bruder dir geliehen hat.«

Sie erklärten uns, daß das zweite Bataillon kleine Abende veranstaltete, zu denen auch die Mädchen aus der Nachbarschaft erschienen, und weil unsere Jungen sahen, daß die beiden Engländer so anständige Burschen waren, konnten sie sie nicht gut übergehen, sondern luden sie ein und standen bald ganz kameradschaftlich mit ihnen. Hawkins hatte sogar irische Tänze gelernt: ›Die Mauern von Limerick‹, ›Die Belagerung von Ennis‹ und ›Die Wellen von Tory‹, und er tanzte sie so gut wie ein Ire. Natürlich konnte er sich nicht revanchieren und ihnen englische Tänze beibringen, denn damals tanzten unsere Jungen grundsätzlich keine ausländischen Tänze.

Was für Vorrechte Belcher und Hawkins also beim zweiten Bataillon genossen hatten, bekamen sie natürlich auch bei uns, und nach ein oder zwei Tagen verzichteten wir sogar auf den Anschein, sie zu überwachen. Nicht etwa, daß sie weit gekommen wären, denn sie hatten eine zu auffällig breite Aussprache und trugen Khaki-Jacken und -Mäntel zu Zivilistenhosen und Stiefeln. Aber ich glaube felsenfest, daß sie nicht den leisesten Fluchtgedanken hegten, sondern ganz zufrieden waren, hier bei uns zu sein.

Nun war es köstlich mitanzusehen, wie Belcher mit der alten Frau fertigwurde, in deren Häuschen wir wohnten. Sie war ein Zankteufel ohnegleichen und benahm sich selbst zu uns reichlich verschroben, doch ehe sie auch nur Gelegenheit hatte, unsere Gäste (wie ich sie nennen möchte) mit ihrem Zungenschlag bekanntzumachen, hatte Belcher sie bereits als lebenslängliche Freundin gewonnen. Sie zerkleinerte gerade

Feuerholz, und Belcher, der noch keine zehn Minuten im Haus war, sprang von seinem Stuhl auf und ging zu ihr hinüber.

»Erlauben Sie, Ma'am!« sagte er mit seinem eigentümlichen Lächeln, »lassen Sie mich nur machen!«, und damit nahm er ihr das alte Beil aus der Hand. Der Schlag rührte sie fast, so daß sie nichts entgegnen konnte. Von da an war Belcher dauernd hinter ihr her und trug ihr den Eimer oder den Korb oder eine Last Torf – wie es gerade kam. Wie Noble sehr richtig bemerkte, sah er alles, noch ehe sie daran dachte, und hatte heißes Wasser und sonstwas bereit, was sie etwa brauchen konnte. Für einen so langen Menschen (denn wenn ich auch fünf Fuß zehn messe, muß ich doch zu ihm aufsehen), für einen so langen Laban war er erstaunlich kurz angebunden – oder soll ich's gar stumm nennen? Es dauerte einige Zeit, bis wir uns daran gewöhnt hatten, daß er wie ein Geist, ohne ein Wort zu sprechen, ein und aus ging. Besonders, weil Hawkins soviel wie eine ganze Kompagnie schwadronierte, war es seltsam, wenn man hin und wieder mal den langen Belcher hörte, der sich die Zehen in der heißen Asche wärmte und ein einsames »Verzeihung, Kamerad« oder »Schon recht, Kamerad« hervorbrachte. Die Karten waren seine einzige Leidenschaft, und ich muß zugeben, daß er gut spielte. Er hätte mich und Noble gehörig rupfen können, aber was wir an ihn verloren, verlor Hawkins an uns, und Hawkins spielte mit dem Geld, das Belcher ihm gab.

Hawkins verlor an uns, weil er zuviel zu schwatzen hatte, und wir verloren wahrscheinlich aus dem gleichen Grunde an Belcher. Hawkins und Noble konnten sich bis in die frühen Morgenstunden giftig über Religion ereifern, denn Hawkins beunruhigte Noble (dessen Bruder ein Priester war) bis in die Tiefen seiner Seele mit einer Reihe von Fragen, die sogar einen Kardinal aus der Fassung bringen konnten. Und was schlimmer war: Hawkins hatte ein bedauerlich freches Mundwerk, selbst wenn es um Heiliges ging. In meinem ganzen Leben habe ich noch nie einen Menschen getroffen, der seine Diskussionen mit einer solchen Auswahl an Flüchen und Schimpfwörtern spickte. Er war ein schrecklicher Mensch, und mit ihm zu diskutieren war entsetzlich. Arbeiten tat er überhaupt nicht, und wenn er keinen zum Schwatzen fand, dann mußte die alte Frau herhalten.

Doch sie war ihm gewachsen, denn eines Tages, als er sie dahin gebracht hatte, sich unfromm über die Trockenheit zu beklagen, legte sie ihn gründlich herein, indem sie einzig und allein Jupiter Pluvius die Schuld gab (eine Gottheit, von der weder Hawkins noch ich je gehört hatten, obschon Noble sagte, die Heiden glaubten, er habe was mit dem Regen zu tun). Ein andermal fluchte er über die Kapitalisten, die den Weltkrieg angezettelt hätten, doch die alte Frau stellte ihr Bügeleisen hin, verzog ihren grämlichen kleinen Mund und sagte: »Mr. Hawkins, Sie dürfen mir über den Krieg erzählen, soviel Sie wollen, und sich einbilden, Sie könnten mir was vormachen, weil ich eine einfache arme Frau vom Lande bin, aber ich weiß, wer den Krieg angefangen hat. Es war der italienische Graf, der aus dem Tempel in Japan ein heidnisches Götterbild gestohlen hat. Glauben Sie mir, Mr. Hawkins, nichts als Kummer und Sorge bricht über den herein, der die verborgenen Kräfte stört!« Ja, sie war wirklich eine verschrobene Alte!

Eines Abends tranken wir zusammen unsern Tee, und Hawkins zündete die Lampe an, und wir setzten uns alle zum Kartenspiel zurecht. Jeremiah Donovan kam auch, setzte sich und sah uns ein Weilchen zu, und plötzlich merkte ich, daß er zu den beiden Engländern nicht sehr nett war. Es war sehr überraschend für mich, denn etwas Ähnliches war mir vorher nie an ihm aufgefallen.

Spät abends kam es zwischen Hawkins und Noble zu einem richtig erbitterten Streit über Kapitalisten und Priester und Vaterlandsliebe.

»Die Kapitalisten«, sagte Hawkins und schluckte ärgerlich, »bezahlen die Priester dafür, daß sie euch was vom Jenseits vorerzählen, damit ihr nicht merkt, wie es die Schweinebande hier im Diesseits treibt.«

»Unsinn, Mann«, rief Noble und verlor die Beherrschung. »Die Menschen haben ans Jenseits geglaubt, als von Kapitalisten noch gar keine Rede war!«

Hawkins erhob sich, als ob er eine Predigt halten wollte. »Nein, sowas! Wirklich?« höhnte er. »Also glaubst du all das, was sie glauben – das wolltest du doch sagen, nicht wahr? Und du glaubst, daß Gott den Adam schuf, und Adam den Sem, und Sem den Josaphat. Du glaubst an all die dummen alten Märchen von Eva und dem Paradiesgarten und dem Apfel. Nun hör mal gut zu, Kamerad! Wenn du das Recht hast, an so einer dummen Ansicht festzuhalten, dann hab ich auch das Recht, an meiner dummen Ansicht festzuhalten, nämlich: das erste Wesen, das Gott schuf, war ein Sauhund von Kapitalist, komplett mit Moral und Rolls-Royce! – Hab ich recht, Kamerad?« fragte er Belcher.

»Hast recht, Kamerad«, antwortete Belcher mit seinem belustigten Lächeln und stand auf, um seine langen Beine ans Feuer zu halten und sich über den Schnurrbart zu streichen. Als ich daher sah, daß Jeremiah Donovan aufbrechen wollte und daß Hawkins' Diskussion über die Religion noch endlos andauern konnte, ging ich mit Donovan nach draußen. Wir schlenderten zusammen bis zum Dorf, und dann blieb er stehen, wurde rot und brummte etwas vor sich hin, ich solle lieber umkehren und auf die Gefangenen achtgeben. Mir paßte der Ton nicht, den er mir gegenüber anschlug, und überhaupt fand ich das Leben im Häuschen langweilig, deshalb erwiderte ich, warum wir sie zum Teufel überhaupt bewachen sollten. Ich erklärte ihm auch, daß ich's alles mit Noble besprochen hätte und daß wir lieber draußen bei einer Kampf-Kolonne wären.

»Was nützen uns die Burschen denn?« fragte ich.

Er sah mich überrascht an und sagte: »Ich dachte, ihr wüßtet, daß wir sie als Geiseln halten?«

»Als Geiseln?« fragte ich.

»Die Feinde halten ein paar von unseren Leuten gefangen«, sagte er, »und jetzt heißt es, sie wollten sie erschießen. Wenn sie aber unsere Leute erschießen, dann erschießen wir auch ihre.«

»Erschießen?« rief ich.

»Na, was glaubst du denn, wofür wir sie sonst aufbewahren?«

»Das war aber sehr unüberlegt von euch«, entgegnete ich, »daß ihr Noble und mich nicht von Anfang an aufgeklärt habt!«

»Wieso denn?« rief er. »Ihr hättet's ja wissen können.«

»Wir konnten's nicht wissen, Jeremiah Donovan«, sagte ich. »Und wo wir schon so lange mit ihnen zusammen sind!«

»Die Feinde halten unsere Leute ebenso lange gefangen, wenn nicht länger«, antwortete er mir.

»Das ist doch nicht das gleiche«, sagte ich.

»Was soll denn da für ein Unterschied sein?« fragte er.

Ich konnt's ihm nicht sagen, weil ich wußte, er würde es doch nicht verstehen. Wenn sich's auch bloß um einen alten Hund handelt, der bald 'ne Spritze vom Tierarzt bekommen muß, dann paßt man doch auf, daß er einem nicht zu sehr ans Herz wächst – aber der Donovan, das war einer, dem sowas nicht naheging.

»Und wann soll die Sache entschieden werden?« fragte ich.

»Vielleicht heute abend«, sagte er. »Oder morgen oder spätestens übermorgen. Wenn das also dein ganzer Kummer ist, daß es dir hier zu langweilig wird, dann ist's bald Schluß damit.«

Aber die Langeweile war jetzt ganz und gar nicht mein Kummer. Jetzt machte mir Schlimmeres Kummer. Als ich ins Häuschen zurückkehrte, war die Diskussion noch in vollstem Gange. Hawkins predigte noch auf seine schönste Manier und behauptete, es gäbe kein Leben nach dem Tode, und Noble behauptete das Gegenteil, aber ich merkte doch, daß Hawkins Sieger war.

»Weißt du was, Kamerad?« sagte er mit dreistem Grinsen. »Ich finde, du bist ebenso verdammt ungläubig wie ich. Du sagst, du glaubst ans Jenseits, aber du weißt genau so wenig darüber wie ich, nämlich rein gar nichts. Wie ist der Himmel? Das weißt du nicht. Wo ist der Himmel? Das weißt du nicht. Du weißt verdammt gar nix. Ich frag dich jetzt nochmal: haben sie Flügel?«

»Ja doch, ja«, sagte Noble, »sie haben Flügel. Genügt dir das? Sie haben Flügel.«

»Und woher bekommen sie ihre Flügel? Wer macht sie ihnen? Haben sie eine Flügelfabrik? Haben sie eine Art Laden, wo man sein Zettelchen abgibt und seine verdammten Flügel bekommt?«

»Mit dir kann man einfach nicht reden!« sagte Noble. »Jetzt hör mal her...« Und schon ging's wieder los.

Mitternacht war längst vorbei, als wir zuschlossen und zu Bett gingen. Als ich die Kerze ausblies, erzählte ich Noble, was mir Jeremiah Donovan gesagt hatte. Noble nahm es sehr ruhig auf. Als wir etwa eine Stunde im Bett gelegen hatten, fragte er mich, ob ich meinte, wir sollten es den Engländern sagen. Ich fand, wir sollten es nicht sagen, denn es war viel wahrscheinlicher, daß die Engländer unsere Leute nicht erschießen würden, und wenn es doch geschah, würden die Brigade-Offiziere, die ständig zum zweiten Bataillon kamen und die Engländer gut kannten, wahrscheinlich nicht dulden, daß die beiden umgelegt würden. »Das glaube ich auch«, sagte Noble. »Es wäre furchtbar grausam, ihnen jetzt angst zu machen.«

»Jedenfalls war es sehr unüberlegt von Jeremiah Donovan«, antwortete ich.

Am nächsten Morgen aber fanden wir es sehr schwierig, Belcher und Hawkins gegenüberzutreten. Wir gingen im

Haus herum und sagten den ganzen Tag kaum ein Wort. Belcher schien es nicht zu bemerken; er saß wie immer vor der heißen Asche und schien wie immer in Ruhe abzuwarten, ob sich etwas Unvorhergesehenes ereignen würde. Hawkins jedoch bemerkte es und führte es auf die Tatsache zurück, daß er Noble am Abend vorher in der Diskussion besiegt hatte.

»Warum kannst du eine Diskussion nicht auffassen, wie sich's gehört?« fragte er. »Du mit deinem Adam und deiner Eva! Ich bin Kommunist, jawohl, das bin ich! Kommunisten oder Atheisten – das kommt schließlich auf das gleiche heraus.« Und stundenlang lief er noch im Haus herum und brummelte etwas, wenn ihn gerade die Stimmung überkam. »Adam und Eva! Adam und Eva! Konnten nichts Besseres mit ihrer Zeit anfangen, als blöde Äpfel pflücken!«

Ich weiß nicht, wie wir den Tag überstanden, aber ich war sehr froh, als wir ihn hinter uns hatten, als das Geschirr abgeräumt war und als Belcher auf seine friedfertige Art sagte: »Hallo, Kinder! Wie wär's?« Wir setzten uns um den Tisch, und Hawkins holte die Karten hervor, und gerade dann hörte ich Jeremiahs Schritt auf dem Weg draußen, und eine dunkle Ahnung packte mich. Ich stand auf und fing ihn ab, noch ehe er bei der Tür anlangte.

»Was willst du?« fragte ich.

»Eure beiden Freunde«, sagte er und wurde rot.

»Ist das im Ernst gemeint, Jeremiah Donovan?«

»Es ist im Ernst gemeint«, sagte er. »Heute früh haben sie vier von unseren Leuten erschossen, und darunter auch einen sechzehnjährigen Jungen!«

»Das ist schlimm«, sagte ich.

Im gleichen Augenblick kam mir Noble nach, und dann gingen wir drei den Gartenweg hinunter und unterhielten uns flüsternd. Der Nachrichten-Offizier Feeney stand am Gartentor.

»Was willst du jetzt unternehmen?« fragte ich Jeremiah Donovan.

»Ich möchte, daß du und Noble sie nach draußen bringen. Sagt ihnen, sie kämen zu einer andern Gruppe. Dann geht's am ruhigsten ab!«

»Sowas mach ich nicht!« stieß Noble hervor.

Jeremiah Donovan blickte ihn scharf an. »Meinetwegen – dann gehst du mit Feeney zum Schuppen; holt euch Geräte und grabt am andern Ende vom Moor eine Grube. Bonaparte und ich kommen euch nach. Laßt euch aber ja nicht mit den Geräten erblicken! Ich möchte nicht, daß es plötzlich zuviel für uns beide wird!«

Wir sahen, wie Feeney und Noble ums Haus und zum Schuppen gingen. Dann traten wir ein, und ich überließ Jeremiah Donovan die Erklärungen. Er sagte ihnen, er habe Order erhalten, sie zum zweiten Bataillon zurückzuschicken. Hawkins ließ ein Maul voll Flüche los, und auch Belcher merkte man es an – obwohl er kein Wort sagte –, daß er etwas unruhig war. Die alte Frau war dafür, sie uns zum Trotz bei sich zu behalten, und hörte nicht auf, ihnen gute Ratschläge zu geben, bis Jeremiah Donovan schließlich die Geduld verlor und sie anschnauzte. Er war ekelhafter Laune, wie mir auffiel. In der Hütte war es inzwischen stockdunkel geworden, aber keiner dachte daran, die Lampe anzuzünden, und die beiden Engländer griffen im Dunkeln nach ihren Mänteln und verabschiedeten sich von der alten Frau.

»Kaum fühlt man sich mal zu Haus, da glaubt schon irgendein Hundesohn im Hauptquartier, es ginge einem zu lausig wohl, und schiebt einen wieder ab, verdammt!« sagte Hawkins und schüttelte ihr die Hand.

»Tausend Dank, Madam«, sagte Belcher. »Tausend Dank für alles!« – als ob er es selbst verschuldet hätte.

Wir gingen ums Haus herum auf die Rückseite und dann zum Moor hinunter. Jeremiah Donovan erzählte es ihnen erst unterwegs. Er zitterte vor Aufregung. »Heute früh sind vier von unsern Leuten in Cork erschossen worden, und jetzt sollt ihr erschossen werden – als Vergeltung.«

»Wovon redest du eigentlich?« fuhr ihn der kleine Hawkins an. »'s ist schon schlimm genug, die Menschen so herumzuschubsen, wie unsereinen – auch ohne deine blöden Witze!«

»Es ist kein Witz«, erwiderte Donovan. »Tut mir leid, Hawkins, aber es ist wahr.« Und dann stimmte er die übliche alte Leier von Pflichterfüllung an, und wie unangenehm es wäre, und die Vorgesetzten...

»Laß den Quatsch!« rief Hawkins gereizt.

»Kannst ja Bonaparte fragen!« sagte Donovan, als er merkte, daß Hawkins ihm nicht glaubte. »Stimmt's, Bonaparte?«

»Ja«, sagte ich, und Hawkins blieb stehen.

»Aber um Gottes willen, Kamerad!«

»Doch, 's ist wahr, Kamerad!« sagte ich.

»Bei dir hört sich's nicht so an, als ob du's im Ernst meinst!«

»Aber bei mir!« Donovan wurde allmählich erbittert.

»Was hast du denn gegen mich, Jeremiah Donovan?«

»Ich hab noch nie behauptet, daß ich was gegen dich hätte. Aber warum müssen eure Leute vier von unsern Gefangenen nehmen und kaltblütig erschießen?«

Er packte Hawkins am Arm und zerrte ihn weiter, konnte es ihm aber nicht begreiflich machen, daß es Ernst war. Ich hatte einen Revolver in der Tasche und fingerte ständig daran herum und überlegte, was ich tun sollte, wenn sie sich wehrten oder ausrissen, und ich wünschte von Herzen, sie würden eins oder das andere tun. Ich wußte, daß ich bestimmt nicht auf sie schießen würde, wenn sie ausrissen. Hawkins wollte wissen, ob Noble auch damit zu tun hatte, und als wir ›Ja‹ sagten, fragte er, warum Noble ihn umlegen wollte. Und warum wir andern ihn umlegen wollten? Was hatte er uns getan? Waren wir nicht alle Kameraden? Wir verstanden ihn doch! Und er verstand uns doch! Glaubten wir denn auch nur eine Sekunde lang, daß er uns erschießen würde, selbst wenn's alle hm-hm Offiziere in der hm-hm britischen Armee befahlen?

Mittlerweile hatten wir das Ende des Moors erreicht, und mir war so elend zumute, daß ich ihm nicht antworten konnte. Wir gingen am Rande entlang, und jeden Augenblick blieb Hawkins stehen und begann wieder von vorne – als ob er wie ein Uhrwerk aufgezogen würde –, daß wir doch Kameraden seien. Dabei wußte ich, daß nichts anderes als der Anblick der offenen Grube ihn überzeugen könnte, daß wir's tun mußten. Und die ganze Zeit über hoffte ich, es würde noch etwas geschehen: daß sie ausreißen würden oder daß Noble mir die Verantwortung abnehmen würde.

Endlich sahen wir in einiger Entfernung die Laterne und hielten darauf zu. Noble hatte sie in der Hand, und Feeney stand irgendwo im Dunkeln hinter ihm, und das Bild – wie sie so still und stumm im Torfmoor standen – machte es mir deutlich, daß es wirklich Ernst war, und damit verschwand der letzte Funken Hoffnung, den ich noch hatte.

Belcher erkannte Noble und rief auf seine ruhige Art: »Hallo, Kamerad.« Hawkins aber fuhr sofort auf ihn los, und die Fragerei ging wieder von vorne an, nur daß Noble diesmal gar nichts zu seinen Gunsten vorbringen konnte, sondern mit gesenktem Kopf dastand, während ihm die Laterne zwischen den Beinen baumelte.

Jeremiah Donovan übernahm es, für ihn zu antworten. Zum zwanzigsten Mal – als ob es ihn wie ein Spuk verfolge – fragte Hawkins, wer hier etwa glaube, daß er Noble erschießen könnte.

»Doch, das würdest du tun«, sagte Jeremiah.

»Nein, das würd ich nicht tun, verdammt noch eins!«

»Doch, weil du wüßtest, sie würden dich erschießen, wenn du's nicht tust.«

»Ich würd's nicht tun, und wenn sie mich zwanzigmal erschießen wollten! Ich würde niemals einen Kameraden erschießen. Und Belcher auch nicht, stimmt's, Belcher?«

»Stimmt, Kamerad«, sagte Belcher, aber eher als Antwort auf die Frage – und nicht, um sich in den Streit einzumischen. Es klang so, als ob das Unvorhergesehene, auf das er immer gewartet hatte, endlich eingetroffen sei.

»Und wer sagt überhaupt, daß Noble erschossen würde, wenn er mich nicht erschießt? Was meint ihr denn, was ich tun würde, wenn ich an seiner Stelle wäre – mitten im verfluchten Torfmoor?«

»Was würdest du tun?« fragte Donovan.

»Ich würde natürlich mit ihm gehen, einerlei, wohin. Ich würde meinen letzten Shilling mit ihm teilen und durch dick und dünn zu ihm halten. Von mir kann keiner erzählen, daß ich jemals einen Freund im Stich gelassen hätte.«

»Jetzt ist's aber genug«, rief Jeremiah Donovan und spannte den Revolver. »Hast du jemandem eine Botschaft auszurichten?«

»Nein, niemandem!«

»Möchtest du ein Gebet sprechen?«

Hawkins gab eine freche Antwort, die sogar mich erschreckte, und dann wandte er sich wieder an Noble.

»Hör mal, Noble«, bat er, »du und ich, wir sind Kameraden! Du kannst nicht auf meine Seite überlaufen, also komm ich auf deine Seite! Verstehst du jetzt, was ich meine? Gib mir eine Knarre, dann zieh ich mit dir und den andern Jungen los.«

Keiner antwortete ihm. Wir wußten, das war kein Ausweg.

»Hörst du, was ich sage?« fragte er. »Ich hab's satt. Kannst mich fahnenflüchtig nennen oder was du sonst willst. Ich glaub nicht an euern Kram, aber er ist nicht schlimmer als unserer. Genügt dir das?«

Noble hob den Kopf, aber Donovan begann zu sprechen, und da ließ er ihn wieder sinken, ohne zu antworten.

»Zum letzten Mal: hast du eine Botschaft auszurichten?« rief Donovan, und seine Stimme klang kalt und erregt.

»Halt den Mund, Donovan! Du verstehst mich nicht, aber

die Jungen hier verstehen mich. Die sind nicht so, sich jemanden zum Freund zu machen und dann den Freund zu erschießen. Sie sind nicht das Werkzeug von Kapitalisten!«

Ich war der einzige, der sah, wie Donovan seinen Revolver auf Hawkins' Nacken richtete, und als er es tat, machte ich die Augen zu und versuchte zu beten. Hawkins hatte gerade mit einem neuen Satz angefangen, als Donovan schoß. Beim Knall machte ich die Augen auf und sah, wie Hawkins torkelte und in die Knie sank und sich dann vor Nobles Füßen lang ausstreckte: genau so langsam und still wie ein kleiner Junge beim Einschlafen, und das Licht aus der Laterne spielte über seine mageren Beine und die blanken Bauernstiefel. Wir standen alle ganz unbeweglich und sahen zu, wie er im letzten Todeskampf zur Ruhe kam.

Danach zog Belcher ein Taschentuch hervor und versuchte, es sich über die Augen zu legen und zu verknoten (in unserer Aufregung hatten wir vergessen, es bei Hawkins ebenso zu machen). Als er merkte, daß es nicht groß genug war, drehte er sich um und bat mich, ihm meins zu leihen. Ich gab es ihm, und er knotete beide zusammen und zeigte mit der Fußspitze auf Hawkins.

»Er ist noch nicht ganz tot«, sagte er. »Gebt ihm lieber noch einen Schuß!«

Und tatsächlich, Hawkins hob das linke Knie hoch. Ich bückte mich und hielt meinen Revolver an seinen Kopf, besann mich aber und richtete mich wieder auf. Belcher verstand, was mir durch den Kopf ging.

»Gib's ihm nur zuerst«, sagte er. »Mir macht's nichts aus. Der arme Teufel! Wir wissen nicht, wie's ihm zumute ist!«

Ich kniete nieder und schoß. Mir war, als wüßte ich schon nicht mehr, was ich tat. Belcher, der ein bißchen ungeschickt mit seinen beiden Taschentüchern herumhantierte, lachte hell auf, als er den Schuß hörte. Noch nie hatte ich ihn lachen hören, und mir lief es kalt über den Rücken. Es klang so unnatürlich.

»Der arme Kerl!« sagte er ruhig. »Und gestern abend war er noch so wißbegierig! Ist doch komisch, Kameraden, finde ich: jetzt weiß er soviel über alles, wie einer nur darüber wissen kann – und gestern abend tappte er noch im Dustern!«

Donovan half ihm, die Binde über die Augen zu legen. »Danke, Kamerad!« sagte er. Donovan fragte, ob er eine Botschaft auszurichten habe.

»Nein, Kamerad«, sagte er. »Nicht von mir, aber wenn einer von euch an Hawkins' Mutter schreiben will: in seiner Brusttasche steckt ein Brief von ihr. Er und seine Mutter verstanden sich großartig. – Aber ich – mich hat meine Frau vor acht Jahren sitzenlassen. Ist mit einem anderen Burschen durchgebrannt und hat den Kleinen mitgenommen. Ich bin sehr für ein Zuhause, wie euch vielleicht aufgefallen ist, aber danach konnt ich nicht wieder von vorn anfangen.«

Es war ganz erstaunlich, daß Belcher in den paar Minuten mehr sprach als in all den vorangegangenen Wochen. Es war gerade so, als ob der Schuß einen Redefluß in ihm ausgelöst hätte und als könnte er die lange Nacht durch so weitermachen und ganz glücklich über sich selbst erzählen. Wir standen wie Dummköpfe da, weil er uns ja nicht länger sehen konnte. Donovan blickte Noble an, und Noble schüttelte den Kopf. Dann hob Donovan seinen Revolver, und im gleichen Augenblick stieß Belcher wieder sein komisches Lachen aus. Vielleicht meinte er, wir hätten über ihn gesprochen, oder vielleicht war ihm zu Bewußtsein gekommen, woran auch ich hatte denken müssen, und er begriff es nicht.

»Entschuldigung, Kameraden«, sagte er. »Mir scheint, ich rede einen Haufen Zeugs zusammen, und so dumm obendrein; daß ich im Haus praktisch bin und so weiter. Die Sache kam so plötzlich! Verzeiht mir, bitte!«

»Willst du kein Gebet sprechen?« fragte Donovan.

»Nein, Kamerad«, sagte er. »Ich glaube nicht, daß es mir helfen würde. Ich bin bereit, und ihr wollt's gern hinter euch haben.«

»Du verstehst doch, daß wir's bloß aus Pflichtgefühl tun?« fragte Donovan.

Belcher hatte den Kopf wie ein Blinder erhoben, so daß man im Laternenschimmer nur sein Kinn und seine Nasenspitze sehen konnte.

»Ich hab nie so recht herausgebracht, was Pflicht eigentlich ist«, sagte er. »Ich weiß, daß ihr alle gute Burschen seid, wenn du das gemeint hast. Ich beklage mich nicht.«

Als könnte er es nicht länger ertragen, hob Noble die Faust und drohte Donovan, und im Nu hob Donovan den Revolver und schoß. Der lange Mensch plumpste wie ein Mehlsack um, und diesmal war ein zweiter Schuß nicht nötig.

Ich erinnere mich nicht mehr deutlich, wie wir sie begruben. Ich weiß nur, daß es schlimmer als alles andere war, sie so ins Grab zu schleppen. Verrückt einsam war es, nichts als der Fleck Laternenschimmer zwischen uns und dem Dunkel, und die Vögel riefen und kreischten ringsum, weil die Schüsse sie aufgeschreckt hatten. Noble untersuchte Hawkins' Habseligkeiten, fand den Brief von seiner Mutter und faltete ihm dann die Hände auf der Brust. Mit Belcher machte er es ebenso. Als wir das Grab zugeworfen hatten, trennten wir uns von Jeremiah Donovan und von Feeney und brachten die Geräte in den Schuppen zurück. Den ganzen Weg über sprachen wir kein Wort. Die Küche war dunkel und kalt, genau wie wir sie verlassen hatten, und die alte Frau saß vor dem leeren Kamin und hatte den Rosenkranz in den Händen. Wir gingen an ihr vorbei ins Zimmer, und Noble strich ein Zündhölzchen ab, um die Lampe anzuzünden. Sie stand ruhig auf und trat in die Türöffnung: von ihrer kratzbürstigen Natur war nichts mehr zu spüren.

»Was habt ihr ihnen angetan?« fragte sie flüsternd, und Noble zuckte zusammen, so daß ihm das Streichholz in der Hand erlosch.

»Was soll das?« fragte er, ohne sich umzudrehen.

»Ich hab euch gehört«, sagte sie.

»Was haben Sie gehört?« fragte Noble.

»Ich hab euch gehört. Meint ihr, ich hätt euch nicht gehört, als ihr den Spaten wieder in den Schuppen gestellt habt?«

Noble zündete noch ein Streichholz an, und diesmal flammte die Lampe auf.

»War's das, was ihr ihnen angetan habt?« fragte sie.

Dann fiel sie, weiß Gott, mitten in der Tür auf die Knie und fing an zu beten, und nachdem Noble sie ein, zwei Minuten angesehen hatte, machte er's wie sie und betete am Kamin. Ich drückte mich an ihr vorbei und überließ sie ihren Gebeten. Ich stand in der Haustür, blickte zu den Sternen auf und hörte, wie das Rufen der Vögel über dem Moor allmählich erstarb. Manchmal ist das, was man empfindet, so seltsam, daß man's gar nicht beschreiben kann. Noble sagt, er hätte alles zehnmal so groß gesehen: als ob in der ganzen Welt nichts anderes wäre, als die kleine Grube im Moor, in der die Engländer steif und kalt wurden. Bei mir aber war's so, als ob die Grube im Moor Millionen Meilen weit weg wäre, und sogar Noble und die alte Frau, die hinter mir ihre Gebete sagten, und auch die Vögel und die dummen Sterne waren ganz weit weg, und ich war klein und ganz verlassen und einsam, wie ein Kind, das sich im Schnee verirrt hat. Und was ich später auch noch erlebt haben mag – nie wieder war mir so zumute.

Don Juans Versuchung

Ob ihr's glaubt oder nicht«, sagte Gussie und grinste selbstgefällig, »ich hab selber mal in einer elenden Klemme gesteckt!«

»Was war's denn, Gussie?« fragte einer. Es ist erstaunlich, wie gerne wir alle Gussie zuhören. Der Grund ist weiß Gott nicht etwa der, daß wir ihn gern haben oder ihm auch nur glauben, sondern weil in uns allen (stell ich mir vor) ein uneingestandenes Gefühl schlummert, wie mangelhaft unsre eigene Lebenserfahrung ist. Vom rein menschlichen Standpunkt betrachtet, verstehen wir natürlich unsre Frauen und Liebchen, aber der dicke Gauner versteht sie auf einer anderen Ebene, auf der wir sie nie zu sehen bekommen.

»Es war ein Mädchen, das ich mal auf einer Party bei den Hannigans kennengelernt habe«, erwiderte Gussie. »Sie war noch ganz jung, und groß und dunkel und hübsch, doch es war nicht so sehr ihr Äußeres, sondern weil sie unter all den Holzpuppen in bunten Abendkleidern so natürlich wirkte. Sie stammte aus einem Landstädtchen und hatte nicht gelernt, wie man sich anzieht und benimmt, aber egal, was sie tat oder sagte, immer schien's das Richtige und Natürliche zu sein.

Wir gingen zusammen weg, und sie nahm meinen Arm. Es war eine schöne Nacht, beinah Vollmond. Ich hatte damals die Wohnung dicht am Stephen's Green, und weil wir daran vorbeikamen, blieb ich stehen und lud sie zu mir ein. Sie zuckte ein bißchen zusammen. Wahrscheinlich merkte ich's nicht sofort, denn ich hatte schon ein paar Glas in mir.

›Um was zu tun?‹ fragte sie.

›Um über Nacht zu bleiben, falls Sie wollen!‹ antwortete ich und hätte mir am liebsten die Zunge abgebissen, sowie ich's gesagt hatte. Sogar jetzt schäme ich mich beinah noch, es zu erzählen«, seufzte Gussie. »Es war so albern von mir: wie ein Schüler, der zum erstenmal mit einem Mädchen ausgegangen ist! Ich sah es ihr an, wie sie förmlich versteinerte.

›Nein, danke‹, sagte sie. ›Ich habe mein eigenes Zimmer.‹

›Oh, bitte, Helen, bitte‹, rief ich, nahm ihre Hand und drückte sie ihr wie ein alter Freund ihrer Familie, ›Sie sind doch hoffentlich nicht beleidigt? Es war nur ein dummer Scherz! Jetzt müssen Sie wirklich zu einem Drink mit nach oben kommen und mir dadurch beweisen, daß Sie's nicht übelgenommen haben!‹

›Ein andermal‹, entgegnete sie, ›wenn es nicht gar so spät ist‹, und ich gab mich damit zufrieden, weil ich wußte, daß jedes Drängen sie nur noch mehr erschreckt hätte. Sie hatte ihre Hand wieder auf meinen Arm gelegt, aber nur, weil sie keine große Geschichte draus machen wollte. Im Grunde ihres Herzens war sie tief gekränkt. Gekränkt und überrascht. Sie hatte nicht gedacht, daß ich auch so einer wäre. Oder vielmehr«, fuhr Gussie mit gutmütigem Gekicher fort, »sie wußte, daß ich auch so einer war, aber sie hatte gehofft, es würde sich ganz allmählich äußern, so daß sie nicht mit der Nase draufgestoßen wurde.

Jedenfalls kamen wir bis zur Kanalbrücke, und dort blieb sie stehen und stützte sich mit den Armen auf die Brüstung. Ich muß gestehen, daß im Mondschein alles sehr schön aussah, aber sie dachte nicht an den Mondschein. Sie hatte ihren Schreck überwunden, und jetzt kam ihr verletzter Stolz an die Reihe.

›Sagen Sie mir doch‹, fing sie an und tat ganz gleichmütig, und als wäre sie nur in psychologischer Hinsicht daran interessiert, ›fordern Sie alle Mädchen, die Sie kennenlernen, dazu auf?‹

›Aber, du meine Güte!‹ rief ich, ›hab ich Ihnen nicht gesagt, daß es bloß ein Scherz war?‹

›Jetzt sind Sie nicht ehrlich‹, antwortete sie, stützte den Kopf auf die Arme und blickte mich über die Schulter hinweg an. Ich sehe sie noch heute vor mir – wie ihr Gesicht unter dem Glockenhut bis zum Kinn herunter im Schatten lag.

›Sind Sie's denn?‹ erwiderte ich lächelnd.

›Wieso nicht?‹ fragte sie und zuckte zusammen.

›Wollen Sie nicht zugeben, daß man Sie vor mir gewarnt hat?‹

›Doch, das stimmt‹, sagte sie, ›aber ich hab's nicht weiter beachtet. Ich nehme die Menschen, wie ich sie finde.‹

›Jetzt reden Sie wenigstens vernünftig‹, sagte ich, blickte sie an und dachte beinah väterlich: ›Eigentlich ist sie ein nettes Ding! Sie ist jetzt ein bißchen schockiert, aber mal muß sie's ja doch hören, und da kann sie's ebensogut von einem hören, der Bescheid weiß.‹

›Sie werden's mir wahrscheinlich nicht glauben‹, sagte ich zu ihr, ›wenn ich Ihnen erzähle, wie wenig Frauen mich so interessieren, daß ich sie dazu auffordere.‹

›Und die wenigen, die Sie dazu auffordern‹, fuhr sie hartnäckig fort – aber rein sachlich, versteht ihr, als erkundigte sie sich nur aus Höflichkeit –, ›kommen die dann?‹

›Einige ja‹, sagte ich und lächelte über ihre Unschuld. ›Manchmal stößt man auch auf eine Schwierige, die gleich beleidigt ist und nicht mal einen Drink annehmen will.‹

›Verheiratete Frauen oder Mädchen?‹ fragte sie in einem Ton, als müßte sie ein Formular ausfüllen. Aber das leise Schwanken in ihrer Stimme verriet sie.

›Beides‹, sagte ich. Natürlich hätt ich erwidern können, daß ich nur einer von der ersten Sorte und nicht gerade einer Unmenge von der zweiten Sorte begegnet bin, aber ich fand, wenn ihr Gesichtskreis schon mal erweitert werden mußte, dann wäre es sinnlos, sie nur bruchstückweise zu erschrecken. 's ist genau wie beim Zahnziehen. ›Warum?‹ fragte ich dann.

›Ach, nichts‹, sagte sie obenhin, ›aber jetzt wundert's mich nicht mehr, daß Sie eine schlechte Meinung von den Frauen haben, wenn sie Ihnen so ohne weiteres zufallen!‹

›Aber mein liebes, gutes Kind‹, erwiderte ich und gab ihr eine Zigarette, ›wer hat denn gesagt, daß ich eine schlechte Meinung von den Frauen habe? Im Gegenteil, ich halte sehr viel von ihnen, und je mehr ich kennenlerne, desto besser gefallen sie mir.‹

›Wirklich?‹ entgegnete sie und beugte sich über das Zündholz, damit ich ihr Gesicht nicht sehen sollte. ›Dann müssen Sie ja von mir eine jämmerliche Meinung haben!‹

›Ich kann nicht einsehen, wieso ich nur deshalb, weil ich Ihre Gesellschaft noch länger genießen möchte, eine schlechte Meinung von Ihnen haben muß‹, sagte ich, ›sogar, wenn ich mich mit Ihnen ins Bett legte! Was ich tatsächlich möchte.‹

›Sie wollen gern ohne viel Mühe ans Ziel kommen, was?‹ erwiderte sie leicht verärgert.

›Glauben Sie, es sollte mühsam sein?‹ fragte ich.

›Ich dachte, es wäre einfach üblich, daß man ein Mädchen zuerst ins Kino einlädt‹, entgegnete sie mit einer Keckheit, die selbst ein Kind durchschaut hätte.

›Vielleicht‹, erwiderte ich. ›Nur habe ich Sie nicht für die übliche Sorte Mädchen gehalten.‹

›Aber wenn's Ihnen so mühelos zufällt, wie wollen Sie dann wissen, ob es das Richtige ist?‹ fragte sie.

›Wie kann man wissen, ob überhaupt irgendwas das Richtige ist?‹ entgegnete ich. ›Sie haben ja von sich selber gesagt, Sie nehmen Menschen und Dinge, wie Sie sie finden.‹

›Es wäre aber reichlich spät am Tage, wenn man dann entdeckt, daß man sich geirrt hat!‹ meinte sie.

›Was schadet's?‹ fragte ich. ›Es passiert Tag für Tag. Ihnen auch. Sie gehen mit einem Jungen aus, und ein paar Wochen lang lassen Sie sich von ihm abküssen, und dann wird er Ihnen langweilig, und Sie geben ihm den Laufpaß. Ist doch gar kein Unterschied! Man wird deshalb kein anderer Mensch. Wenn Ihnen Leute auf der Straße begegnen, denken sie nicht: ‚Wie anders Helen heute aussieht! Man sieht's ihr an, daß sie über Nacht bei einem Mann war!' Aber wenn

Sie natürlich der körperlichen Seite solchen Wert beilegen . . .‹

›Tu ich!‹ sagte sie, und nun saß ihr der Schelm im Nacken. Ja, wahrhaftig, die kleine Range lachte! Sie fühlte sich jetzt sicher, und wenn's ums Diskutieren ging, glaubte sie sich mir wohl mindestens gewachsen. ›Ist es nicht schrecklich?‹ rief sie. ›Ich bin in der Beziehung ganz eigenartig!‹

›Ach, da ist gar nichts Eigenartiges dran‹, erwiderte ich und war entschlossen, ihr nichts durchgehen zu lassen. ›Das ist bloß Schulmädchenromantik!‹

›Weiter nichts?‹ entgegnete sie, und obwohl sie so tat, als berühre es sie nicht, konnte ich doch sehen, daß ich sie getroffen hatte. ›Sie wissen, scheint's, für alles eine Erklärung!‹

›Falls Sie das *alles* nennen wollen, mein liebes Kind, sagte ich und klopfte ihr gutmütig auf die Schulter. ›Ich nenne es Wachstumsschmerzen. Übrigens weiß ich nicht, ob Sie bei Ihrer romantischen Veranlagung überhaupt gemerkt haben, daß es hier am Kanal erbärmlich zieht?‹

›Ich habe es nicht gemerkt‹, erwiderte sie, stützte den Ellbogen auf die Brücke und sah schelmisch zu mir auf. ›Jedenfalls mag ich's gern. Und beenden Sie, was Sie mir sagen wollten! Man ist romantisch, wenn man glaubt, man müsse jemandem treu bleiben, den man liebt, was?‹

›Nein, liebes Kind, so ist es gar nicht!‹ entgegnete ich. ›Man ist romantisch, wenn man glaubt, man liebe jemanden grenzenlos, der einem eigentlich gleichgültig ist, und wenn man deshalb meint, man dürfe nie einen andern lieben. Das entspricht eben Ihrem Alter. Aber kommen Sie, sonst passiert Ihnen noch Schlimmeres!‹

Als sie meinen Arm nahm und wir weitergingen, fragte sie: ›Und Sie glauben, daß Sie nie so waren?‹

›Oh‹, erwiderte ich, ›durch die Phase müssen wir alle!‹

›Tatsächlich?‹ lachte sie, und ihr Gesicht strahlte vor Mutwillen. ›Und dabei hätte ich schwören können, daß Sie bereits so weise auf die Welt gekommen sind! Weshalb sind Sie schon so frühzeitig weise geworden?‹

›Ganz einfach‹, sagte ich. ›Ich habe eingesehen, daß ich mir selber Schwierigkeiten bereite, genau wie Sie es jetzt tun, und weil es schon genug Kummer in der Welt gibt, habe ich eingelenkt.‹

›... und er lebte glücklich bis an sein seliges Ende ... So war's doch, ja?‹ spottete sie. ›Aber wie steht's mit Ihren Mädchen? Sind die auch nicht romantisch?‹

›Nicht, wenn sie Ihre Altersstufe hinter sich haben.‹

›Also bitte‹, sagte sie und stieß mich mit dem Ellbogen, ›halten Sie mir nicht dauernd mein Alter vor! Es ist mein wunder Punkt, und ich kann kaum etwas dran ändern. Erzählen Sie mir noch mehr von Ihren Freundinnen, zum Beispiel von den verheirateten!‹

›Das ist leicht‹, antwortete ich. ›Momentan hab ich nur eine.‹

›Und ihr Mann – weiß er davon?‹

›Ich habe ihn noch nie gefragt, aber ich glaube, er findet's praktischer, es zu übersehen.‹

›Sehr entgegenkommender Mensch!‹ höhnte sie. ›Sie wissen wohl nicht, ob er einen jüngeren Bruder hat, der zu mir passen würde?‹

Ich blieb stehen. ›Jetzt reden Sie wahrhaftig wie ein Schulmädchen!‹ schalt ich.

›Wirklich?‹ fragte sie. ›Wieso?‹

›Warum sprechen Sie so verächtlich von jemand, den Sie überhaupt nicht kennen?‹ entgegnete ich und regte mich, weiß Gott, richtig auf. ›Er ist ein netter, gutmütiger Mensch. Es ist doch nicht seine Schuld, daß er und seine Frau, nachdem sie sechzehn oder achtzehn Jahre zusammengelebt haben, sich nicht mehr riechen können? Er tut für seine Familie, was er für recht hält. Sie glauben wohl, er müßte ihre Ehre verteidigen und dabei sein Leben aufs Spiel setzen?‹

›Ich habe nicht an ihre Ehre gedacht‹, antwortete sie leise.

›An seine etwa?‹ fragte ich. ›Und dann auf Kosten seiner Frau? Soll ihr Name vielleicht in den Schmutz gezogen werden, weil ein törichtes Schulmädchen findet, seine Würde sei angetastet? Da würde seine Frau wahrscheinlich auch noch ein Wörtchen mitreden! Und außerdem wäre es sehr schlimm, wenn sie ihn jetzt, wo er alt ist, verlassen würde – sehen Sie das nicht ein?‹

›Schlimmer, als wenn er sie in Ihre Wohnung gehen läßt? Wie oft übrigens?‹

›Jetzt reden Sie wie ein kleines Biest! Ja, es wäre schlimmer! Es geht niemanden etwas an, wo sie ihre Abende verbringt. Doch das Essen muß rechtzeitig auf dem Tisch stehen. Sie haben zwei schulpflichtige Töchter – die eine ist beinah ebenso alt wie Sie.‹

›Tatsächlich?‹ lachte sie wieder. ›Ob er ihnen wohl erlaubt, abends auszugehen? Und die Mutter – wie ist die denn?‹

›Großartig‹, antwortete ich (und wirklich, das war sie: eine Frau, mit der man Pferde stehlen konnte, und gutherzig sondergleichen).

›Ich möchte mal wissen, was sie sagen würde, wenn sie erführe, daß Sie mich aufgefordert haben, über Nacht zu bleiben?‹ fragte sie ganz harmlos. Oh, sie hatte eine Zunge wie eine Schlange, die Kleine!

›Ach‹, entgegnete ich nicht gerade sehr überzeugend, ›ich glaube nicht, daß Francie noch viele Illusionen hat.‹ Das kleine Biest hatte mich wirklich in die Enge getrieben, und sie wußte es. Das Unglück mit Francie war eben, daß sie noch zu viele Illusionen hatte – sogar, was mich betraf.

›Das kann sie ja auch gar nicht‹, sagte Helen. ›Aber ich – ich habe noch ein paar!‹

›Ja, Sie!‹ rief ich. ›Randvoll!‹

›Es liegt in der Familie‹, erklärte sie. ›Mum und Dad haben zusammengelebt, bis Dad starb, und Mum glaubt, er sei der einzige wirklich großartige Mann, der je auf Erden wandelte.‹

›Und ich behaupte, daß sie sich oft gründlich satt hatten.‹

›Glaub ich auch‹, nickte sie. ›Sie stritten sich manchmal wie verrückt und sprachen eine Woche lang kein Wort miteinander, und in der Zeit betrank Dad sich dauernd, und Mum sagte, ich sei greulich ungezogen, und legte mich übers Knie. Sie versohlte mich, daß ich kaum noch sitzen konnte, und doch, wenn Dad hingerekelt in seinem großen Lehnstuhl am Kamin saß, die Arme baumeln ließ und ins Feuer starrte, als wäre das Ende der Welt gekommen, dann brauchte er mir nur zu winken, und ich setzte mich auf seine Knie. Und so saßen wir stundenlang, ohne den Mund aufzumachen, und dachten bloß immerzu, was für ein Ekel Mum sei ... Aber worauf es ankommt, mein lieber Herr: sie hielten durch! Und wenn Mum an der Reihe ist, dann stirbt sie nicht mit Bedauern, denn sie weiß, daß der Boss sie erwartet. Sie geht jeden Morgen in die Messe, doch das tut sie vor allem deshalb, damit Gott sich später nicht herausreden und Unterschiede machen kann. Ich möchte nicht an Seiner Stelle sein, wenn Er versuchen wollte, das Pärchen zu trennen ... Glauben Sie, sie könnte bestimmt ...?‹

›... könnte was?‹ fragte ich. Ich weiß nicht, wie es zuging, aber die Geschichte griff mir ans Herz. Ich kannte ein Ehepaar, das auch so war.

›Sie könnte bestimmt darauf rechnen und den Boss wiedersehen?‹ fragte sie. ›Mum, meine ich?‹

›Ach‹, erwiderte ich, ›Optimismus kann nie schaden!‹

›Ich weiß‹, warf sie hastig ein. ›Das ist das Verflixte an der Sache! Aber ich glaube, es macht sie schon glücklich, wenn sie sich's einbilden kann. Sie fürchtet sich nicht so, wie wir uns davor fürchten ... Und das versteh ich eben unter Liebe, Mr. D.‹, schloß sie fröhlich.

›Ich wünsche Ihnen, daß Sie's erleben, Miss C.!‹ erwiderte ich im gleichen Tonfall.

›Das halte ich für sehr unwahrscheinlich‹, meinte sie resigniert. ›Es scheint nicht mehr viel davon vorhanden zu sein. Vielleicht fehlt's an Optimisten!‹

Als wir vor ihrer Wohnung anlangten, lehnte sie sich mit auf dem Rücken verschränkten Armen gegen das Geländer und kreuzte die Füße. Sie hatte eine herrliche Figur, die Kleine, und daß sie's nicht wußte, war gerade das Schöne daran.

›Dann gute Nacht, Sie romantische Dame!‹ sagte ich und küßte ihr die Hand.

›Gute Nacht, Don Juan!‹ sagte sie. So hatte sie mich genannt!« schloß Gussie mit einem fast mädchenhaft beglückten Lächeln. »Don Juan! – ›Wann sehen wir uns wieder?‹ fragte ich.

›Wollen Sie das denn?‹ entgegnete sie. ›So altmodisch, wie ich nun mal bin?‹

›Oh‹, erwiderte ich, ›ich habe die Hoffnung noch nicht aufgegeben, Sie zu bekehren.‹

›Phantastisch!‹ rief sie. ›Bekehren laß ich mich gar zu gern! Einmal wäre ich beinah von einem Pfarrer bekehrt worden. – Sie können ja mal anläuten!‹

›Will ich tun!‹ sagte ich, und erst als ich auf die Kanalbrücke kam, begriff ich, was für ein Esel ich war. Ich fühlte mich von Kopf bis Fuß wie zerschunden. Der Kummer mit mir war wohl der, daß mir alles zu leicht gemacht wurde. Jetzt war mir zumute wie einem Mann, der jährlich tausend Pfund verdient hat und sich plötzlich in eine Gehaltsklasse zurückversetzt sieht, wo's bloß dreißig Shilling die Woche gibt. Ich wußte, auf was ich mich mit so einem Mädchen einließ: Parkbänke und Kanalufer, auch bei Stürmen mit hundert Kilometer Stundengeschwindigkeit, und zu guter Letzt würde sie mir dann doch von einem hübschen Jungen in Uniform weggeschnappt werden.

Trotzdem fühlte ich mich sehr zu ihr hingezogen. Ich weiß nicht, was mir einfiel, denn statt die Brücke zu überqueren, wanderte ich im Mondschein am Kanalufer entlang. ›Gussie, mein alter Junge‹, sagte ich mir, ›genau das steht dir bevor, wenn du nicht aufpaßt! Mondschein und zugige Straßen statt deines schönen, warmen und gemütlichen Bettes!‹

Es war nämlich merkwürdig, aber sie erinnerte mich an ein Mädchen, das ich vor fünfzehn Jahren als Junge gekannt hatte. Ihr glaubt's mir vielleicht nicht«, fuhr er sentimental fort, »aber als Junge war ich oft sehr einsam. Mir scheint, kein Geschöpf auf Gottes Erde ist so einsam wie ganz junge Menschen. Man erwacht aus einer schönen, wohlgeordneten, erklärbaren Welt und sieht ringsumher nichts als Ewigkeit, und kein Priester oder Gelehrter oder sonst jemand kann einem was darüber sagen. Und dann noch das komische Gefühl, das ständig in einem rumort, so daß man sich nach Gefährten und nach Liebe sehnt, aber nicht weiß, wie man es stillt. Ich bin immer nachts spazierengegangen und hab in den Sternenhimmel geschaut und gedacht, wenn ich doch nur ein nettes, verständnisvolles Mädchen finden könnte, dann würde sich's alles natürlich lösen. Dann fand ich also das Mädchen, die Joan, und wanderte nachts durch die Straßen und war schon froh, wenn ich nur einen Blick auf sie werfen konnte. Sie war groß und mager und zerbrechlich wie ein Schilf und, was ich allerdings nicht wußte, völlig durchseucht von Tuberkulose. Ich erinnere mich noch an den Abend, ehe sie ins Sanatorium mußte: ich traf sie auf dem Rückweg von der Stadt, und als wir bergan gingen, stahl sich ihre Hand in meine. Ich hielt sie während des langen Heimwegs, und die ganze Strecke sprachen wir kein einziges Wort. Nach einem halben Jahr war sie tot.

Und fünfzehn Jahre später, bei Mondschein am Kanal, überkam mich das Gefühl wegen eines andern Mädchens, das mich an Joan erinnerte, und obwohl ich wußte, daß Helen dummes Zeug redete, verstand ich doch genau, was sie meinte: etwas, das größer war als das Leben und das über den Tod hinaus dauerte. Und weiß Gott, ich kam mir wie ein

Vieh vor, weil ich sie um ihre Illusionen gebracht hatte. Komisch, wie ich da im Mondschein weiterging, spürte ich auf einmal, daß ich alles, was ich je besessen hatte, dafür hingeben würde, um einer Frau gegenüber so empfinden zu können wie bei Joan. Ihr wißt wohl, was ich meine. Wenn selbst ein Sturm mit hundert Kilometer Stundengeschwindigkeit einem nichts ausmacht...

Und dann, als ich aus der entgegengesetzten Richtung zurückkehrte, sah ich, wie der Mondschein drüben auf der andern Seite auf die Doktorhäuser fiel. Meine Seite lag in tiefen Schatten. Ich steckte den Schlüssel ins Schloß, und dann erschrak ich furchtbar. Jemand stand bei der Tür. Es war ein Mädchen, und sie lehnte sich mit einem Gesicht, das kreideweiß war, ans Geländer – als hoffte sie, daß ich sie nicht sähe. Und ich sagte mir: ›'s ist Joan!‹ und dachte: ›Nach all den Jahren ist sie wieder da!‹, und dann dachte ich: ›Also währt es doch übers Grab hinaus!‹, und es überlief mich kalt. Dann blickte ich genauer hin und sah, wer es war.

›Gott im Himmel, Helen!‹ rief ich, ›was wollen Sie denn hier?‹

›Ach‹, sagte sie leise und gab sich Mühe zu lächeln: ›Ich bin nämlich jetzt bekehrt.‹«

Eine lange Pause entstand, und dann zerriß der Bann (welcher eigentlich? Ich weiß es auch nicht), weil Gussie selbstgefällig zu kichern begann. »Die arme Kleine!« schloß er sentimental.

»Hoffentlich haben Sie sie wieder nach Hause geschickt?« fragte jemand – wahrscheinlich ein ältlicher Beamter, der selber eine Tochter hatte.

»Woher denn!« erwiderte Gussie und lachte schmierig. »Das habe ich weiß Gott nicht getan! Wofür halten Sie mich denn? Für'n blöden Menschenfreund?«

Die lange Straße nach Ummera

Abend für Abend sah man sie die Straße entlangschlurfen, um sich bei Miss O. ihren kleinen Krug Porter zu holen – ein formloses Bündel von einer alten Frau in kariertem Umschlagtuch, das tabakfarben verblaßt war und ihr den Kopf nach unten zog, so daß sie es mit der einen Hand über der Brust in ein paar Falten zusammenraffte; dazu trug sie eine Schürze aus Sacktuch und ein Paar Männerstiefel ohne Schnürbänder. Ihre Augen waren verquollen und zu dicken kleinen Fleischknospen aufgedunsen, und ihr rosiges Gesicht, das wie aus einer Runkelrübe geschnitzt schien, war vor Blindheit ganz runzelig geworden. Das alte Herz ließ sie immer wieder im Stich, und ein paarmal mußte sie sich verschnaufen, den Krug absetzen und die Last des Umschlagtuches von ihrem Kopf streifen. Die Menschen gingen an ihr vorüber, und sie starrte sie demütig an; manche grüßten sie, und sie wandte den Kopf und spähte ihnen minutenlang blinzelnd nach. Der Lebensrhythmus in ihrem Körper hatte sich so verlangsamt, daß man seinen matten, trägen Schlag kaum wahrnehmen konnte. Manchmal kehrte sie sich aus einer wunderlich instinktiven Scheu heraus der Mauer zu, zog eine Schnupftabakdose aus der alten schwarzen Bluse und schüttelte sich eine Prise auf den Rücken ihrer geschwollenen Hand. Wenn sie den Tabak aufschnupfen wollte, verschmierte er ihr die Nase und die Oberlippe und flog über die ganze Bluse. Dann hob sie die Hand bis dicht vor die Augen und musterte sie gründlich und vorwurfsvoll, als sei sie erstaunt, daß sie ihr nicht länger richtig diene. Danach klopfte sie sich sauber, hob den alten Krug wieder auf, kratzte sich durch die Kleider hindurch und schlurfte, immer dicht an der Mauer entlang, laut stöhnend weiter.

Wenn sie bei ihrem eigenen Häuschen angelangt war – einer

Hütte in einer langen Häuserzeile –, dann zog sie die Stiefel aus, und sie und der alte Schuster, der bei ihr zur Miete wohnte, schütteten gemeinsam einen großen Topf Kartoffeln auf den Tisch, schälten sie mit den Fingern und stippten sie in das Häuflein Salz, wobei sie immer abwechselnd einen Schluck aus dem Porterkrug nahmen. Der Alte war ein munterer und philosophisch veranlagter Mann namens Johnny Thornton.

Nach dem Abendbrot saßen sie vor dem Kamin und erzählten sich beim Feuerschein von den alten Zeiten und von längst verstorbenen Nachbarn, von Geistern, Feen, Spuk und Zauberei. Ihr Sohn war immer ganz niedergeschlagen, wenn er mit ihrem Monatsgeld ankam und sie so zusammensitzen sah. Er war ein wohlhabender Geschäftsmann mit einem Kaufladen in der South Main Street und einem kleinen Haus in Sunday's Well, und nichts hätte ihm größere Freude machen können, als wenn seine alte Mutter all die Herrlichkeit mit ihm geteilt hätte: die Teppiche und Porzellansachen und die Uhren, die so schön die Stunde schlugen. Er saß verdrießlich bei ihnen, strich sich über die langen Backenknochen und wunderte sich, weshalb sie dauernd auf altmodische Art über den Tod reden mußten: als ob der Tod etwas Selbstverständliches wäre.

»*Wisha,* was für Gefallen könnt ihr nur an solchen alten Reden finden?« fragte er eines Abends.

»An was für alten Reden, Pat?« wiederholte seine Mutter mit schüchternem Lächeln.

»Meine Güte«, sagte er, »ihr sprecht doch dauernd davon: von Leichen und Gräbern und Leuten, die längst tot und hinüber sind.«

»*Arrah,* warum denn nicht?« erwiderte sie und blickte starr nach unten, während sie versuchte, die Knöpfe an ihrer Bluse zu schließen, die ihre alte Brust sehen ließen. »Es sind ja mehr von uns drüben als hier!«

»Das macht doch keinen Unterschied aus, wenn du sie ohnehin weder kennst noch siehst!« rief er.

»Herrjeh, warum sollt ich sie denn nicht kennen?« rief sie ärgerlich. »Etwa nicht die Twomeys aus Lackaroe und die Driscolls aus Ummera?«

»Wie sicher du bist, daß wir dich nach Ummera bringen!« sagte er neckend.

»Och je, Pat«, fragte sie mit ihrem demütigen, dummen, erstaunten Lächeln, »wohin wollt ihr mich denn sonst schaffen?«

»Ist denn unser Begräbnisplatz nicht gut genug für dich?«, meinte er. »Der für deinen Sohn und deine Enkelkinder?«

»*Musha*, wahrhaftig, wollt ihr mich in der Stadt beerdigen lassen?« Sie schauderte und blinzelte ins Feuer; ihr Gesicht wurde grämlich und aufsässig. »Ich will zurück nach Ummera, wo ich hergekommen bin.«

»Zurück zu Hunger und Elend«, sagte Pat mürrisch.

»Zurück zu deinem Vater, Junge!«

»Ja ja, natürlich, wohin denn sonst!« sagte er verächtlich. »Aber mein Vater und mein Großvater haben nie für dich getan, was ich für dich tun mußte. Wieder und immer wieder hab ich in Cork die Straßen für dich gekehrt, nur damit du ein paar Kupfer hattest.«

»Das stimmt, *amossa*, das stimmt, das stimmt«, gab sie zu, blickte ins Feuer und schauerte zusammen, »du warst mir ein guter Sohn!«

»Und oft«, sagte Pat, sich selbst bemitleidend, »hab ich's getan, wenn mir der Magen vor Hunger bis auf die Erde hing.«

»'s ist wahr«, mümmelte sie, »'s ist wahr, 's ist wahr! Wie oft, wie oft bist du ohne Essen weggegangen! Aber was konntest du denn sonst machen, wo's uns so schlecht ging?«

»Und jetzt ist dir unser Begräbnisplatz nicht gut genug«, klagte er. Sein Ton klang bitter. Er war ein unbedeutender kleiner Mann und voller Eifersucht, daß die Toten solche Macht über sie hatten.

Sie blickte ihn mit dem gleichen unterwürfigen, fast idiotischen Lächeln an, wobei die runzligen alten Augen über den mongolischen Backenknochen sich fast schlossen, während sie mit ihrer geschwollenen alten Hand, die einer Rührkelle glich, so wenig Leben war in ihr, die paar Locken gelblichweißen Haares an ihren Schläfen glattstrich – eine gewohnheitsmäßige Bewegung bei ihr, wenn sie besorgt war.

»*Musha*, laß mich nach Ummera schaffen, Pat«, jammerte sie. »Zurück zu meinen Leuten! Unter Fremden kann ich niemals Ruhe finden! Dann muß ich aus dem Grab aufstehen und umgehen!«

»Ach, Unsinn, Frau!« sagte er mit unwilliger Miene. »Solche Sachen sind längst aus der Mode.«

»Ich bleib aber nicht hier«, schrie sie krächzend in jäher, ohnmächtiger Wut und stand auf und klammerte sich an den Kaminsims als Stütze.

»Du wirst nicht gefragt«, entgegnete er knapp.

»Ich komm bei dir spuken!« flüsterte sie angespannt, hielt sich am Kamin fest und beugte sich mit schauerlichem Grinsen über ihn.

»Das ist alles der gleiche Unfug«, sagte er und nickte, »spuken und Feen und Zauber.«

Sie trat einen Schritt auf ihn zu, drückte die zwei kleinen Locken vergilbten Haares fester an und zuckte mit den halbtoten Augen, die aus dem geschwollenen, verrunzelten Gesicht und den Backen wie rissiges Email ins Kerzenlicht blinzelten.

»Pat«, sagte sie, »am Tag, als wir aus Ummera fort sind, hast du mir versprochen, du willst mich wieder hinbringen. Da warst du bloß ein kleines Bürschchen. Die Nachbarn standen um uns her, und das war mein letztes Wort an sie, als ich die Straße hinunterging: ›Nachbarn, mein Sohn, der Pat, hat mir sein Wort gegeben, und er bringt mich wieder zu euch zurück, wenn meine Stunde gekommen ist.‹ – Das ist so wahr, wie daß der allmächtige Gott heut nacht über mir wacht. Ich hab alles bereit!« Sie ging an das Bord unter der

Treppe und holte zwei Pakete hervor. Sie schien mit sich selbst zu sprechen, als sie sie beim trüben Licht der Kerze mit glotzenden Blicken öffnete und den Kopf tief darüberbeugte. »Hier sind die beiden Messingleuchter und die geweihten Kerzen. Und das da ist mein Leichenhemd, das regelmäßig gelüftet wird.«

»Oh, du bist verrückt, Frau«, rief er ärgerlich. »Vierzig Meilen! Vierzig Meilen, und weit ins Gebirge hinein!«

Sie schlurfte plötzlich auf nackten Füßen auf ihn zu und krallte mit erhobener Hand in die Luft. Ihr Körper war altersblind wie ihr Gesicht. Die heisere, krächzende alte Stimme schwoll zu einem Geschrei an.

»Ich hab dich von dort hergebracht, Junge, und du mußt mich zurückbringen! Wenn's den letzten Shilling kosten würde, den du hast, und wenn du und deine Kinder danach ins Armenhaus müßten – du mußt mich nach Ummera schaffen! Und nicht auf der kurzen Straße! Merk's dir, was ich dir jetzt sage! Auf der langen Straße! Auf der langen Straße nach Ummera, um den See herum, so wie ich dich hergebracht hab! Ich droh dir die schlimmsten Verwünschungen an, wenn du mich auf der kurzen Straße über den Hügel hinschaffst! Und bei der Esche vor dem Heckenweg, von wo du mein kleines Häuschen sehen kannst, da mußt du anhalten lassen und ein Gebet für alle sprechen, die alt darin waren und die auf dem Fußboden gespielt haben! Und dann – Pat! Pat Driscoll! Hörst du? Hörst du mir überhaupt zu?«

Sie schüttelte ihn an der Schulter und spähte ihm in sein langes, unglückliches Gesicht, um zu sehen, wie er es aufnahm.

»Ich hör's ja«, sagte er und zuckte die Achseln.

»Dann« – ihre Stimme sank zum Geflüster herab – »dann mußt du dich vor alle Nachbarn hinstellen und sagen – vergiß ja nicht, was ich dir jetzt einschärfe! ›Nachbarn‹, mußt du sagen, ›das ist Abby, die Tochter von Batty Heige, und sie hat ihr Versprechen gehalten!‹«

Sie sprach die Worte sehr liebevoll und lächelte dabei, und es klang wie ein Vers aus einem alten Lied und wie etwas, das sie sich in den langen Nächten immer wieder vorgesagt hatte. Ganz West-Cork lag darin: die öde Straße nach Ummera quer durchs Hochmoor, die glatten grauen Pelze der Hügel, vom Spinnweb der langen Steinmäuerchen quergerippt, daß die Vogelscheuchenäcker krumm und schief dalagen, und die weißgetünchten Hütten, die windgeschützt zwischen kleinen Fetzen von Stechpalmengestrüpp mit undurchdringlicher Miene hierhin und dorthin blickten.

»Meinetwegen, dann will ich einen Handel mit dir abschließen«, sagte Pat und stand auf. Sie kniff die Augen zusammen und forschte in seinem schwächlichen, schwermütigen Gesicht, gab sich aber den Anschein, nicht hinzuhören. »Dein Haus hier kostet mich viel Geld. Wenn du tust, um was ich dich immer gebeten habe – wenn du zu mir ziehst und bei mir wohnst –, dann verspreche ich dir, dich nach Ummera zu schaffen.«

»Ui je, das tu ich nicht«, rief sie verdrießlich und zuckte hilflos mit den Achseln, ein alter Sack von einer Frau, aus der schon alles Leben entflohen war.

»Gut«, sagte Pat. »Du kannst dir's aussuchen. Es ist mein letztes Wort, mach, was du willst. Wohne bei mir, und du bekommst dein Grab in Ummera, oder bleib hier, und du kommst ins Familiengrab in der Stadt.«

Sie duckte den Kopf zwischen den Schultern und sah ihm nach, wie er aus der Türe ging. Dann zuckte sie zusammen, holte ihre Schnupftabakdose aus der Tasche und nahm eine Prise.

»*Arrah*, ich würd nicht drauf achten, was er sagt«, tröstete Johnny. »So einer kann schon morgen anderer Meinung sein.«

»Vielleicht – aber vielleicht auch nicht«, erwiderte sie niedergedrückt. Dann öffnete sie die Hintertür und ging auf den Hof. Es war eine sternklare Nacht, und sie konnten den Lärm der Stadt tief unten im Tal hören. Sie hob die Augen zum hellen Himmel über der Hofmauer auf und brach plötzlich in ihrer Verlassenheit in hilfloses Gejammer aus.

»Oh, oh, oh«, ächzte sie, »so weit weg ist Ummera heut nacht von mir, viel weiter noch als sonst, und ich soll hier sterben und begraben werden, weit weg von allen, die ich kenne, und zwischen ihnen und mir ist die lange, lange Straße.«

Der alte Johnny hätte sich natürlich sehr gut denken können, was sie eines Abends im Sinn hatte, als sie zum Kreuz hinunterschlich, immer am Geländer entlang. An der kahlen Mauer, gegenüber von der hell beleuchteten Kneipe, stand der Kutscher Dan Regan in seinem steifen Filzhut und dem schwarzen Ölhautmantel neben seinem alten Klapperkasten von Droschke und hatte die Pfeife im Mund. Er war der Kutscher, zu dem all die alten Nachbarn gingen. Abby winkte ihm, und er folgte ihr in den Schatten eines von Efeu überwucherten Torwegs. Er hörte sich mit ernster Miene an, was sie ihm zu sagen hatte, schnupfte auf und nickte, wischte sich die Nase am Jackenärmel oder machte ein paar Schritte über den Bürgersteig, um sich die Nase zu schneuzen und in die Gosse zu spucken, während sein Gesicht mit dem nach unten hängenden Schnauz den verständnisinnigen und kummervollen Ausdruck nicht aufgab.

Johnny hätte wissen müssen, was das zu bedeuten hatte und weshalb die alte Abby, die immer so freigebig war, jetzt lieber vor einem leeren Kaminrost saß, ehe sie ein Feuer anzündete, und weshalb sie ihm am Freitag wegen der Miete in den Ohren lag, einerlei, ob er sie hatte oder nicht; und sogar den kleinen Krug Porter mißgönnte sie ihm, der doch immer von beiden gemeinsam kam. Er wußte nur, daß es eine Veränderung in ihrem Wesen war, wie sie vor dem Tode kommen mag, und er wußte auch, daß alles in die Geldtasche in ihrer Bluse wanderte, und nachts in der Dachkammer zählte sie das Geld beim Licht ihrer Kerze, und wenn ihr die Münzen aus den abgestorbenen Fingern glitten, hörte er sie wie eine alte Kuh brüllen, während sie über die kahlen Dielen kroch und das Geld aufs Geratewohl mit der Hand zusammenscharrte. Dann hörte er, wie das Bett knarrte, wenn sie sich herumwälzte und den Rosenkranz vom Kopfende nahm, und wie die alte Stimme beim Beten lauter und leiser sprach. Und manchmal, wenn ein starker Wind den Fluß heraufwehte und ihn vor Tagesanbruch weckte, konnte er sie vor sich hin murren und danach gähnen hören: ein Streichholz wurde angezündet, und sie blinzelte spähend auf die Weckeruhr – die endlosen Nächte hohen Alters – und wieder das Gemurmel beim Beten.

Aber in gewisser Hinsicht war Johnny sehr dumm, und er argwöhnte gar nichts, bis sie ihn eines Nachts rief. Als er an den Fuß der Treppe trat, in der Hand eine Kerze, sah er sie oben in ihrem Mehlsack-Nachthemd stehen: mit der einen Hand klammerte sie sich an den Türpfosten, während sie mit der andern wild durch die paar kümmerlichen Haarsträhnen fuhr.

»Johnny«, kreischte sie zu ihm hinunter und war vor Aufregung ganz außer sich, »er war hier!«

»Wer war da?« murmelte er verschlafen und ärgerlich.

»Michael Driscoll, Pats Vater!«

»Ach, du hast geträumt, Alte«, sagte er erbost. »Geh wieder ins Bett, um Gottes und aller Heiligen willen!«

»Ich hab nicht geträumt«, rief sie. »Ich hab hellwach dagelegen und meinen Rosenkranz gebetet, und da kam er zur Tür herein und hat mir gewinkt. Geh zu Dan Regan, Johnny, tu's!«

»Ich denke nicht daran, zu Dan Regan zu gehen«, schalt Johnny. »Weißt du überhaupt, daß es noch Nacht ist?«

»Es ist Morgen!«

»Vier Uhr ist es!« brüllte er. »Da kann ich doch nicht hingehen ... Oder ist dir nicht gut?« fuhr er etwas sanfter fort, während er die Treppe hinaufstieg. »Soll er dich ins Krankenhaus bringen?«

»Huh, ich will in kein Krankenhaus«, entgegnete sie verdrießlich, wandte ihm den Rücken und stapfte wieder in ihre Kammer. Sie öffnete die alte Kommode und begann nach ihren besten Sachen, der Haube und dem großen Cape, zu suchen.

»Was, zum Kuckuck, brauchst du dann den Kutscher?« rief er empört.

»Was geht dich das an, wofür ich ihn haben will?« fragte sie mit greisenhaftem Mißtrauen. »Ich habe eine Reise vor, und wohin, das geht dich nichts an.«

»Ach, du alte Närrin, du hast den Verstand nicht mehr beisammen!« sagte er. »'s weht ein verteufelter Wind den Fluß herauf, und das Haus knarrt nur so, das mußt du gehört haben. Beruhige dich und geh zu Bett!«

»Ich hab den Verstand noch sehr gut beisammen«, brüllte sie. »Ich danke dem Allmächtigen, daß ich noch ebenso klar im Kopf bin wie du. Ich hab mir alles genau überlegt. Ich reise jetzt wieder dahin zurück, wo ich hergekommen bin. Zurück nach Ummera.«

»Wohin?« fragte Johnny verdutzt.

»Zurück nach Ummera!«

»Du bist verrückter, als ich gedacht hab: bildest du dir ein, daß dich Dan Regan hinfährt?«

»Allerdings fährt er mich hin«, sagte sie und hielt zitternd einen alten Wollrock ans Licht. »Er ist bestellt und kommt zu jeder Tages- oder Nachtstunde.«

»Dann ist Dan Regan noch verrückter als du«, rief er wütend.

»Laß mich jetzt in Ruhe«, murrte sie eigensinnig und blinzelte frierend ins Licht. »Ich fahr zurück nach Ummera, und deshalb ist heut nacht mein alter Kamerad zu mir gekommen. Tag und Nacht hab ich meinen Rosenkranz vorgehabt und zum Allmächtigen und Seiner himmlischen Mutter gebetet, mich nicht unter Fremden sterben zu lassen. Und jetzt bring ich meine alten Knochen nach Ummera und laß sie dort oben auf den hohen Bergen.«

Johnny ließ sich leicht beschwichtigen. Er versprach sich einen schönen Ausflug davon – und eine Geschichte, der die ganze Kneipe lauschen würde; daher brühte er ihr Tee auf und ging dann zu Dan Regans kleiner Hütte hinunter. Noch ehe der Rauch aus den Schornsteinen am Straßenrand aufstieg, waren sie fort. Johnny konnte vor Aufregung gar nicht stille sitzen, lehnte sich aus dem Wagen, rief Dan etwas zu und freute sich über große Besitzungen, die er seit Jahren nicht mehr gesehen hatte. Als sie weit außerhalb der Stadt waren, kehrten er und Dan in einer Kneipe ein, um etwas zu trinken. Während sie dort waren, nickte die alte Frau ein. Dan Regan weckte sie und fragte, ob sie nicht auch einen Schluck haben wollte, aber zuerst wußte sie gar nicht, wer er war, und dann fragte sie, wo sie seien, und spähte zur Kneipe und zu dem alten Hund hinüber, der sich vor der Tür in der Sonne wärmte. Doch als sie das nächste Mal hielten, war sie schon wieder eingeschlafen, und der Unterkiefer hing ihr herunter, und ihr Atem kam in lauten Stößen hervor. Dans Gesicht umwölkte sich.

»Das schadet nichts«, sagte Johnny hastig. »Sie ist bloß müde.«

»Ich weiß nicht recht«, meinte Dan. Er blickte sie scharf an und spuckte aus. Dann ging er ein bißchen auf und ab, zündete sich die Pfeife an und klappte den Deckel zu. »Johnny«, sagte er ernst, »ihre Miene gefällt mir ganz und gar nicht. Ich hab einen Fehler gemacht. Jetzt seh ich's ein. Ich hab einen Fehler gemacht.«

Von nun an hielt er alle paar Meilen, um nachzuschauen, wie es ihr ginge, und Johnny, der sich bereits um seinen Ausflug gebracht sah, schüttelte sie und schrie sie an. Dans Gesicht wurde immer ernster. Er wanderte finster auf und ab, schneuzte sich und spuckte in den Straßengraben. »Gott steh mir bei«, sagte er feierlich. »'s wär nicht gut für mich! Ihr Sohn hat viel Einfluß. Er kann mich erledigen! Man soll sich eben nie in Familiensachen einmischen. Blut ist dicker als Wasser. Aber die Regans sind immer Pechvögel gewesen!«

Als sie die erste Stadt erreichten, fuhr er sofort zum Polizeirevier und erzählte ihnen die ganze Geschichte.

»Sie können dem Richter sagen, daß ich zu jeder Hilfe bereit war«, erklärte er verständig und vollkommen zerknirscht. »Ich habe immer das Gesetz respektiert. Ich will nichts zurückbehalten – ein Pfund war der vereinbarte Preis. Wenn sie stirbt, ist es vermutlich fahrlässige Tötung? Mit Politik habe ich mich nie, weder im geheimen noch aktiv, befaßt. Sergeant Daly beim Kreuz in Cork kennt mich gut.«

Und daher lag Abby, als sie wieder zu sich kam, in einem Bett im Krankenhaus. Sie begann nach ihrer Geldtasche und den Paketen zu suchen, und ihr Gekreische brachte bald eine Schar unglücklicher alter Frauen an ihr Bett.

»Pst, pst, pst«, sagten sie. »Sie sind alle gut verwahrt! Sie bekommen sie wieder!«

»Ich will sie jetzt haben!« schrie sie und zappelte, um aus dem Bett zu klettern, aber sie hielten sie fest. »Laßt mich los, ihr Räubergesindel! Ihr verruchten Nachtwandler, laßt mich gehen! Oh, Hilfe, Mord! Sie wollen mich umbringen!«

Endlich kam ein alter Priester aus der Stadt, der Irisch redete und sie trösten konnte. Als er ging, lag sie friedlich da und betete ihren Rosenkranz, denn sie war beruhigt: er hatte ihr fest versprochen, darauf zu achten, daß sie in Ummera begraben würde, einerlei, was ihr Sohn wollte. Als die Dunkelheit anbrach, fiel ihr der Rosenkranz aus der Hand, und sie fing an, auf Irisch vor sich hinzumurren. Die zerlumpten alten Weiber, die ums Feuer saßen, tuschelten und stöhnten vor Mitgefühl. Von einer Kirche in der Nähe erklang das Angelus. Abbys Stimme schlug plötzlich in Geschrei um, und sie versuchte, sich im Bett auf den Ellbogen aufzurichten.

»Oh, Michael Driscoll, mein Freund, mein guter Kamerad, hast mich nicht vergessen nach all den langen Jahren! Ich bin solange nicht bei dir gewesen, aber endlich komme ich! Sie wollten mich nicht zu dir lassen, sie wollten mich bei den Fremden in der Stadt behalten, aber was sollt ich denn da ohne dich und all die alten Freunde? Bleib hier bei mir, mein Schatz! Bleib und zeig mir den Weg! ... Nachbarinnen«, schrie sie und zeigte mit dem Finger, »der da hinten ist mein Mann, Michael Driscoll! Paßt auf, daß er mich nicht verläßt, sonst muß ich den Weg allein suchen. Kommt näher heran mit euern Laternen, Nachbarinnen, damit ich sehe, wer da ist. Ich kenn euch alle – nur meine Augen sind schwach geworden. Sei ruhig, mein Stern, mein liebster, bester Kamerad. Ich komme. Nach all den vielen Jahren bin ich endlich unterwegs zu dir ... auf der langen Straße ...«

Es war ein Frühlingstag voller Sonne und wandernder Wolken, als sie über die lange Straße nach Ummera fuhr, den gleichen Weg, den sie vor vierzig Jahren gekommen war. Der See glich einem Strahlentanz von lauter Mücken; die Sonnenspeichen, die wie ein großes Mühlrad kreisten, träuften ihre Kaskaden milchigen Sonnenlichts über die Berge und auf die weißgetünchten Hütten und die kleinen schwarzen Bergrinder zwischen den Vogelscheuchenfeldern. Der Leichenwagen hielt am Anfang des Pfades, der zu einer Hütte ohne Dach führte, genau, wie sie es sich in den langen Nächten ausgemalt hatte, und Pat, der schwermütiger denn je aussah, wandte sich an die wartenden Nachbarn und sagte:

»Nachbarn, das ist Abby, die Tochter von Batty Heige, und sie hat ihr Versprechen gehalten!«

Die erste Beichte

Es war ein Samstagnachmittag im Vorfrühling. Ein kleiner Junge, dessen Gesicht so aussah, als sei es gerade gründlich mit dem Seiflappen behandelt worden, ließ sich an der Hand seiner Schwester durch eine überfüllte Straße ziehen. Der kleine Junge zeigte ein auffallendes Widerstreben, weiterzugehen; er tat so, als interessiere er sich ungeheuer für die Schaufenster. In ebenso starkem Maße schien sich seine Schwester *nicht* dafür zu interessieren. Sie versuchte, ihn zur Eile anzutreiben: er leistete Widerstand. Als sie ihn weiterzerren wollte, begann er zu brüllen. Der Haß, mit dem sie ihn musterte, war beinahe teuflisch, doch als sie mit ihm sprach, waren ihre Worte und ihr Ton voller glühenden Mitgefühls.

»Och je, Gott erbarm dich!« jammerte sie ihm kläglich wehleidig in die Ohren.

»Laß mich los!« rief er und stemmte die Absätze fest in den Bürgersteig. »Ich will nicht hin! Ich will nach Hause!«

»Aber du kannst doch nicht nach Hause, Jackie! Du mußt hin! Sonst kommt der Pfarrer zu uns und bringt den Stock mit!«

»Ist mir gleich! Ich will nicht hin!«

»O heiliges Herz Jesu, das ist aber furchtbar schade, daß du kein guter Junge bist! O Jackie, ich könnte weinen, wenn ich an dich denke! Was werden sie bloß alles mit dir anstellen, mein armer kleiner Jackie! Und all der Kummer, den du deiner armen alten Oma gemacht hast! Und wie du nicht bei ihr essen wolltest, und wie du mit den Schuhen gegen ihr Schienbein gehauen hast! Und wie du unter dem Tisch mit dem Brotmesser auf mich los bist! Vielleicht hört er dich überhaupt gar nicht an, Jackie? Vielleicht schickt er dich gleich zum Bischof! O Jackie, wenn du dich bloß an all deine Sünden erinnern kannst!«

Halb betäubt vor Angst, ließ sich Jackie weiter durch die sonnigen Straßen bis dicht ans Tor des Kirchhofs führen. Es waren zwei grimmige eiserne Torflügel, und die Kirche war alt und langgestreckt, eine niedrige, eintönige Steinfront. Am Tor sträubte er sich wieder, aber es war schon zu spät. Sie schleifte ihn hinter sich her über den Kirchhof, und anstatt ihn noch länger mitleidig zu bedauern, womit sie ihn hatte ärgern wollen, kreischte sie jetzt triumphierend.

»Jetzt sitzt du in der Falle! Jetzt sitzt du in der Falle! Hoffentlich gibt er dir die Pennytenzlieder auf! Geschieht dir ganz recht, du freche kleine Pestbeule du!«

Jackie ließ alle Hoffnung fahren. In der alten Kirche waren keine bunten Glasfenster; es war kalt und dunkel und trübselig, und in der Stille pochten die Zweige an die hohen Fenster. Er ließ sich durch die überwölbte Stille führen, eine tiefe, verzauberte Stille, die innerhalb der alten Mauern gefroren zu sein schien und sie stützte und das hohe Holzdach auf den Schultern trug. Draußen auf der Straße – und doch Tausende von Meilen entfernt – näselte ein Straßensänger eine Ballade herunter.

Sie setzten sich neben den Beichtstuhl; Nora saß vor ihm, und vor ihr waren noch ein paar alte Frauen; nach einem Weilchen kam ein magerer Mann mit traurigem Gesicht und langem Haar und setzte sich neben Jackie. In der tiefen Stille, die durch das klagende Geplärr des Balladensängers noch besonders hervorgehoben wurde, konnte der kleine Junge das ›Bs-bs-bs‹ einer Frauenstimme im Beichtstuhl und danach das heisere ›Wa-wa-wa‹ des Priesters unterscheiden. Dann ein hohles Poltern, das den Schluß der Beichte ankündigte, und da kam auch schon die Frau mit gesenktem Kopf und gefalteten Händen heraus, blickte weder nach rechts noch nach links und trippelte zum Altar, um ihr Bußgebet zu sprechen.

Es schien nur Sekunden zu dauern, bis Nora an der Reihe war und nach hervorgezischter Mahnung seinen Blicken entschwand. Nun war er ganz allein. Allein und der nächste, der drankam, allein und in Todesängsten vor dem Urteilsspruch. Er blickte auf den traurigen Mann: er starrte zur Decke auf und hatte die Hände zum Gebet verschränkt. Neben ihm hatte eine Frau in roter Bluse und schwarzem Umschlagtuch Platz genommen. Sie machte den Kopf frei, lockerte das Haar ein bißchen mit der Hand auf, strich es straff zurück, schlang es zu einem Knoten und steckte es sich mit gesenktem Kopf im Nacken fest. Nora erschien. Jackie stand auf und blickte sie mit einem Haß an, der durchaus unpassend für den Ort und den Anlaß war. Sie hatte die Hände über dem Magen gefaltet und die Augen sittsam niedergeschlagen; ihr Gesicht drückte innigste, verzückte Sammlung aus. Vollkommen vernichtet schlich er in das Kämmerchen, das sie für ihn offengelassen hatte, und zog hinter sich die Türe zu.

Er stand im Stockdunklen. Er sah weder den Priester noch sonst jemand. Und alles, was ihm über die Beichte gesagt worden war, purzelte in seinem Kopf durcheinander. Er kniete vor der Holzwand rechts und sagte: »Vater, vergib mir, ich habe gesündigt. Es ist meine erste Beichte.« Nichts geschah. Er wiederholte es, lauter. Noch immer kam keine Antwort. Er wandte sich an die gegenüberliegende Wand, machte zuerst einen Knicks und begann dann den Zauberspruch zu sagen. Diesmal, meinte er, müsse bestimmt eine Antwort kommen. Daraufhin wiederholte er alles vor der dritten Wand, die ihm noch blieb, jedoch ohne Erfolg. Es war ihm zumute wie einem, der eine ihm nicht vertraute Maschine bedient und wahllos hier und dort einen Hebel probiert. Und schließlich kam ihm der Gedanke, Gott wisse alles. Gott wußte, daß er im Sinn hatte, eine falsche Beichte abzulegen, und deshalb machte er ihn blind und taub, so daß er den Priester nicht sehen und nicht hören konnte.

Allmählich gewöhnten sich seine Augen an die Dunkelheit, und er bemerkte etwas, das ihm vorher nicht aufgefallen war: etwa in gleicher Höhe wie sein Kopf war eine Art Brett angebracht. Einen Augenblick begriff er nicht, wozu es dienen mochte. Dann verstand er: es war zum Knien! Er hatte sich stets gerühmt, wie gut er klettern könne, aber jetzt schaffte er's kaum. Nirgends ein Halt für die Füße! Zweimal glitt er ab, ehe er das eine Knie hinaufbrachte. Nun auch noch den ganzen Körper nachzuziehen, war ein Kunststück, das fast über seine Kräfte ging. Immerhin brachte er endlich beide Knie hinauf; es war gerade Platz für zwei Knie – seine Beine hingen jedoch sehr unbequem hinunter, und der Rand des Brettchens schnitt ihm in die Schienbeine. Er faltete die Hände und versuchte es zum letzten Mal: »Vater, vergib mir, ich habe gesündigt. Es ist meine erste Beichte!«

Im gleichen Augenblick wurde das Gitter beiseite gestoßen, und ein matter Lichtschimmer fiel in das kleine Abteil. Zuerst herrschte ein ungemütliches Schweigen, und dann fragte eine Stimme voller Unruhe: »Wer ist da?« Jackie merkte, daß er ganz unmöglich durch das Gitter sprechen konnte, da es sich auf gleicher Höhe mit seinen Knien befand, doch die Leiste darüber konnte er mit festem Griff packen; nun ließ er den Kopf schräg nach unten hängen, und wie ein an den Füßen baumelnder Affe erblickte er, fast auf dem Kopf stehend, den Priester. Der Priester sah seitlich an ihm vorbei, und Jackie, dessen Knie qualvoll verrenkt wurden, wunderte sich über die merkwürdige Art, die Beichte abzunehmen.

»Ich bin's, Vater!« piepste er, und dann rasselte er vor Aufregung alles auf einmal herunter: »Vater, vergib mir, ich habe gesündigt, es ist meine erste Beichte!«

»Was?« rief eine tiefe, ärgerliche Stimme, und die Gestalt in der dunklen Soutane richtete sich kerzengerade auf und entschwand fast seinen Blicken. »Was soll das bedeuten? Was machst du denn da? Wer bist du?«

Jackie spürte, wie seine Hände sich nicht länger anklammern konnten und wie die Füße den Halt verloren. Er spürte, wie er ins Dunkel plumpste, und im Fallen schlug er mit dem Kopf gegen die Tür, die aufflog, so daß er nach draußen ins Kirchenschiff rollte. Sofort erschien ein kleiner dunkelhaariger Priester, der das Birett weit ins Gesicht gesetzt hatte. Und gleichzeitig stürmte Nora wutentbrannt durchs Schiff.

»Großer Gott!« rief sie, »der rotznasige kleine Frechdachs! Ich hab's mir ja gleich gedacht! Ich hab ja gewußt, daß er mir Schande machen würde!«

Jackie bekam eine Ohrfeige, was ihn daran erinnerte, daß er seltsamerweise noch nicht zu weinen begonnen hatte und daß die Leute glauben könnten, er habe sich nicht weh getan. Nora ohrfeigte ihn wieder.

»Halt! Halt!« rief der Priester. »Daß du mir das Kind nicht schlägst, du kleine Kröte!«

»Seinetwegen kann ich mein Bußgebet nicht sprechen«, rief Nora mit schriller Stimme und schielte den Priester empört an. »Er macht mich noch ganz verrückt. Hör auf zu schreien, du Drecksbengel! Hör auf zu schreien, oder ich hau dich, daß dir die Zähne aus deiner dreckigen Schnauze fliegen!«

»Scher dich schleunigst fort, du kleiner Zankteufel!« schalt der Priester. Plötzlich fing er an zu lachen, holte ein Taschentuch hervor und putzte Jackie die Nase. »Es tut dir ja gar nichts weh, nein, ganz bestimmt nicht! Zeig mal den alten Brummschädel her! ... I wo! Es ist gar nichts! Ist alles wieder gut, eh du 'ne Frau bekommst. Du hast also beichten wollen?«

»Ja, Vater.«

»So ein großer Burschemann wie du hat sicher schreckliche Sünden begangen. Ist's deine erste Beichte?«

»Ja, Vater.«

»Oje, das wird ja immer schlimmer! Da setz dich mal hin und warte, bis ich die paar Alten los bin, und dann können wir uns fein unterhalten! Sorg dich nicht wegen deiner Schwester!«

Mit dem Gefühl seiner eigenen Wichtigkeit, die aus seinem verheulten Gesicht strahlte, wartete er. Nora streckte ihm von weitem die Zunge heraus, aber er bemühte sich nicht, es zu erwidern. Eine großartige Erleichterung stieg in ihm auf. Die Niedergeschlagenheit, die ihn seit einer Woche bedrückt hatte, und der Gedanke, daß er eine sehr schlimme Beichte ablegen mußte, wichen ganz von ihm. Er hatte einen Freund gefunden, er hatte sich mit dem Priester angefreundet, und der Priester erwartete, ja er verlangte sogar ›schreckliche Sünden‹ von ihm! Oh, die Frauen, die Frauen! Die Frauen und die Mädchen mit ihrem albernen Geschwätz! Was wußten die schon vom Leben!

Und als er an der Reihe war und beichten sollte, machte er keine Umschweife. Vielleicht verkrampfte er die Hände und schlug die Augen nieder – aber das hätte wohl jeder getan!

»Vater«, sagte er heiser, »ich hab mir vorgenommen, meine Großmutter umzubringen!«

Einen Augenblick war alles still. Jackie wagte es nicht, aufzublicken, doch er spürte, daß die Augen des Priesters auf ihm ruhten. Die Stimme des Priesters klang auch ein bißchen heiser.

»Deine Großmutter???« fragte er – aber eigentlich klang es doch nicht gar so böse.

»Ja, Vater.«

»Wohnt sie bei euch?«

»Ja, Vater.«

»Und weshalb willst du sie umbringen?«

»Och je, Vater, 's ist eine scheußliche Frau!«

»Wirklich?«

»Bestimmt, Vater.«

»Wieso ist sie scheußlich?«

»Sie schnupft, Vater.«

»Meine Güte!«

»Und sie läuft barfuß umher, Vater!«

»Tz, tz, tz!«

»Sie ist eine ganz scheußliche Frau, Vater«, sagte Jackie plötzlich sehr ernst. »Sie trinkt Bier. Und sie nimmt sich die Kartoffeln mit den Fingern aus der Schüssel und ißt sie! Und meine Mutter ist meistens nicht zu Haus, weil sie auf Arbeit geht, und seit die da bei uns wohnt, kocht sie uns was, und der ihr Essen kann ich nicht runterkriegen!« Auf einmal sprach er weinerlich weiter: »Und sie schenkt Nora Pennies, aber mir schenkt sie keine Pennies, weil sie weiß, ich kann sie nicht leiden. Und mein Vater hält zu ihr, Vater, und verhaut mich, und darum bin ich ganz furchtbar betrübt, und einen Abend im Bett hab ich's mir ausgedacht, wie ich sie umbringen könnte.«

Beim Gedanken an all das ihm widerfahrene Unrecht begann Jackie wieder zu schluchzen und fuhr sich mit dem Ärmel über die Schniefnase.

»Und wie hast du sie denn umbringen wollen?« fragte der Priester milde.

»Mit der Hacke, Vater.«

»Wenn sie im Bett liegt?«

»Nein, Vater.«

»Wie denn dann?«

»Wenn sie Kartoffeln gegessen und Bier getrunken hat, Vater – dann schläft sie nämlich immer ein!«

»Und dann willst du sie erschlagen?«

»Ja, Vater.«

»Ginge es nicht leichter mit einem Messer?«

»Ja, Vater – aber ich fürcht mich so vor dem Blut!«

»Ach ja, natürlich! An das Blut hab ich gar nicht gedacht!«

»Vor Blut fürcht ich mich, Vater! Mal hätt ich Nora beinah mit dem Brotmesser gestochen, weil sie unterm Tisch auf mich los wollte, aber ich hab mich gefürchtet!«

»Du bist ein entsetzliches Kind!« sagte der Priester respektvoll.

»Ja, Vater, das bin ich«, sagte Jackie sachlich und schniefte seine Tränen hoch.

»Und was wolltest du mit der Leiche machen?«

»Wieso, Vater?«

»Jemand könnte sie doch sehen und es weitersagen?«

»Ich wollt sie mit dem Messer zerhacken und die Stücke fortschaffen und vergraben. Ich könnt eine Apfelsinenkiste für drei Cents bekommen und mir einen Karren draus basteln und alles fortschaffen!«

»Jemine«, sagte der Priester, »du hast alles gut überlegt!«

»Ich hab's sogar geübt«, sagte Jackie mit wachsendem Vertrauen. »Ich hab mir einen Karren geborgt und hab's eines Abends im Dunkeln geübt.«

»Und hast du dich nicht gefürchtet?«

»N – nein«, sagte Jackie etwas lahm. »Bloß ein bißchen!«

»Du bist furchtbar mutig«, sagte der Priester. »Ich kenne eine Menge Leute, die ich gern loswerden möchte, aber ich bin nicht wie du. Ich hätte nie soviel Mut! Und Gehängtwerden ist ein entsetzlicher Tod!«

»Wirklich?« fragte Jackie und ging begeistert auf das neue Thema ein.

»O ja, ein ganz gräßlicher Tod!«

»Haben Sie schon mal einen Gehängten gesehen?«

»Haufenweise! Und alle sind sie laut brüllend in den Tod gegangen.«

»Oje«, sagte Jackie.

»Sie baumeln stundenlang hin und her, und die armen Kerls zappeln und brüllen wie Glocken im Kirchturm, und zuletzt wird Kalk auf sie gestreut, damit sie verbrennen. Natürlich tun sie so, als ob sie tot wären, aber sie sind bestimmt noch lange nicht tot.«

»Oje«, sagte Jackie.

»An deiner Stelle würde ich's mir deshalb nochmal gut überlegen. Ich finde, es lohnt sich nicht – auch nicht, wenn man seine Großmutter loswerden will. Ich hab haufenweise Burschen wie dich gefragt, die ihre Großmutter umgebracht haben, und sie haben's mir alle bestätigt: nein, es lohnt sich nicht!«

Nora wartete auf dem Kirchhof draußen. »Na?« fragte sie. »Was hat er dir als Bußübung aufgegeben?«

»Drei ›Gegrüßt seist du, Maria!‹«

»Dann hast du ihm nicht alles gesagt!«

»Doch, ich hab ihm alles gesagt«, behauptete Jackie.

»Was hast du ihm denn erzählt?«

»Sachen, von denen du nichts verstehst.«

»Pah – er hat dir drei ›Gegrüßt seist du, Maria!‹ gegeben, weil du eine Heulsuse bist!«

Jackie machte es nichts aus. Ihm gefiel das Leben wieder. Er begann zu pfeifen, sobald es das Hindernis in seiner Backentasche zuließ.

»Was lutschst du denn?«

»Bonbons!«

»Hat er sie dir gegeben?«

»Ja.«

»Gerechter Gott!« rief Nora. »Was du für Glück hast! Ich sollte lieber auch solch Sünder wie du sein! Nützt ja doch nichts, wenn man brav ist.«

Bauern

Als Michael John Cronin die Gelder des Temperenzler-Sportvereins von Carricknabreena, kurz ›Klub‹ genannt, veruntreut hatte, rief jeder: »Hol ihn der Teufel! – Das sieht ihm ähnlich! – Gott straf ihn! – Hab ich's nicht gleich gesagt?« und was die Leute sonst noch sagen, wenn einer sich als das entpuppt, für das man ihn schon lange gehalten hatte. Und nicht nur Michael John, sondern die ganze Familie Cronin mit Kind und Kegel bekam ihr Fett ab. Zwanzig Meilen in der Runde und bis auf hundert Jahre zurück wurden Worte und Taten eines jeden Cronin ausgegraben und im Lichte des neuen Skandals untersucht. Michael Johns Vater (Gott beschere ihm ein Plätzchen im Himmel!) war ein Trunkenbold gewesen, der seine Frau verprügelte, und dessen Vater wiederum hatte mit Grundstücken Wucher getrieben. Außerdem war da noch ein Onkel oder Großonkel, der sich als Polizist an der Verräterei in Middlestown beteiligt hatte, und dann seine ledige Schwester, für die man, scheint's, ein ganzes Regiment von Ehemännern benötigt hätte, um ihren guten Ruf wiederherzustellen.

Kurz und gut, die Familie Cronin wurde nach Noten durchgehechelt, und jeder, der gegen einen von ihnen – und wenn's auch nur ein angeheirateter Schwippschwager war – eine Pike hatte, machte sich jetzt ein Vergnügen daraus, eine menschenfreundliche Bemerkung fallen zu lassen oder zu sagen, wie leid ihm die arme Mutter tue – bis den Cronins das Blut zu Kopfe stieg. Es blieb ihnen nur eins übrig: Michael John nach Amerika zu schicken und dann Gras darüber wachsen zu lassen. Und so wär's auch sicher gekommen, wenn sich nicht etwas sehr Unangenehmes und ganz Außergewöhnliches ereignet hätte. Der Priester der Gemeinde, Vater Crowley, war Vorsitzender des Komitees.

Er war ein erstaunlicher Mensch, schon rein zum Ansehen: von hohem, mächtigem Wuchs, aber sehr schlechter Haltung; seine Augen waren hart und boshaft und blickten selten sanft, außer wenn er zu den ganz alten Leuten sprach. Er war ein seltsamer Mann, schon ziemlich alt, und bekannt für seine leidenschaftlichen politischen Ansichten, die nie mit irgendeiner Partei übereinstimmten – und dickköpfig war er wie der Teufel!

Und was setzte sich Vater Crowley nun in den Kopf? Er versuchte dem Komitee mit Gewalt beizubringen, daß Michael John vor den Richter gehöre.

Im Komitee saßen lauter fromme Leute, die es bis jetzt nie gewagt hatten, die Ansichten eines Gottesmannes in Frage zu stellen – ja, wahrhaftig, selbst wenn der Priester ein Tyrann gewesen wäre (was er bestimmt nicht war) – er hätte ihnen allen auf der Nase herumtanzen können, und keiner hätte sich beschwert. Aber jeder Mensch hat seine Prinzipien, und so etwas hatte man doch noch nie in der Gemeinde erlebt! Was? Die Polizei auf einen jungen Mann hetzen, der in Bedrängnis war? Einer nach dem andern standen die Vorstandsmitglieder auf und sagten das gleiche.

»Aber er hat unrecht getan«, sagte Vater Crowley und schlug auf den Tisch, »er hat unrecht getan und muß bestraft werden!«

»Vielleicht haben Sie recht, Vater«, erwiderte Con Norton, der Vizepräsident, der ihr Sprecher war. »Aber das ist doch kein Grund, seine arme Mutter auch zu strafen, die noch dazu Witfrau ist!«

»Hört, hört!« riefen die andern im Chor.

»Geschieht seiner Mutter ganz recht!« sagte der Priester kurz. »Jeder von euch weiß so gut wie ich, wie sie den jungen Mann großgezogen hat. Er ist ein Lump, und seine Mutter ist unvernünftig. Warum hat sie ihm nicht eine christliche Erziehung eingebleut, solange sie ihn noch übers Knie legen konnte?«

»Das stimmt wohl schon«, gab Norton freundlich zu, »damit mögen Sie recht haben. Aber ist das ein Grund, daß sein Onkel Peter auch bestraft werden soll?«

»Oder sein Onkel Dan?« fragte ein anderer.

»Oder sein Onkel James?« fragte ein dritter.

»Oder seine Vettern, die Dwyers, die das kleine Lädchen in Lissnacarriga haben? Eine anständigere Familie kann's ja in der ganzen Grafschaft Cork nicht geben!« meinte ein vierter.

»Nein, Vater«, sagte Norton, »das spricht doch alles gegen Sie!«

»Glaubt ihr?« rief der Priester aus und wurde ärgerlich. »Glaubt ihr wirklich? Was zum Kuckuck hat das mit seinem Onkel Dan oder James zu tun? Wovon sprecht ihr denn eigentlich? Wieso ist es eine Strafe für die? Wollt ihr mir das mal erklären? Nächstens werdet ihr mir wohl sagen, es sei auch für mich eine Strafe, weil ich ja auch ein Adamssohn bin!«

»Sehen Sie denn das nicht ein, Vater, daß das eine Strafe für sie ist, wenn einer von ihrer eigenen Familie angeprangert wird? Ja glauben Sie denn, wir sind verrückt? Wollen *Sie* etwa gern, daß man Ihnen so etwas antut?«

»Keiner in meiner Familie hat je gestohlen«, antwortete Vater Crowley streng.

»Das wissen wir nicht, ob's stimmt«, gab ein kleiner Mann namens Daly, ein heißblütiger Bergler, frech zur Antwort.

»Was wollen Sie damit sagen?« fragte Vater Crowley und stand auf und griff nach Stock und Hut.

»Was ich sagen will!« brauste Daly auf. »Daß ich nicht hier sitzen und irgendwelche Anspielungen über meine Heimat von einem Fremden mitanhören will. Es gibt genauso viele Lumpen und Diebe und Vagabunden und Lügner in Cullough wie in Carricknabreena, ja, weiß Gott, und noch mehr und noch schlimmere. *Das* will ich damit sagen!«

»Nein, nein, nein, nein«, beschwichtigte Norton, »das will er ja gar nicht sagen, Vater! Wir wollen doch hier kein böses

Blut! Was er sagen will, ist, daß die Crowleys eine gute und rechtschaffene Familie in *ihrer* Heimat sind, aber die ist fünfzehn Meilen weit von hier – und dies hier ist nicht ihre Heimat –, und die Cronins sind unsere Nachbarn seit Menschengedenken, und es wäre ja wunderlich, wenn wir, so wie wir hier gehen und stehen, einen von ihnen der Polizei ausliefern wollten. Begreifen Sie denn nicht, Vater«, fuhr er fort und vergaß, daß eine friedfertige Rede von ihm erwartet wurde, und schlug genau wie die andern auf den Tisch, »wenn mir morgen früh eine Kuh krank wird, hol ich doch keinen Cremin oder Crowley zu Hilfe – 's wär ja verrückt, sowas zu tun! Und jeder weiß, daß ich nichts gegen die Priester habe, sondern ein achtbarer Bauer bin, der seine Steuern bezahlt und regelmäßig in die Kirche geht.«

»Hört, hört!« pflichtete das Komitee bei.

»Dafür gebe ich keinen roten Rappen«, erwiderte Vater Crowley. »Und jetzt hört mal gut zu, Con Norton: ich habe gegen den jungen Cronin nichts, gegen seine Familie auch nicht – und das kann nicht jeder hier von sich behaupten! Aber ich weiß, was meine Pflicht ist, und tue sie – euch allen zum Trotz!«

Er stand an der Tür und blickte sich um. Sie starrten einander ratlos an. Er drohte ihnen mit der Faust: »Ihr kennt mich alle, ihr wißt, daß ich mein ganzes Leben lang die Vetternwirtschaft bekämpft habe. Jetzt werde ich mit Gottes Hilfe mal etwas aufräumen!«

Über Vater Crowleys Drohung waren alle erschrocken. Sie wußten, daß er ein entschlossener Mann war, der sich zeit seines Lebens bemüht hatte, Komitees und Versammlungen anzugreifen, weil er sie ›korrupt‹ fand. Das war alles recht und schön, solange es nicht die eigene Pfarrgemeinde betraf. Offen wagten sie sich ihm nicht zu widersetzen, weil er zu viel über sie wußte und in der Öffentlichkeit kein Blatt vor den Mund nahm. Ihnen war eine taktvolle Lösung weit angenehmer. Sie riefen also eine ›Michael-John-Cronin-Spende‹ ins

Leben und sammelten im Kirchspiel, um Michael Johns Schulden zu bezahlen. Mit Bedauern sahen sie ein, daß der alte Priester wohl kaum einen für diesen Zweck veranstalteten Fußballmatch unterstützen würde.

Dann zogen sie mit dem unredlichen Kassierer, der eine entsprechend zerknirschte Miene aufsetzte, zur Pfarre.

Vater Crowley war beim Essen, gebot aber der Haushälterin, sie hereinzulassen. Erstaunt sah er auf, als sich alle sieben Komitee-Mitglieder in sein Eßzimmer drängten und den eingeschüchterten Michael John vor sich herschoben.

»Wer zum Kuckuck seid ihr?« fragte er und starrte sie über die Lampe hinweg an.

»Wir sind das Klub-Komitee, Vater«, erwiderte Norton.

»Ach so!«

»Und das ist der Kassierer – der ehemalige Kassierer, meine ich natürlich.«

»Ich kann nicht behaupten, daß ich mich freue, ihn zu sehen«, antwortete der Priester.

»Er möchte sagen, daß es ihm leid tut, Vater. Es tut ihm sehr leid, Vater, das schwör ich zu Gott, und es ist keine Lüge, daß er...« Norton trat zwei Schritte vor und legte einen Haufen Banknoten und Silber auf den Tisch, indes eine erwartungsvolle Stille entstand.

»Was ist das?« fragte Vater Crowley.

»Das Geld, Vater! 's ist hiermit alles zurückbezahlt, und Sie haben jetzt wirklich keinen Anlaß mehr, uns noch länger böse zu sein. Und wenn's eine kleine Mißstimmung zwischen uns gegeben hat, dann wollen wir in Gottes Namen kein Wort mehr darüber verlieren.«

Der Priester sah erst das Geld und dann Norton an. »Con«, sagte er, »spar dir nur deine Honigworte für den Richter. Vielleicht hält er mehr davon als ich.«

»Für den Richter?« fragte Norton verdattert.

»Ja, Con, für den Richter!«

Eine volle Minute lang herrschte Schweigen. Das Komitee

stand bestürzt da und sperrte Mund und Nase auf. Dann fragte Norton mit bebender Stimme:

»Das wollen Sie uns also antun, Vater? Sie wollen uns wirklich vor dem ganzen Land als Diebsgesindel hinstellen?«

»Ihr Narren, ihr! Ich stelle keinen von euch bloß!«

»Doch, Vater, das tun Sie: Mann, Frau und Kind im ganzen Kirchspiel«, sagte Norton wütend. »Aber warten Sie nur, das vergessen wir Ihnen nicht!«

Am folgenden Sonntag sprach Vater Crowley von der Kanzel herunter über die Angelegenheit. Er redete eine volle halbe Stunde ohne die kleinste Spur von Erregung in seinem strengen alten Gesicht. Aber seine Predigt war eine einzige lange, giftige Anklage gegen die ›Vetternwirtschaft‹, die seiner Ansicht nach das Land ruinierte und aller Wahrheit, Gerechtigkeit und Barmherzigkeit hohnsprach. Seine Pfarrkinder waren sich alle einig, daß er ein greulich halsstarriger alter Mann sei, der sein Unrecht nie einsah.

Nach der Messe ging das Komitee zu ihm in die Sakristei. Hinter seinen buschigen Augenbrauen hervor schoß er einen so giftigen Blick auf Norton, daß der brave Hofbesitzer zusammenzuckte. »Vater«, bat er dann flehentlich, »nur auf *ein* Wort noch! Ein Wort, und dann gehen wir. Sie sind ein harter Mann, und Sie haben uns heute ein paar bittere Pillen zu schlucken gegeben, Worte, die wir nicht um Sie verdient haben. Aber wir sind ruhige, friedliche, einfache Leute und wollen Sie nicht wieder aufregen.«

Vater Crowley schnaufte verächtlich.

»Wir wollen einen Handel mit Ihnen abschließen, Vater!«

»Und was soll's sein?«

»Wir wollen nichts mehr von der ganzen Sache erwähnen, wenn Sie uns einen einzigen kleinen Gefallen tun.«

»Und was soll's für ein Handel sein?« fragte der Priester ungeduldig.

»Wir wollen die ganze Sache ein für allemal auf sich beruhen lassen, wenn Sie dem Burschen ein gutes Zeugnis ausstellen!«

»Ja, Vater«, rief das ganze Komitee im Chor, »geben Sie ihm ein gutes Zeugnis!«

»*Was* soll ich ihm geben?« rief der Priester.

»Um Gottes Barmherzigkeit willen, Vater«, sagte Norton rührselig, »geben Sie ihm ein gutes Zeugnis! Wenn Sie für ihn eintreten, läßt ihn der Richter frei, und dann fällt kein Schandfleck auf die Gemeinde.«

»Seid ihr denn ganz und gar verrückt geworden, ihr strohköpfigen Wichte?« schrie der Priester, wurde puterrot und zitterte vor Wut. »Da predige ich euch jahrein, jahraus über Ehrbarkeit und Wahrheit und Gerechtigkeit, und es ist gerade wie zur Wand gesprochen. Ihr wollt mich also meineidig werden lassen? Ihr wollt also, daß ich im Namen des allmächtigen Gottes eine verdammte Lüge über meine Lippen gehen lassen soll? Antwortet mir, alle – wollt ihr das?«

»Ach, was heißt hier Meineid«, sagte Norton ungeduldig. »Sie könnten doch wirklich ein paar Worte für den Burschen einlegen. Es verlangt ja keiner von Ihnen, daß Sie *viel* sagen. Was schadet Ihnen das denn, wenn Sie dem Richter sagen, er sei ein ehrlicher, biederer, rechtschaffener Bursche, und daß er's nicht böse gemeint hat, als er das Geld nahm.«

»Mein Gott!« stammelte der Priester und fuhr sich wie rasend mit den Händen durch sein graues Haar. »'s ist wie zur Wand gesprochen, wie zur Wand gesprochen, ihr Schafsköpfe!«

Als er weg war, sah sich das Komitee an. »Er ist eine schreckliche Plage«, sagte einer.

»Ein Tyrann ist er«, meinte Daly rachsüchtig.

»Das ist er wahrhaftig«, seufzte Norton und kratzte sich den Kopf. »Aber in Gottes Namen, Freunde, ehe wir was Voreiliges tun, wollen wir's nochmals mit ihm versuchen.«

Als der Priester gegen Abend seine Tasse Tee trank, kam das Komitee wieder an. Diesmal sahen sie sehr forsch und geschäftstüchtig und selbstbewußt aus. Vater Crowley funkelte sie an.

»Seid ihr schon wieder da?« fragte er verbittert. »Ich hab's mir beinah denken können, daß ihr nochmal kommen würdet. Wahrhaftiger Gott, ihr hängt mir zum Hals heraus mit eurem alten Komitee, und der Himmel weiß, wie elend leid es mir tut, daß ich überhaupt je etwas damit zu tun gehabt habe. Denn laßt's euch nur gesagt sein: es hat mir meine ganze Ruhe genommen!«

»Oh, wir sind nicht das Komitee, Vater«, sagte Norton steif.

»Ach so, diesmal nicht?«

»Nein, bestimmt nicht!«

»Dann kann ich euch nur eins sagen: ihr seht ihm erbärmlich ähnlich! Und wenn's gestattet ist: wer zum Kuckuck seid ihr denn jetzt?«

»Wir sind eine Deputation.«

»Oha! Eine Deputation! Stellt euch das vor! Und von wem geschickt?«

»Von der Pfarrgemeinde … würden Sie uns vielleicht erst mal anhören?«

»Schießt nur los, ich höre ja.«

»Es ist also folgendermaßen, Vater«, sagte Norton und vergaß plötzlich die Wichtigtuerei und die feinen Allüren und lehnte sich über den Tisch. »Es handelt sich um das kleine Geschäftchen von heute früh. Da haben Sie uns vielleicht nicht ganz verstanden, oder wir haben Sie nicht ganz verstanden. Aber wir sind ruhige, schlichte, einfache Leute und wollen jedem Gerechtigkeit widerfahren lassen, und ein paar gute Worte oder Goldstücke machen uns gar nichts aus. Verstehen Sie mich jetzt?«

»Vielleicht«, antwortete Vater Crowley und stützte die Ellbogen auf den Tisch, »vielleicht aber auch nicht.«

»Es ist also folgendermaßen: wir wollen nicht, daß ein Schandfleck auf die Gemeinde und auf die Cronins fällt, und Sie sind der einzige, der uns retten kann. Und wir verlangen weiter nichts von Ihnen, als daß Sie dem Burschen ein gutes Zeugnis ausstellen...«

»Ja, Vater«, unterbrachen ihn die andern im Chor, »geben Sie ihm ein gutes Zeugnis! Geben Sie ihm ein Zeugnis, Vater!«

»Geben Sie ihm ein gutes Zeugnis, Vater, und er wird Ihnen nie wieder zu schaffen machen. Sagen Sie nicht nein, ehe Sie mich zu Ende angehört haben. Wir verlangen überhaupt nicht, daß Sie sich selbst persönlich und eigenhändig zum Gericht bemühen. Da haben Sie ja Tinte und Feder liegen, und damit schreiben Sie uns ein paar Sätzchen – das ist alles, was wir verlangen. Am gleichen Tage, wo er vom Gericht kommt, geben Sie ihm seine Fahrkarte für Amerika und sagen ihm, er solle sich nie wieder in Carricknabreena blicken lassen. Hier ist das Geld, Vater!«, und damit warf Norton ein Bündel Banknoten auf den Tisch. »Stecken Sie das Geld in die Tasche; seine Mutter und er haben uns hoch und heilig versprochen, daß er nach drüben gehen wird, wenn Sie's ihm sagen...«

»Einen Schmarren wird er gehen«, erwiderte der Priester. »Was liegt mir daran, wohin er geht?«

»Sachte, sachte, Vater – nur noch ein Wörtchen! *Ein* Wörtchen noch. Wir wissen ja ganz genau, daß es unangenehm für Sie und die Gemeinde ist, und gerade darüber wollten wir ja mit Ihnen sprechen. Angenommen – bloß mal angenommen, damit wir weitersehen – angenommen, Sie gehen auf unsern Vorschlag ein, dann sind hier ein paar unter uns, die wohl in der Lage wären, einen netten Beitrag für die Kirchen-Baukasse zu stiften, und Sie können selbst sagen, welcher Betrag Ihnen ausreichend erscheint, Ihre Mühen und Unkosten zu decken. Verstehen Sie jetzt, was ich meine?«

»Con Norton«, sagte der Priester, stand auf und hielt sich mit beiden Händen an der Tischkante fest, »ich verstehe Sie!

Heute früh war's Meineid, jetzt ist's Bestechung! Weiß der Himmel, was danach noch alles kommt. Ich sehe, ich habe zur Wand gesprochen. Und ich sehe auch«, fügte er plötzlich wütend hinzu und lehnte sich über den Tisch vor, »einen Preisbullen könnt ihr besser brauchen als einen Priester.«

»Was bedeutet das, Vater?« fragte Norton seltsam ruhig.

»Genau das, was ich sage!«

»Was Sie sagen, soll Ihnen nicht vergessen werden, solange Sie leben«, zischte Norton und lehnte sich auch über den Tisch, bis sie sich von Gesicht zu Gesicht maßen.

»Einen Preisbullen«, stieß Vater Crowley hervor, »und keinen Priester.«

»Das soll Ihnen nicht vergessen werden!«

»Ja? Dann vergeßt auch nicht, was ich euch jetzt sage: ich bin ein alter Mann. Seit vierzig Jahren bin ich Priester – und nicht für Gold oder ums goldene Kalb anzubeten – wie mancher, den ich kenne! Ich habe mein Bestes gegeben. Vielleicht war's nicht viel; aber es war mehr, als mancher gäbe, der besser ist. Und jetzt, wo mein Leben dem Ende zugeht, wenn ich da falsch oder schlecht oder ungerecht handelte, würde mir jeder in meinem Kirchspiel ins Gesicht lachen und mich einen Lumpen nennen – und das wäre jämmerlich für einen alten Mann, der immer ein guter Priester sein wollte.« Seine Stimme nahm einen anderen Ton an, und er erhob den Kopf. »Jetzt raus mit euch, ehe ich euch hinauswerfe!«

Seinem Wort und Wesen treu, sagte er beim Verhör nicht ein einziges gutes Wörtchen zugunsten von Michael John – als ob der kein Christenmensch gewesen wäre. Michael John bekam drei Monate, und alle waren sich einig, daß er damit glimpflich davongekommen war.

Als er aus dem Gefängnis kam, war er ein anderer Mensch. Er sah niedergeschlagen und finster aus. Allen tat er sehr leid. Leute, die nie mit ihm gesprochen hatten, redeten ihn jetzt an, und zu allen sagte er: »Ich bin Ihnen so dankbar, daß Sie mir mein Unglück nicht nachtragen.« Er weigerte sich, nach

Amerika zu gehen. Darum strengten sich Norton und das Komitee noch einmal an, und der Erfolg ihrer Mühen, zusammen mit dem früher Gesammelten und dem, was die Cronins aufgebracht hatten, ermöglichte es ihm, einen kleinen Laden aufzumachen. Dann gelang es ihm, eine Stelle in der Verwaltung und eine Agentur für eine Reederei zu erwischen, und schließlich konnte er sich ein Wirtshaus kaufen.

Vater Crowley aber hatte nicht einen einzigen guten Tag mehr in der Gemeinde, bis er ein Jahr darauf versetzt wurde. Die Abgaben waren weniger geworden, und die Geschenke waren weniger geworden, und wer Geld für eine Messe ausgeben wollte, trug es lieber fünfzig Meilen weiter in eine andere Gemeinde. Es soll ihm das Herz gebrochen haben.

Man erinnert sich seiner nicht gern. Wenn er nicht gewesen wäre, sagen die Leute, dann wäre Michael John jetzt in Amerika. Wenn er nicht gewesen wäre, hätte Michael John nie ein Mädchen geheiratet, das Geld hatte, und dieses Geld hätte er in schlechten Zeiten nicht an die Armen ausgeliehen und nicht an Christen wie ein Wucherer gehandelt.

Denn ein alter Mann sagte mir einmal: »Ein Räuber war er und ist er geblieben, habsüchtig wie sein Großvater, und ein Schädling wie sein Onkel, der Polizist. Und wenn auch manche Leute glauben, daß die Katze das Mausen nicht lassen kann – ich für meinen Teil sehe keine Rettung, es sei denn, daß Gottes Gnade einen zweiten Moses schickt, der ihn stürzt und in den Staub tritt.«

Das häßliche Entlein

I

Mick Courtney kannte Nan Ryan schon lange, schon seit der Zeit, als er vierzehn oder fünfzehn war. Sie war die Schwester seines besten Freundes und in einer Familie von vier Kindern die Jüngste – das einzige Mädchen. Er liebte sie fast ebenso zärtlich, wie ihr Vater und ihre Brüder sie liebten; ihre Mutter dagegen hielt nichts von ihr, weil sie dem Vater so ähnlich sah. Ihre Häßlichkeit war beinahe rührend. Sie hatte eine untersetzte, stämmige Figur und ein männliches Gesicht: das alles war in eine weibliche Hülle gestopft, die fast aus den Nähten platzte. Von den einzelnen Gesichtszügen war keiner wirklich mißraten, und die großen, braunen, lustig zwinkernden Augen waren allerliebst, doch das Ganze ergab ein komisches Bild.

Ihren Brüdern gefiel ihre Gesinnung; sie ließen sie mitspielen, solange sie noch im Spielalter waren, und sie verklatschten sie nie, wenn Dinny sie gegen das mütterliche Gebot in sein Bett schlüpfen ließ, weil sie von Angstträumen heimgesucht wurde. Der arme Kerl wurde oft mitten in der Nacht von Nan geweckt, die zitternd an seiner Bettdecke zerrte. »Dinny, Dinny«, stieß sie verzweifelt hervor, »mich hat's wieder!« – »Was hast'n diesmal?« fragte Dinny verschlafen. »Löwen!« zischte sie mit einer Stimme, daß Dinny die Haare zu Berge stiegen, und dann lag sie eine halbe Stunde in seinen Armen und krümmte die Zehen und zuckte krampfhaft mit den Beinen, während Dinny sie beruhigend tätschelte.

Sie wurde ein richtiger Junge, eine wilde Hummel, zäh und nicht zimperlich, und kämpfte in Dinnys Gruppe mit, die den alten Steinbruch an der Landstraße gegen die Bande aus dem Armenviertel verteidigte. Und so sollte Mick sie immer im Gedächtnis behalten: als eine häßliche, stämmige kleine Amazone, die von Felsblock zu Felsblock sprang, die ungeschickt, aber wirkungsvoll Steine schleuderte und kreischend tödliche Beleidigungen gegen den Feind ausstieß, ihre eigene Partei aber stürmisch anspornte.

Er hätte nicht sagen können, wann sie mit dem Kämpfen aufhörte, doch zwischen dem zwölften und dem vierzehnten Lebensjahr wurde sie in einer Familie, die sich nicht gerade durch Frömmigkeit auszeichnete, ›das fromme Kind‹, das immer in der Messe war oder auf dem Rückweg von der Schule schnell in die Kirche ging, um eine Kerze anzuzünden oder eine Novene zu beten. Später meinte Mick, das alles könne ein Ersatz für die Zuflucht in Dinnys Bett gewesen sein, denn sie litt noch immer an Alpträumen, und wenn sie jetzt kamen, griff sie zum Rosenkranz.

Es machte Mick Spaß, als er entdeckte, daß sie für ihn zu schwärmen begann. Er hatte seinen Glauben verloren, und das bedeutete in Cork ungefähr ebensoviel, wie wenn ein Mädchen nicht länger unschuldig ist. Bei den Stillen vom andern Geschlecht löste es die gleiche Besorgnis aus. Abends wartete Nan an der Haustür auf ihn, und wenn sie ihn kommen sah, sprang sie mit geschlossenen Füßen und steif an die Seite gepreßten Armen und wehendem Zopf die Steintreppe Stufe um Stufe hinunter.

»Wie geht's mit der Novene, Nan?« fragte er dann belustigt.

»Gut!« erwiderte sie mit schriller, ausdrucksloser Stimme. »Du bist auf bestem Wege!«

»Was du nicht sagst!«

»Du glaubst mir's nicht, aber ich weiß es besser. Ich bin eine eifrige Beterin!« Noch ein hölzerner Sprung, und sie war an ihm vorbeigehüpft.

»Warum betest du nicht lieber für die Schwarzen, Nan, anstatt für mich?«

»Für die bet ich doch auch!«

Aber obwohl ihre Brüder ihr den Kummer der Kinderzeit erleichtern konnten – in den Übergangsjahren war sie dem Leben auf Gnade und Ungnade ausgeliefert. Ihre Mutter war eine Schlummerrolle von Frau, die den ganzen Tag mit verschränkten Armen umherging und dadurch den Eindruck von lauter Rundungen und Fettpolstern noch verstärkte. Und doch konnte man sie eine Schönheit nennen. Sie tat ihr möglichstes, um Nans Häßlichkeit zu verstecken, was ihr Mann einfach nicht begriff, denn abgesehen von ihrer mangelhaften Algebra fand er an seiner Tochter nichts auszusetzen.

»Ich bin keine idiotische Schönheit!« schrie Nan so ruppig wie ein Schuljunge, wenn ihre Mutter versuchte, ihr das geliebte grobe Tweedkostüm und den schmutzigen Sweater auszureden und ihr etwas Weiblicheres aufzunötigen.

»Das weiß der Himmel, daß du's nicht bist!« rief die Mutter und verschränkte resigniert die Arme. »Aber du wirst es wohl nicht noch an die große Glocke hängen wollen?«

»Warum nicht?« schrie Nan und stellte sich breitbeinig vor sie hin. »Ich will keinen von den ekligen Männern!«

»Brauchst dir deswegen keine Sorgen zu machen, Kind! Die lassen dich bestimmt in Ruhe!«

»Meinetwegen«, erwiderte Nan grollend. »Ist mir egal! Ich will Nonne werden!«

Im Umgang mit Mädchen ihres Alters war sie eher schüchtern, auch bei solchen, die so fromm wie sie waren. Denn auch die hatten Freunde, und die Freunde wollten nichts mit Nan zu tun haben. Sie war ängstlich darauf bedacht, allem aus dem Wege zu gehen, was zu Nichtachtung führen konnte, doch schon die kleinste Kleinigkeit genügte, um sie zum Grollen und Schmollen zu bringen, und dann wirkte sie häßlich und unförmig und hinterhältig. Sie schlich ums Haus und hatte die Schultern bis zu den Ohren hochgezogen, während ihr braunes Haar schlaff herunterhing und eine Zigarette an der Unterlippe klebte. Ganz unvermittelt und unerklärlich konnte sie irgendein nettes Mädchen, mit dem sie jahrelang befreundet war, fallenlassen und nie wieder mit ihr sprechen. Dadurch kam sie in den Ruf, kalt und unaufrichtig zu sein. Doch Dinny bemerkte auf seine scharfsinnige, altväterische Art zu Mick, daß Nan ihre wahren Freundinnen unter den älteren Frauen und sogar unter kranken Leuten habe, ›alle siebzig oder gelähmt‹, wie er es ausdrückte. Aber selbst denen gegenüber neigte sie dazu, eifersüchtig und tyrannisch zu sein.

Dinny gefiel es nicht, und seine Mutter fand es sogar greulich, aber Nan kümmerte sich nicht um ihre Meinung. Sie war furchtbar halsstarrig geworden, weit mehr, als es sich für ihr Alter und Geschlecht schickte, und infolgedessen wirkte sie merkwürdig eckig und fast männlich, als wäre das der seelische Aspekt ihrer Häßlichkeit. Anscheinend war sie gar nicht scheu: sie stelzte zu den Zimmern ein und aus und schlenkerte die Arme wie ein Junge. Auch ihre Unterhaltung wurde anders – sie sprach mehr wie eine ältere Frau –, aber durchaus nicht etwa langweilig, denn dafür war sie viel zu gescheit. Doch es war stets die gleiche Tonart – ›muffig‹, wie man es dortzulande nannte – und ohne die starken Unterschiede zwischen Leidenschaft und Langeweile, die für die Gespräche junger Menschen so bezeichnend sind. Dinny und Mick konnten sich gegenseitig regelrecht anöden, und plötzlich regten sie sich über irgendein Thema auf, und dann wanderten sie mit hochgeschlossener Jacke stundenlang durch die Straßen und diskutierten.

Ihr Vater war enttäuscht, als sie sich weigerte, das College zu besuchen. Wohl begann sie zu arbeiten, aber es war in einem Damenkleidergeschäft, und das war gewiß ein seltsamer Beruf für ein Mädchen, das für sich selber nur Pullover und Hosen als Kleidungsstücke gelten ließ.

2

Eines Abends dann geschah etwas, das Mick wie ein Schock traf. Es war innerhalb seiner bisherigen Erfahrung mit nichts zu vergleichen und eher wie die Verwandlungsszene in einer Pantomime. Später sah er allerdings ein, daß es gar nicht so zugegangen war. Es kam einfach daher, weil er aufgehört hatte, Nan zu beobachten, wie es einem meistens mit Menschen passiert, die man zu gut kennt. Die Veränderung Nans hatte sich allmählich und unmerklich vollzogen, bis sie sich blitzartig Beachtung erzwang.

Dinny war in seinem Zimmer oben, und Mick und Nan diskutierten miteinander. Obwohl Mick keine akademische Ausbildung genossen hatte, war er doch sehr belesen und ließ Nans literarischen Geschmack – populäre Romane und Lebensbeschreibungen – nicht gelten; es war der Geschmack ihrer älteren und invaliden Freundinnen. Wie üblich verspottete er sie, und wie üblich ärgerte sie sich. »Du bist so verdammt überlegen, Mick«, sagte sie finster und trat, um das strittige Buch zu holen, an den großen Mahagonibücherschrank, der zu den schönen Möbelstücken gehörte, auf die ihre Mutter stolz war. Mick stand lachend auf, stellte sich neben sie und legte ihr, wie er es früher stets getan hatte, den Arm um die Schultern. Sie verstand es falsch, schmiegte sich an ihn und bot ihm das Gesicht zum Kuß. Im gleichen Augenblick entdeckte er, daß sie sich zu einem Mädchen von überraschender Schönheit entwickelt hatte. Er küßte sie nicht, sondern ließ den Arm sinken und starrte sie ungläubig an. Sie griente schadenfroh und suchte weiter.

Während des ganzen Abends konnte er den Blick nicht von ihr abwenden. Später konnte er sich die Veränderung leicht erklären. Er erinnerte sich, daß sie nach einer fiebrigen Erkrankung blaß und mager geworden war. Dann war sie in die Höhe geschossen, und jetzt sah er, daß auch ihr Gesicht infolge der Krankheit lang und schmal geworden war und jeder verpfuschte Gesichtszug an Ort und Stelle gerückt schien, bis ein makelloses Verhältnis entstand, das weder Krankheit noch Alter zu zerstören vermochten. Es war keineswegs der runde, weiche und wunderbar mollige Schönheitstyp ihrer Mutter. Es war die in ihr Gesicht übersetzte Männlichkeit ihres Vaters, die sie noch dadurch betonte, daß sie ihr Haar straff zurückgekämmt trug, was die ziemlich großen Ohren freiließ. Auch ihr Gang war davon schon etwas beeinflußt worden, denn sie stürmte nicht länger wie ein Dragoner mit schlenkernden Armen durchs Zimmer. Andrerseits hatte sie noch nicht gelernt, sich anmutig zu bewegen, und schien eher zu schlittern als zu gehen. Und wieder mußte er staunen über die Macht der Gewohnheit, dank der wir die Menschen unsrer Umgebung historisch sehen und noch mit ihren Fehlern oder Tugenden leben, selbst wenn diese für jedes andere Auge als unser eigenes längst verschwunden sind.

Seit einem Jahr hatte Mick eine feste Freundin gehabt, ein nettes Mädchen von Sunday's Well, und mit der Zeit hätte er sie auch geheiratet. Mick war so ein Mensch, ein Gewohnheitstier, der mit den Lebensumständen fertig wurde, indem er sie durch Routine vereinfachte: das gleiche Restaurant, den gleichen Tisch, die gleiche Kellnerin und das gleiche Gericht. Das erlaubte ihm, seinen eigenen Gedanken nachzuhängen. Doch wenn irgend etwas geschah, das seine Routine durcheinanderbrachte, dann war es gleich die reinste Naturkatastrophe; dann wurde ihm sogar sein Lieblingsrestaurant unerträglich, und er wußte nicht, was er mit seinen Abenden und Wochenenden anfangen sollte. Nans Verwandlung in eine Schönheit übte die gleiche Wirkung auf ihn aus. Er ließ das nette Mädchen von Sunday's Well ohne ein Wort der Entschuldigung oder Erklärung fallen und ging immer häufiger zu den Ryans, obwohl er dort – seiner Ansicht nach – niemandem sehr willkommen war, ausgenommen Dinny und manchmal wenigstens Nan selbst. Auch ohne ihn hatte Nan haufenweise Verehrer. Die Verwandlung war wirklich vollkommen. Ihr Vater, ein großer, glatzköpfiger, geräuschvoller Mann mit einem affenähnlichen und auffallend gutmütigen Gesicht, freute sich darüber, denn er empfand es als einen Beweis dafür, daß sich kluge Männer nicht durch die schlechte Mathematikbegabung eines Mädchens abhalten ließen – der arme Mensch hatte nämlich keinerlei Veränderung an seiner Tochter wahrgenommen. Mrs. Ryan freute sich nicht. Sie hatte ihre Söhne ohnehin lieber gehabt, und sie hatten ihr auch nie so hübsche junge Männer ins Haus gebracht, die mit ihr hätten flirten müssen. Nan aber bereitete es eine fast perverse Freude, die jungen Männer von ihrer Mutter fernzuhalten. Was die Häßlichkeit nicht vermocht hatte, war der Schönheit gelungen: ein tiefer Groll gegen ihre Mutter wuchs in ihr heran, und manchmal wurde es für Micks Geschmack fast zuviel. Sie glich es aus durch eine – wie Mick fand – geradezu ungebührliche Rücksichtnahme auf ihren Vater. Sooft Mr. Ryan lärmend und fröhlich ins Zimmer trat, leuchtete Nans Gesicht auf.

Sie trug nicht mehr die derben, männlichen Tweedkostüme, die sie bis dahin geliebt hatte, und Mick fand es bedauerlich. Jetzt hatte sie eine leidenschaftliche Vorliebe für kostbare Kleider, verstand sie aber nicht zu tragen, und Puder und Lippenstift benutzte sie so geschmacklos übertrieben wie eine Zwölfjährige.

Wenn ihm ihr Geschmack bei der Wahl ihrer Kleider mißfiel, so war ihm ihr Geschmack bei der Wahl ihrer Freunde geradezu verhaßt. Was Dinny höchstens langweilte, konnte Mick rasend machen. Er stritt mit Nan über ihre Verehrer, wie er mit ihr über ihre Bücher gestritten hatte. ›Leisetreter‹ nannte er sie ganz offen. Da war Joe Lyons, der Rechtsanwalt, ein verbindlicher, schwarzhaariger Mann mit geheimnisvollen Schlitzaugen, der sich in Weinsorten ebenso wie in einem intellektuellen Katholizismus auskannte, und Matt Healy, ein Zwerg von einem Butterhändler, der ein Schiff besaß und unaufhörlich von Whiskysorten und ›Dämchen‹ sprach. Die beiden konnten eine geschlagene halbe Stunde lang über eine bestimmte Wagenmarke oder ein Dubliner Hotel reden, ohne – so schien es Mick – auch nur ein einziges vernünftiges Wort zu äußern, und offensichtlich verachtete Lyons den Healy und hielt ihn für einen Quatschkopf, und Healy verachtete den Lyons und hielt ihn für einen Scharlatan, und alle beide gemeinsam verachteten sie Mick. Sie hielten ihn für einen Sonderling, und wenn er mit ihnen über Politik oder Religion diskutieren wollte, hörten sie ihm amüsiert zu, was Mick wütend machte.

»Ich halte mich an Mick – um beim Ausbruch der Revolution auf der sichern Seite zu sein«, sagte Healy und meckerte sein Zwergengelächter.

»Nein«, widersprach Lyons und legte Mick leutselig den Arm um die Schultern. »Mick will nichts von Revolutionen wissen!«

»Dafür leg ich nicht die Hand ins Feuer«, entgegnete Healy, und sein Gesicht strahlte vor Vergnügen. »Mick ist ein *Sans-culotte*. Nennt man sie nicht so, Mick?«

»Und ich wiederhole: nein!« lächelte Lyons ernst. »Ich kenne Mick. Mick ist ein weiser Mann. Aber aufgepaßt!« fuhr er feierlich fort und hob den Finger. »Ich sagte nicht, daß er ein kluger Mann ist. Ich sagte, daß er ein weiser Mann ist, und das ist ein großer Unterschied.«

Mick konnte es nicht ändern, er wurde jedesmal wütend. Wenn sie so auch mit Dinny redeten, zwinkerte der ihnen nur höflich zu und stahl sich in sein Zimmer hinauf, zu seinem Buch oder seinem Grammophon, doch Mick blieb und ärgerte sich. Er arbeitete unermüdlich, hatte aber keinen Ehrgeiz; er war zu klug, um Dinge zu schätzen, die von gewöhnlichen Leuten geschätzt werden, und er war zu feinfühlig, um ihre Verachtung zu übersehen.

Nan hatte nichts dagegen, daß Mick ihr den Hof machte. Etwas von ihrer kindlichen Verliebtheit in Mick war noch immer vorhanden, und es schmeichelte ihrer Eitelkeit, sie jetzt genießen zu können. Sie war eine wunderbare, lebhafte und kluge Kameradin und unternahm lange Spaziergänge mit ihm, weit über Hügel und Weideland zum Fluß hinunter. Meistens landeten sie dann in einem Wirtshaus in Glanmire oder Little Island, obwohl sie ihn bald daran hinderte, so verschwenderisch wie Healy und Lyons zu sein. »Ich bin zwar eine Whiskyfreundin, Mick«, sagte sie lachend, »aber du bist kein Whiskykäufer.« Sie konnte stundenlang mit ihm bei einem Glas Bier sitzen und plaudern, doch wenn Mick versuchte, die Unterhaltung in gefühlvollere Bahnen zu lenken, parierte sie mit einer kecken Sachlichkeit, die ihn abstieß.

»Dich heiraten?« rief sie lachend. »Wer ist denn gestorben und hat dir ein Vermögen hinterlassen?«

»Warum? Muß ich ein Vermögen besitzen?« fragte er ruhig, obwohl ihre gutmütige Verachtung ihn verletzt hatte.

»Oh, wenn du dich mit Heiratsgedanken trägst, wäre es doch praktisch«, erwiderte sie lachend. »Soweit ich zurückdenken kann, hat's in unserer Familie immer nur die eine Sorge gegeben.«

»Klar, wenn du Joe Lyons heiraten würdest, hättest du solche Sorgen nicht mehr«, sagte er mit einem Hohnlächeln.

»Meiner Ansicht nach wäre es ein guter Grund!« antwortete sie.

»Dann hast du einen Wagen und den heiligen Thomas von Aquino«, fuhr Mick fort und kam sich wie ein dummer Junge vor, doch es mußte heraus. »Was könnte eine Frau noch mehr verlangen?«

»Du bist dagegen, daß die Leute Autos haben, was?« fragte sie, stützte die Ellbogen auf den Tisch und warf ihm einen spöttischen Blick zu. »Wie wär's, wenn du dir auch einen Wagen verdienen würdest?«

Dieser weltliche, schulmeisterhafte Ton, vor allem im Zusammenhang mit der Gewinnsucht der Ryans, konnte ihm alles verderben. Und noch etwas andres beunruhigte ihn, obwohl er nicht genau wußte, warum. Er hatte sich stets gern als Mann von Welt gegeben, doch Nan schockierte ihn oft. Eine überraschende Sinnlichkeit schien in ihr zu stecken, die ganz unpassend war. Er wollte nicht glauben, daß sie es absichtlich tat, doch sie konnte ihn manchmal durch ihr Ungestüm oder eine Derbheit mehr als jedes andere Mädchen entflammen.

Eines Nachmittags dann, als sie wieder beide zusammen unterwegs waren und durch die Uferwiesen am See wanderten, fiel ihm eine Veränderung an ihr auf. Sie und noch ein Mädchen hatten mit Healy und Lyons ein paar Tage in Glengarriffe verbracht. Sie wollte nicht darüber sprechen, und er spürte, daß sie enttäuscht war. Sie war anders als sonst: grüblerisch, zärtlich und empfindsam. Sie zog sich die Schuhe und Strümpfe aus, ließ die Füße in den Fluß hängen und hatte die Hände unter den Knien verschränkt, während er auf das Wäldchen jenseits des Flusses starrte.

»Du denkst zuviel an Matt und Joe«, sagte sie und planschte mit den Füßen. »Du solltest Mitleid mit ihnen haben.«

»Mitleid?« rief er und war so erstaunt, daß er hell auflachen mußte.

Sie drehte den Kopf auf die Seite, und ihre braunen Augen hefteten sich mit einer seltsamen Unschuld auf ihn. »Wenn du nicht so ein elender alter Heide wärst, würde ich sagen, du mußt für sie beten.«

»Worum?« fragte er und lachte noch immer. »Um höhere Dividenden für sie?«

»Die Dividenden nützen ihnen nicht viel«, sagte sie. »Sie langweilen sich beide. Deshalb haben sie mich so gern. Ich langweile sie nicht. Sie wissen nie, woran sie bei mir sind. Natürlich bin ich auch auf Geld versessen, Mick«, lachte sie in ihrer schwärmerischen Art, »und auf kostspielige Kleider und elegante Abendessen und auf Weine, deren Namen ich nicht aussprechen kann. Aber ich laß mich nicht davon überrumpeln. Bei einem Mädchen, das so aufgewachsen ist wie ich, braucht's ein bißchen mehr.«

»Was braucht's denn?« fragte Mick.

»Mick, warum willst du nicht endlich etwas unternehmen?« fragte sie und war auf einmal ernst.

»Was denn?« erwiderte er achselzuckend.

»Was?« rief sie und warf die Hände hoch. »Ist mir doch einerlei. Ich weiß ja nicht mal, was du gern tust. Mir einerlei, auch wenn nichts dabei herauskommt. Vor Fehlschlägen fürchte ich mich nicht, aber davor, daß du im alten Trott steckenbleiben könntest, ohne dich für etwas einzusetzen. Nimm doch mal Daddy! Du glaubst es vielleicht nicht, aber ich weiß es, daß er ein begabter Mensch ist. Und doch sitzt er fest. Jetzt hofft er, daß seine Söhne das Geheimnis herausbekommen, falls es eins ist, und daß sie all das tun, was er nicht tun konnte. Das gefällt mir nicht.«

»Ja«, gab Mick nachdenklich zu und zündete sich eine neue Zigarette an. Seine Antwort galt eher ihm selber als ihr. »Ich verstehe, was du meinst. Ich darf ruhig behaupten, daß ich nicht ehrgeizig bin. Ich habe nie das Bedürfnis verspürt, ehrgeizig zu sein. Doch ich stelle mir vor, daß ich für einen andern Menschen ehrgeizig sein könnte. Aber dafür müßte ich raus aus Cork. Wahrscheinlich nach Dublin. Hier reizt mich gar nichts.«

»Dublin würde mir sehr gut passen«, sagte sie befriedigt. »Mutter und ich würden bei einiger Entfernung viel besser miteinander auskommen.«

Ein paar Minuten sagte er gar nichts, und Nan planschte vergnügt mit den Füßen.

»Ist's dann also abgemacht?« fragte er.

»O ja, ja«, erwiderte sie und wandte ihm ihre großen sanften Augen zu. »Natürlich ist es abgemacht. Weißt du denn nicht, daß ich immer verrückt auf dich war?«

Ihre Verlobung bewirkte in Mick eine große Veränderung.

Er war, wie ich schon gesagt hatte, ein Gewohnheitstier. Er kannte die Stadt, wie sie nur wenige von uns kannten – alle interessanten Winkel und all ihre wunderlichen Käuze –, und der Gedanke, daß er sie gegen einen Ort eintauschen müsse, in dem er wurzellos war, bedeutete für ihn einen größeren Schock als für jeden von uns. Doch obwohl es zu gewissen Zeiten ein Gefühl der Verlorenheit in ihm weckte, konnte es ihm auch eine knabenhafte Ausgelassenheit und Fröhlichkeit schenken, als wäre es eine große Reise, auf die er sich vorbereitete, eine gefährliche Expedition, von der er vielleicht nicht zurückkehrte, und wenn er sich so begeisterte, wurde er hübscher und draufgängerisch und kindlich. Nan hatte sich immer zu ihm hingezogen gefühlt; jetzt bewunderte und liebte sie ihn.

Trotzdem brach sie die Ausflüge mit ihren andern Verehrern nicht ab. Besonders nett war sie immer zu Lyons, der sie wirklich gern hatte und nicht glaubte, daß es ihr damit ernst war, Mick zu heiraten. Er war, wie sie behauptete, ein von Natur gütiger Mensch, der sich entsetzte, daß ein so schönes Mädchen wie Nan auch nur die Möglichkeit erwog, mit dem Einkommen eines Angestellten den Haushalt zu führen und zu waschen und zu kochen. Er wandte sich deshalb auch an ihren Vater und setzte ihm geduldig auseinander, daß es für Nan den Verlust jeder gesellschaftlichen Stellung bedeuten würde, und er hätte sich sogar an Mick gewandt, wenn Nan es ihm nicht verboten hätte. »Er kann es unmöglich tun, Nan!« protestierte er ernst. »Mick ist ein anständiger Mensch. Er kann dir das nicht antun!«

»Kann er doch, und wie!« erwiderte Nan lachend und lehnte ihren Kopf an Lyons Brust. »Er würde mich auf die Straße schicken, um Geld für Zigaretten zu bekommen!«

Ihre kleinen Anfälle von Untreue beunruhigten Mick nicht im geringsten, weil er frei von Eifersucht war. Ihre gelegentlichen Lügen und Ausflüchte belustigten ihn nur, und noch mehr die Gewissensbisse, die sie hinterher hatte.

»Mick«, fragte sie halb ärgerlich, halb lachend, »warum binde ich dir bloß all die Lügen auf? Ich bin doch nicht von Natur verlogen, nicht wahr? Samstagabend bin ich nämlich nicht zur Beichte gegangen. Ich war mit Joe Lyons aus. Er glaubt noch immer, daß ich ihn heirate, und ich würd's auch tun, wenn er bloß etwas Grütze im Kopf hätte. Mick, warum kannst du nicht ebenso nett sein wie er?«

Aber wenn Mick es ihr auch nicht übelnahm, Mrs. Ryan nahm es ihr an seiner Stelle übel. Noch mehr verübelte sie ihm jedoch seine Selbstgefälligkeit. Sie war Frau genug, um zu wissen, daß sie ebenso hätte handeln können und daß sie in dem Falle eine Zurechtweisung verdient hätte. Kein Mann ist je so feindselig gegenüber den Frauen wie eine durch und durch weibliche Frau.

Nein, es war Nans Vater, der Mick zur Verzweiflung brachte, und Mick war vernünftig genug, um einzusehen, daß er sich ohne einen stichhaltigen Grund ärgerte. Als Joe Lyons sich wegen Nans Entschluß bei Tom Ryan beklagte und es als den reinsten Selbstmord hinstellte, war der alte Herr wie vor den Kopf geschlagen. Er hatte nie gesellschaftlichen Verkehr gepflogen, was vielleicht ein Grund dafür war, daß er es zu nichts gebracht hatte.

»Glauben Sie wirklich, daß es dahin kommt, Joe?« fragte er finster.

»Überlegen Sie doch selbst, Mr. Ryan!« verteidigte Joe seine Ansicht mit warnend erhobenem Finger. »Wer wird die beiden einladen? Mich können sie jederzeit besuchen, aber ich bin nicht alle Welt. Glauben Sie, daß die Healys sie einladen würden? Vom Augenblick an, wo sie verheiratet sind, wird Matt sie schneiden, und ich kann's ihm nicht verdenken. 's ist ein Spiel, zugegeben, aber man muß sich nach den Spielregeln richten. Sogar ich muß mitmachen, und dabei ist mein einziges Interesse die Philosophie.«

Im Laufe des Abends hatte Tom Ryan sich glücklich eingeredet, daß Mick fast so etwas wie ein Tunichtgut war, und jedenfalls ein Abenteurer. Micks Aussicht auf einen Posten in Dublin stellte ihn durchaus nicht zufrieden. Er wollte wissen, was Mick zu tun beabsichtige. Weiterbummeln? Er könnte Examen ablegen, die eine bessere Beförderung versprachen. Tom könnte es alles in die Wege leiten und ihn selber auf die Examen vorbereiten.

Zuerst hörte Mick sich alles geduldig und amüsiert an; dann wurde er sarkastisch – seine große Schwäche, sobald er in eine Verteidigungsstellung gezwungen wurde. Tom Ryan, der so unfähig wie ein Kind war, Sarkasmus zu verstehen, rieb sich ärgerlich die Glatze und lief aufgeregt aus dem Zimmer. Wenn Mick ihm nur eins über den Schädel gegeben hätte, wie es seine Frau machte, sobald er ihr auf die Nerven fiel, dann hätte er begriffen, daß Mick seinen Gefühlen Luft verschaffte, und er hätte ihn deswegen um so lieber gehabt. Aber Sarkasmus war für ihn nur eine Art, den andern totzuschweigen und ihm keine Aufmerksamkeit zu schenken, und so etwas kränkte ihn bitter.

»Ich wünschte, du würdest nicht so zu Daddy sprechen«, sagte Nan eines Abends, als ihr Vater Vorlesungsverzeichnisse hervorholte, die Mick nicht einmal anzuschauen geruhte.

»Und ich wünschte, Daddy würde es unterlassen, mein Leben für mich in die Hand zu nehmen«, entgegnete Mick müde.

»Er meint es ja nur gut!«

»Ich habe nicht geglaubt, daß er es anders gemeint hat«, erwiderte Mick steif. »Aber ich wünschte, er machte sich klar, daß ich dich heirate und nicht ihn!«

»Darauf solltest du dich nicht zu sehr verlassen!« rief sie zornig.

»Also Nan!« sagte er vorwurfsvoll. »Willst du wirklich, daß mich dein Alter Herr herumdirigiert?«

»Es ist nicht bloß das«, entgegnete sie, stand auf und ging quer durchs Zimmer zum Kamin. Ihm fiel auf, daß sie, wenn sie die Beherrschung verlor, plötzlich auch etwas von ihrer

Schönheit einbüßte. Sie zog finster die Brauen zusammen, senkte den Kopf und trat mit dem schweren Schritt eines Dragoners auf. »Es schadet nichts, wenn wir jetzt darüber sprechen, denn ich hatte es dir sowieso sagen wollen. Ich habe reichlich darüber nachgedacht, weiß Gott: ich kann dich unmöglich heiraten.«

Ihr Tonfall genügte, um Mick wieder zu Duldsamkeit und Einsicht und zu seinem wahren Selbst zurückzuführen.

»Warum nicht?« fragte er sanft.

»Weil ich Angst habe, wenn du's wissen willst!« Und als sie so auf ihn heruntersah, schien sie tatsächlich Angst zu haben.

»Vor der Ehe?«

»Vor der Ehe – unter anderem.« Er nahm den Vorbehalt zur Kenntnis.

»Also vor mir?«

»Ach, vor der Ehe und vor dir und vor mir selber!« brach es aus ihr hervor. »Hauptsächlich vor mir selber!«

»Hast du Angst, du könntest über die Stränge schlagen?« fragte er mit zärtlichem Spott.

»Glaubst du etwa, ich tät's nicht?« zischte sie und hatte die Fäuste geballt. Ihr Gesicht sah alt und abstoßend aus. »Du verstehst mich überhaupt nicht, Mick!« schloß sie mit knabenhaftem Auftrumpfen, so daß sie wieder der wilden Range von ehemals glich. »Du weißt nicht mal, zu was allem ich fähig bin! Bist nicht der Richtige für mich! Hab's schon immer gewußt!«

Mick nahm den Vorfall leicht, als wäre es nur eine ihrer Meinungsverschiedenheiten, doch als er das Haus verlassen hatte, war er gekränkt und auch besorgt. Offenbar war da eine Seite ihres Charakters, die er nicht verstand, und er war ein Mann, der gerne alles recht verstehen wollte, sei's auch nur aus dem Grunde, um es vergessen und sich wieder seinen eigenen Gedanken überlassen zu können. Er wußte, daß Nan unglücklich war, und meinte, es habe mit ihrem Streit nichts zu tun. Ihr Kummer hatte sie ihm zuerst in die Augen getrieben, und jetzt wurde sie, scheint's, vom gleichen Wind wieder von dannen getrieben. Er hatte vielleicht zu selbstgefällig angenommen, daß sie sich ihm vor allem deshalb zugewandt hatte, weil sie Healy und Lyons in ihrer Hohlheit durchschaute, doch jetzt meinte er, daß ihr Kummer nicht mit den beiden zusammenhing. Sie war eher über sich selbst verzweifelt. Es kam ihm in den Sinn, daß Lyons' Schönheit und Freundlichkeit sie vielleicht verführt hatten, zu weit zu gehen. Ein so leidenschaftliches Mädchen wie sie konnte sich leicht zu einem unbedachten Schritt verleiten lassen und würde dann mit Ekel und Abscheu vor sich selbst reagieren. Und eben der Gedanke, daß dies die Ursache sein könnte, weckte in ihm einen Ansturm beschützerischer Zärtlichkeit, und ehe er zu Bett ging, hatte er ihr einen Brief geschrieben und auf die Post gebracht, in dem er sich für seine Ungezogenheit ihrem Vater gegenüber entschuldigte und ihr versprach, in Zukunft mehr Rücksicht auf ihre Gefühle zu nehmen.

Als Antwort erhielt er ein kurzes Schreiben, das ihm zu Hause, wo er arbeitete, ausgehändigt wurde. Sie bezog sich überhaupt nicht auf seinen Brief, sondern schrieb ihm, daß sie Lyons heiraten würde. Es war eine kurze Mitteilung, und für ihn war sie voller versteckter Bosheit. Er ging aus dem Haus und traf unterwegs Dinny, den er hatte besuchen wollen. Dinnys düsterer Miene sah er es an, daß er über alles Bescheid wußte. Sie unternahmen einen ihrer Spaziergänge über Land, und erst als sie in einem ländlichen Gasthof vor ihrem Glas Bier saßen, sprach Mick von der aufgehobenen Verlobung.

Dinny war bekümmert, und sein Kummer ließ ihn grob sprechen, und aus seiner Grobheit schien Mick die Stimmen der Ryans herauszuhören, die über ihn redeten. Sie hatten von ihm als Nans Ehemann nie viel gehalten, doch sie waren bereit gewesen, ihn um ihretwillen zu akzeptieren. Andrerseits stand es bei ihnen fest, daß sie sich aus Lyons eigentlich nichts machte und ihn nur aus einer verzweifelten Stimmung heraus heiratete, die auf Mick zurückzuführen war. Offenbar war Mick an allem schuld.

»Ich kann mir nicht recht vorstellen, was ich getan habe«, erklärte Mick sachlich. »Euer Vater begann an mir herumzunörgeln, und ich war grob zu ihm. Das weiß ich, und ich schrieb Nan, daß ich es bedauere.«

»Ach, der Alte Herr hat an uns allen herumzunörgeln, und wir sind alle grob zu ihm«, antwortete Dinny. »Das ist es nicht.«

»Dann hat es also nichts mit mir zu tun«, erklärte Mick störrisch.

»Vielleicht nicht«, erwiderte Dinny ohne Überzeugung. »Aber einerlei, was es war, das Unheil ist nun mal geschehen. Du weißt ja, wie hartnäckig Nan sein kann, wenn sie sich etwas in den Kopf gesetzt hat.«

»Und du glaubst nicht, daß ich zu ihr gehen und sie fragen soll?«

»Ich würd's nicht tun«, antwortete Dinny und sah Mick zum erstenmal ins Gesicht. »Ich glaube nicht, daß Nan dich heiraten will, mein alter Junge, und ich bin ziemlich sicher, daß es für dich so am besten ist. Du weißt, daß ich sie gern habe, aber sie ist ein merkwürdiges Mädchen. Ich glaube, du würdest nur noch mehr leiden, als du jetzt schon leidest.«

Mick begriff, daß Dinny ihm aus irgendeinem Grunde riet, sich zurückzuziehen, und diesmal war er in der Lage, es zu tun. Dank der üblichen Ironie des Schicksals wurde ihm der Posten in Dublin, um den er sich ihretwegen beworben hatte, jetzt angeboten, und er würde Ende des Monats wegziehen müssen.

Was ihm als ungeheurer Bruch mit seiner Vergangenheit erschienen war, erwies sich nun als der allerbeste Trost für sein bedrücktes Gemüt. Obwohl er sich mehr als andre nach den alten Freunden und vertrauten Stätten zurücksehnte, besaß er doch auch die Aufnahmebereitschaft für alles Neue, und bald wunderte er sich nur noch, wie er es so lange in Cork hatte aushalten können. Innerhalb seines ersten Jahres in Dublin hatte er ein nettes Mädchen namens Eilish kennengelernt und heiratete sie. Und wenn die Leute von Cork einen engen Horizont hatten, so glaubte Eilish, daß alles, was nicht zwischen den beiden Dubliner Vororten Glasnevin und Terenure passierte, überhaupt nicht passiert war. Wenn er ihr etwas von Cork erzählte, nahmen ihre Augen einen glasigen Ausdruck an.

Cork und seine Bewohner entschwanden ihm so gänzlich aus dem Gedächtnis, daß es ihn wie ein Blitzstrahl traf, als er eines Tages in der Grafton Street Dinny begegnete. Dinny war auf dem Wege nach England, zu seiner ersten Stelle, und Mick lud ihn sofort zu sich ein. Doch ehe sie zu Micks Haus fuhren, schleppte Mick ihn in seine Lieblingsbar in der Nähe der Grafton Street. Dort konnte er die Frage stellen, die ihn sofort bedrängt hatte, als er Dinnys Gesicht auftauchen sah.

»Wie geht's Nan?«

»Oh, hast du nicht von ihr gehört?« fragte Dinny mit dem gewohnten Tonfall milden Staunens. »Nan ist ins Kloster gegangen.«

»Nan? Ins Kloster?« wiederholte Mick.

»Ja«, bestätigte Dinny. »Sie hat ja schon als Kind davon gesprochen, doch damals achteten wir nicht weiter drauf. Wir waren dann sehr überrascht. Und das Kloster vielleicht noch viel mehr«, schloß er trocken.

»Um Gottes willen!« rief Mick. »Und der Mann, mit dem sie verlobt war? Dieser Lyons?«

»Oh, den hat sie schon nach ein paar Monaten abgehängt«, erzählte Dinny angewidert. »Ich habe nie geglaubt, daß es ihr ernst war mit dem! Der Bursche ist ein verdammter Idiot!«

Mick vertiefte sich in seinen Drink und war plötzlich verlegen und nervös. Nach ein paar Minuten fragte er (und versuchte dabei zu lächeln):

»Du glaubst wohl nicht, daß sie sich anders besonnen hätte, wenn ich geblieben wäre?«

»Vielleicht doch«, erwiderte Dinny weise. »Aber ich bin nicht so sicher, ob sie für dich die Richtige gewesen wäre«, fuhr er freundlich fort. »Im Grunde ist Nan überhaupt nicht fürs Heiraten geschaffen.«

»Wahrscheinlich nicht«, sagte Mick, glaubte es aber keineswegs. Er war völlig überzeugt, daß Nan fürs Heiraten geschaffen war und daß nur der tiefe Kummer, der sie zuerst zusammenbrachte und dann wieder trennte, sie daran gehindert hatte, sich zu verheiraten. Doch *was* es für ein tiefer Kummer gewesen war, konnte er sich noch immer nicht vorstellen, und er merkte, daß Dinny noch weniger darüber wußte als er selbst.

Ihre Begegnung hatte alles wieder wachgerufen, und in den folgenden Jahren tauchte es in Abständen immer wieder in seinem Geiste auf und beunruhigte ihn. Nicht etwa, daß er in seiner eigenen Ehe unglücklich gewesen wäre – wer mit einer Frau wie Eilish unglücklich sein konnte, an dem mußte schon allerhand nicht stimmen –, doch manchmal, wenn er sie frühmorgens am Gartentor küßte und mit elastischen Schritten die häßliche, moderne Allee zum Meer hinabging, dann dachte er an den Fluß und an die Hügel rings um Cork und an die Frau, die von seiner Freude an einfachen Dingen nichts mitbekommen hatte und deren Entscheidungen anscheinend alle von einer inneren Qual diktiert wurden.

3

Viele Jahre später, als er allein in Cork war, um nach dem Tode seines Vaters (seines letzten Verwandten dort) alles in Ordnung zu bringen, sah er sich plötzlich zurückversetzt in die Welt seiner Kindheit und Jugend und wanderte wie ein Geist von einer Straße zur andern, von einem Wirtshaus zum andern und von einem alten Freund zum andern und ließ in einer Stimmung, die halb Qual und halb Entzücken war, andere Geister auferstehen. Er wanderte nach Blackpool hinaus und hinauf nach Goulding's Glen und entdeckte nur, daß der alte Mühlteich ausgetrocknet war, und er saß am Ufer und erinnerte sich der Wintertage, als er ein Kind war, und an den Teich voller Schlittschuhläufer und an Sommernächte, wenn sie voller Sterne waren. Sein Einssein mit dem Bekannten machte ihn um so empfänglicher für die Poesie, die dem Wechsel anhaftet. Er besuchte die Ryans und fand Mrs. Ryan beinah ebenso hübsch und mollig wie einst, obwohl sie rührselig über die Trennung von den Söhnen, über die Enttäuschung wegen Nan und über die ständig zunehmende Verschrobenheit ihres Mannes klagte.

Als sie ihn an die Haustür begleitete, verschränkte sie die Arme und lehnte sich an den Türpfosten.

»*Wisha,* Mick, möchtest du nicht hinausfahren und Nan besuchen?« fragte sie vorwurfsvoll.

»Nan?« wiederholte er. »Glauben Sie denn nicht, daß es ihr unangenehm wäre?«

»Warum soll's ihr unangenehm sein, mein Junge?« wehrte Mrs. Ryan ab. »Das Kind muß sich doch halbtot sehnen, mal mit jemand zu sprechen! Mick, mein Junge, ich hab nie im Leben die Religion kritisiert, aber das, Gott verzeih mir, das ist ein unnatürliches Leben! Ich könnt's keine Woche lang aushalten. Mit all den alten Hexen!«

Mick, der sich die Wirkung von Mrs. Ryans Anwesenheit in einem gut geleiteten Kloster vorstellen konnte, dachte bei sich, daß Gott ihr diese Ansicht wohl nicht allzu sehr verübeln würde. Er beschloß aber, Nan zu besuchen. Das Kloster lag auf einem der steilen Hügel außerhalb der Stadt, und von der vorderen Rasenfläche hatte man einen weiten Blick über das Tal. Er war auf eine Veränderung in ihrem Äußeren gefaßt, aber als er sie dann im häßlichen Sprechzimmer des Klosters erblickte, erschrak er doch. Das weiße Linnen und der schwarze Schleier bildeten für ihre scharf ausgeprägten Züge den unnatürlichen Rahmen eines altdeutschen Bildnisses aus dem fünfzehnten Jahrhundert. Und das Zwinkern in den großen braunen Augen bestärkte ihn in einem Gedanken, der im Laufe der Jahre langsam in seinem Geiste herangereift war.

»Ist es nicht furchtbar, Mick, daß ich dir keinen Kuß geben kann?« sagte sie kichernd. »Wahrscheinlich dürfte ich's sogar, aber unser alter Kaplan ist ein Greuel. Er findet, ich sei die ›Neue Nonne‹. Sein Leben lang hat er von ihr gehört, und ich bin die erste, die er kennengelernt hat. Komm mit in den Garten, wo wir sprechen können«, schloß sie mit eingeschüchtertem Blick auf die frommen Bilder an den Wänden. »In dem Zimmer hier kann man 'ne Gänsehaut kriegen! Ich hetze sie dauernd auf, wenigstens das Bild vom Heiligen Herzen zu entfernen! Es stammt natürlich aus Bayern! Sie lieben es!«

Sie plapperte weiter und ging ihm mit rauschenden Röcken und gesenktem Kopf zum Rasen voraus. Er merkte es an der leichten Erregtheit ihrer Stimme und ihrer Gesten, daß sie sich ebensosehr freute, ihn zu sehen, wie er sich freute, sie zu sehen. Sie führte ihn zu einer Gartenbank hinter einer Hecke, die sie vor dem Kloster verbarg, und haschte auf ihre ungestüme Art nach seiner Hand.

»Jetzt mußt du mir alles von dir erzählen!« sagte sie. »Ich habe gehört, daß du ein sehr nettes Mädchen geheiratet hast. Eine von den Schwestern hier ist mit ihr zusammen in die Schule gegangen. Sie sagt, sie sei eine Heilige. Hat sie dich noch nicht bekehrt?«

»Seh ich so aus?« fragte er und lächelte matt.

»Nein«, erwiderte sie kichernd. »An deinem Heidenblick würde ich dich überall erkennen! Aber trotzdem brauchst du nicht zu glauben, daß du mir entwischen kannst.«

»Du bist eine eifrige Beterin«, zitierte er ihre Kinderworte, und sie stimmte ein begeistertes Gelächter an.

»'s ist richtig«, sagte sie. »Das bin ich. Ich hab eine verrückte Ausdauer!«

»Wirklich?« neckte er sie. »Ein Mädchen, das zwei Männern innerhalb von wieviel Monaten – oder war's nur einer? – den Laufpaß gab?«

»Ach, das war was anderes«, erklärte sie und wurde ernst. »Damals standen andere Dinge auf dem Spiel. Gott hatte den Vortritt, vermute ich.« Dann blickte sie ihn verstohlen von der Seite an. »Oder glaubst du, ich rede bloß dummes Zeug?«

»Was ist's denn sonst?« fragte er.

»Nein, nein!« widersprach sie. »Obwohl ich mich manchmal frage, wie es alles hat zugehn können!« fuhr sie fort und zuckte reuig die Achseln. »Aber nicht, weil ich mich hier nicht glücklich fühlte! Das weißt du doch?«

»Ja«, sagte er still. »Ich habe es schon seit einer ganzen Weile geahnt.«

»Meine Güte«, lachte sie auf, »du hast dich aber verändert.«

Es war überflüssig, ihm zu sagen, daß sie glücklich war. Und es war auch überflüssig, ihm zu sagen, warum sie glücklich war. Er wußte, daß der Gedanke, der in den letzten ein, zwei Jahren in seinem Geist herangereift war, der richtige sein mußte und daß alles, was ihr widerfahren war, keineswegs etwas Einzigartiges und Unerklärliches war. Es war etwas, das auch andern widerfuhr – auf andere Art und Weise. Wegen irgendeiner Unzulänglichkeit – Armut oder körperliche Schwäche bei Männern, Armut oder Häßlichkeit bei Frauen – hatten die schöpferisch Begabten sich eine reiche innere Welt aufgebaut, und wenn die Unzulänglichkeit verschwand und die wirkliche Welt mit all ihrem Reichtum und all ihrer Schönheit sich vor ihnen ausbreitete, dann konnten sie ihr nicht mit ungeteiltem Herzen nahen. Unsicher, wenn es zu wählen galt, schwankten sie zwischen zwei Zielen und waren einsam in der Menge, unzufrieden inmitten von Lärm und Lachen und unglücklich sogar bei denen, die sie am liebsten hatten. Die innere Welt rief sie zurück, und bei einigen wurde es zum Problem, dorthin zurückzukehren oder zu sterben.

Er versuchte es ihr zu erklären und ärgerte sich über seine unzureichende Überzeugungskraft. Gleichzeitig spürte er, wie sie ihn scharf und amüsiert beobachtete, fast, als nähme sie ihn nicht ganz ernst. Vielleicht tat sie es nicht, denn wer von uns kann die innere Welt eines andern nachempfinden oder gar beschreiben? Sie saßen beinahe eine Stunde dort und hörten, wie die Klosterglocke die eine oder andre Schwester rief. Mick lehnte es ab, zum Tee zu bleiben. Er wußte, wie es bei einem Kloster-Tee zuging, und wollte sich den Eindruck, den ihre Begegnung auf ihn gemacht hatte, nicht verderben lassen.

»Bete für mich«, sagte er lächelnd, als sie sich die Hand gaben.

»Glaubst du, ich hätte jemals aufgehört?« erwiderte sie mit spöttischem Lachen, und er schritt rasch und in seltsam freudevoller Stimmung die schattigen Stufen zum Pförtnerhaus hinunter, im Bewußtsein, daß, wie sehr sich die Stadt verändern mochte, ihre alte Liebe unverändert in einer Welt fortlebte, wo weder Abscheu noch Verzweiflung sie je berühren konnten, und daß sie auch weiterhin fortbestehen würde, bis sie beide starben.

Ein Mann von Welt

Als ich ein Junge war, gab's für mich und meinesgleichen niemals Ferien, aber das bekümmerte mich weiter nicht, weil ich, wie es Kinder wohl tun, einfach welche für mich erfand, und das war viel schöner. Ich erinnere mich an ein Jahr, da bestanden meine Ferien in ein paar Nächten, die ich im Hause eines Freundes namens Jimmy Leary verbrachte, der uns gegenüber auf der andern Seite der Straße wohnte. Seine Eltern verreisten hin und wieder für ein paar Tage, um eine kranke Verwandte in Bantry zu besuchen, und er erhielt Erlaubnis, sich einen Freund einzuladen, der ihm Gesellschaft leistete. Ich faßte meine ›Ferien‹ mit dem größten Ernst auf, bestand darauf, mir Vaters alte Reisetasche zu leihen, und schleppte sie unsre Gasse entlang, vorbei an den Nachbarn, die vor ihrer Haustür standen.

»Gehst du fort, Larry?« fragte jemand.

»Ja, Mrs. Rooney«, erwiderte ich voller Stolz, »zu Learys in die Ferien!«

»*Wisha,* hast du aber Glück!«

›Glück‹ schien mir eine lächerlich unzureichende Bezeichnung für die Wunder zu sein, die mich erwarteten. Das Learysche Haus war groß, und eine hohe Steintreppe führte zur Haustür hinauf, die ständig verschlossen war. Im Vorderzimmer hatten sie ein Klavier, auf einem Tisch dicht beim Fenster lag ein Fernglas, und die Toilette auf halber Treppe (anstatt auf dem Hinterhof) kam mir als der Gipfel an Eleganz und Unanständigkeit vor. Das Fernglas nahmen wir mit nach oben in unser Schlafzimmer. Dort konnte man vom Fenster aus die ganze Straße in jeder Richtung überblicken, vom Steinbruch unten am Fuß der Straße, mit den winzigen Hütten, die an seinem oberen Rand klebten, bis hinauf zu den freien Feldern am andern Ende, wo sich die letzten Gaslaternen gegen den Himmel abhoben. Jeden Morgen war ich schon beim ersten Lichtstrahl auf den Beinen, beugte mich im Nachthemd aus dem Fenster und beobachtete durchs Fernglas all die geheimnisvollen Gestalten, die man von unserer Seitengasse aus niemals sah: Polizisten und Eisenbahner und Bauern, die zu Markte fuhren. Ich bewunderte Jimmy beinah ebensosehr, wie ich sein Elternhaus bewunderte, und aus fast dem gleichen Grunde. Er war ein Jahr älter als ich, hatte gute Manieren und gute Anzüge und dachte nicht im Traume daran, mit den Straßenjungen zu spielen. Wenn einer von ihnen zu uns trat, dann hatte er eine Art, sich mit den Händen in den Hosentaschen gegen eine Mauer zu lehnen und ihm mit einem wohlerzogenen, wissenden Lächeln zuzuhören, das mir unglaublich vornehm zu sein schien. Er war jedoch alles andre als ein Waschlappen, denn er war ein ausgezeichneter Boxer und Ringkämpfer und hätte sich jederzeit leicht gegen sie behaupten können, wenn er gewollt hätte. Er war ihnen eben überlegen. Er war – ich wüßte nur ein einziges Wort, das ihn treffend bezeichnet –, er war *sophisticated*. Ich führte seine Überlegenheit auf das Klavier, das Fernglas und den Haus-Abort zurück und glaubte, wenn ich nur die gleichen Vorteile gehabt hätte, dann hätte ich wohl auch *sophisticated* sein können. Ich wußte, daß ich es nicht war, denn ich ließ mich stets durch die Welt der Sinneseindrücke irreführen. Ich konnte mich plötzlich heftig für einen Jungen begeistern, und wenn ich ihn in seinem Elternhaus besuchte, griff meine Bewunderung auf seine Eltern und Schwestern über, und dann dachte ich, wie wundervoll es sein müsse, ein solches Elternhaus zu haben; doch wenn ich Jimmy davon erzählte, lächelte er nur auf seine wissende Art und sagte ruhig: »Ich glaube, vor ein paar Wochen war der Gerichtsvollzieher bei ihnen«, und wenn ich auch nicht wußte, was ein Gerichtsvollzieher war, krachte doch die ganze Welt der Sinneseindrücke zusammen, und ich begriff, daß ich mich wieder einmal hatte irreführen lassen.

Mit den Jungen und Mädchen war's das gleiche. Wenn wir einen von den älteren Jungen zum erstenmal mit einem Mädchen ausgehen sahen, konnte Jimmy obenhin bemerken: »Er sollte sich lieber vorsehen – die da ist Explosivstoff!« Und wenn ich auch über Mädchen ebensowenig wie über Gerichtsvollzieher wußte, so genügte sein Tonfall, um anzudeuten, daß liebliche Stimmen und breitrandige Hüte, Gaslaternen und Düfte aus abendlichen Gärten mich irregeführt hatten.

Noch heute, nach vierzig Jahren, kann ich das Ausmaß meiner Verranntheit abschätzen, denn obwohl meine eigene Handschrift fast unleserlich ist, ertappe ich mich manchmal dabei, wie ich einen Notizblock gedankenlos mit einer kleinen, hölzernen und völlig lesbaren Schrift bedecke, die ich amüsiert als eine recht gute Nachahmung von Jimmys Schrift erkenne. Meine Bewunderung für ihn liegt noch immer wie ein Fossil irgendwo in meinem Gedächtnis herum, aber Jimmys wissendes Lächeln nachzuahmen – das ist mir nie gelungen.

Und alles geht darauf zurück, daß ich wegen der Jungen und Mädchen so neugierig war. Wie ich schon sagte, stellte ich mir nur allerlei vor, während Jimmy Bescheid wußte. Von der Welt des Wissens war ich ausgeschlossen durch die Welt der Sinneseindrücke, die mich vor lauter Gefühl blind und taub machten. Die geringste Kleinigkeit konnte mich begeistern oder in Verzweiflung stürzen: die Bäume auf meinem Weg zur ersten Messe, die bunten Glasfenster in der Kirche, das bläuliche Bergauf und Bergab der abendlichen Straßen im grünen Schimmer der Gaslaternen, der gute Geruch aus den Küchen oder feine Parfum-Düfte – und sogar der Geruch aus einem leeren Zigarettenpäckchen, das ich aus dem Rinnstein aufgelesen hatte und mir an die Nase drückte –, alles hielt mich in der Welt der Sinneseindrücke fest, während Jimmy dank seiner Herkunft und Erziehung immer darüber hinaus war. Ich bat ihn, mir mehr darüber zu verraten, aber er schien es nicht zu können.

Eines Abends dann hörte er mir wieder zu und lehnte dabei den Kopf an den Pfosten des Gartentors. Sein helles, ordentliches Haar rahmte sein blasses, gutartiges Gesicht ein, und meine Erregung schien ihn sowohl heiter wie mitleidig zu stimmen.

»Warum kommst du nicht mal eines Abends zu uns, wenn meine Eltern fort sind«, fragte er gleichmütig. »Dann könnte ich dir allerlei Interessantes zeigen.«

»Was denn, Jimmy?« fragte ich eifrig.

»Ist dir schon das junge Pärchen aufgefallen, das nebenan eingezogen ist?« fragte er und deutete mit einer Wendung seines Kopfes auf das Haus, das oberhalb von seinem Elternhaus lag.

»Nein«, erwiderte ich kleinlaut. Mit mir stand es immer so, daß ich nicht nur niemals etwas erfuhr, sondern daß mir auch nie etwas auffiel. Und als er das junge Paar beschrieb, das jetzt dort wohnte, da merkte ich zu meinem Kummer, daß ich nicht einmal Mrs. MacCarthy kannte, der das Haus gehörte.

»Ach, es sind einfach Jungverheiratete«, sagte er. »Sie wissen nicht, daß man sie von unserm Haus aus sehen kann.«

»Aber wie denn, Jimmy?«

»Sieh jetzt nicht hin!« befahl er und blickte mit verträumtem Lächeln die Gasse hinab. »Warte, bis du gehst! Ihre Hausmauer ist nur ein paar Fuß von unserm Haus entfernt. Von unsrer Mansarde kann man ihnen direkt ins Schlafzimmer schauen!«

»Und was machen sie da, Jimmy?«

»Oh«, sagte er und lachte vergnügt, »alles! Du solltest wirklich mal kommen.«

»Bestimmt, kannst Gift drauf nehmen!« erwiderte ich und bemühte mich, schneidiger zu sprechen, als mir zumute war. Etwas Unrechtes konnte ich nicht darin erblicken, aber trotz meiner großen Begierde, Jimmy möglichst ähnlich zu werden, hatte ich Angst, welchen Einfluß es wohl auf mich haben würde.

Es genügte mir jedoch nicht, hinter die Welt der Sinneseindrücke zu gelangen – ich mußte auch die Sinneseindrücke selbst studieren, und drei Abende hintereinander stand ich unter der Gaslaterne am Ende unsrer Seitengasse, gegenüber von Mrs. MacCarthys Haus, bis ich die neuen Mieter erspäht hatte. Den jungen Ehemann hatte ich als ersten identifiziert, denn er kam regelmäßig zur gleichen Stunde von der Arbeit nach Hause. Er war groß, hatte starres, kohlschwarzes Haar und einen großen schwarzen Wachtmeister-Schnauz, der über das Jugendliche und Arglose seines schmalen, mageren Gesichts nicht ganz hinwegtäuschen konnte. Meistens erschien er in Begleitung eines älteren Mannes und blieb noch ein paar Minuten plaudernd vor der Haustür stehen. In seinem schwarzen Mantel und mit dem steifen Filzhut stand er da, gestikulierte mit seiner Abendzeitung und bog sich manchmal vor lautem, unvermitteltem Gelächter.

Am dritten Abend sah ich seine Frau; sie hatte offenbar auf ihn gewartet und hinter der Wohnzimmergardine nach ihm Ausschau gehalten, und als sie ihn sah, lief sie flink die Treppe hinunter und beteiligte sich am Gespräch. Sie hatte sich eine alte Jacke um die Schultern geworfen und verschränkte auch noch die Arme, wie um sich dadurch vor dem kalten Wind zu schützen, der von den freien Feldern die Straße herunterwehte. Ihr Mann hatte ihr seine eine Hand zärtlich auf die Schulter gelegt.

Zum erstenmal spürte ich Gewissensbisse wegen unsres Vorhabens. Es war ganz anders, wenn man so etwas bei Leuten tat, die man nicht kannte oder die einem gleichgültig waren, aber ich hatte, sobald mich Leute auch nur grüßten, sofort eine gefühlsmäßige Einstellung zu ihnen, und von dem jungen Paar hatte ich bereits eine sehr gute Meinung. Sie sahen wie Menschen aus, die mir gegenüber ebenso empfinden mochten. In der Nacht lag ich lange wach, da ich mir den Wortlaut eines anonymen Briefs ausgedacht hatte, der sie vor uns warnen sollte – bis ich mich vor lauter Beredsamkeit und

Entrüstung in einen fieberhaften Zustand hineingearbeitet hatte.

Doch ich wußte nur zu gut, daß sie den Bösewicht im Brief leicht erraten würden und daß der Bösewicht mich erraten würde, deshalb schrieb ich ihn nicht. Statt dessen verfiel ich in schlechte Laune und war mürrisch zu meinen Eltern. Doch auch das war nicht ganz echt, denn als Mutter mir am Samstag abend ein Nachthemd einwickelte – ich war mittlerweile so selbstbewußt geworden, daß ich auf die Reisetasche verzichtete –, da hielt ich fast nicht durch. In meinem Elternhaus war an jenem Abend eine Stimmung, die mich wieder aus dem Gleichgewicht brachte. Vater hatte sich die Mütze in die Stirn gezogen, saß unter der Wandlampe und las aus der Zeitung vor, und Mutter kauerte mit ihrem Schultertuch im kleinen Korbsessel vor dem Feuer und hörte ihm zu. Ich begriff, daß auch sie zu dieser Welt der Sinneseindrücke gehörten, die ich zerstören wollte, und als ich ihnen gute Nacht wünschte, war mir fast, als sagte ich auch ihnen auf immer Lebewohl.

Sowie ich aber erst einmal in Jimmys Haus war, bedrückte es mich nicht mehr so. Das Haus hatte stets diese Wirkung auf mich: als blähte es mich zur doppelten Größe auf, und als wäre ich drauf und dran, das Klavier und das Fernglas und den Haus-Abort freudig zu begrüßen. Ich versuchte, mit einer Hand eine Melodie auf dem Klavier nachzuspielen, und Jimmy, der mir eine Zeitlang belustigt zugehört hatte, setzte sich hin und spielte sie so, wie ich selber glaubte, daß sie gespielt werden müsse, und auch das bildete einen Teil seiner Überlegenheit.

»Wahrscheinlich ist's besser, wir tun so, als gingen wir zu Bett«, sagte er verächtlich. »Jemand auf der andern Straßenseite könnte es sonst merken und uns verklatschen. Sie sind übrigens in der Stadt und werden vermutlich erst spät heimkommen.«

Wir tranken ein Glas Milch in der Küche, gingen nach oben und zogen uns aus, legten aber unsere Mäntel neben das Bett.

Jimmy hatte eine Tüte mit Bonbons, wollte sie aber unbedingt für später aufheben. »Vielleicht brauchen wir sie, ehe es vorbei ist«, meinte er mit seinem wissenden Lächeln, und wieder bewunderte ich seine Ruhe und seine Beherrschung. Im Bett schwatzten wir noch eine Viertelstunde, löschten dann das Licht, standen wieder auf, zogen die Mäntel und die Socken an und stiegen auf Zehenspitzen in die Mansarde hinauf. Jimmy ging mit seiner elektrischen Taschenlampe voran. Er dachte wirklich an alles. Die Mansarde war für unser nächtliches Abenteuer hergerichtet: zwei Koffer, die als Sitzplätze dienen sollten, waren ans Fenster gerückt worden, und sogar Kissen lagen darauf. Wenn man hinaussah, bemerkte man zunächst nichts als eine große, kahle Mauerfläche, die oben von ein paar Schornsteinkappen gekrönt wurde, doch allmählich konnte man zwei oder drei Meter weiter unten die Umrisse eines Fensters erkennen. Jimmy setzte sich neben mich, öffnete die Tüte mit den Bonbons und stellte sie zwischen uns.

»Natürlich hätten wir auch im Bett bleiben können, bis wir sie nach Hause kommen hören«, flüsterte er. »Meistens hört man sie, wie sie die Vordertür aufschließen, doch sie hätten diesmal ganz leise machen können, oder wir hätten schon eingeschlafen sein können. Es ist immer am besten, man geht auf Nummer sicher!«

»Aber weshalb ziehen sie nicht den Vorhang zu?« fragte ich, und mein Herz begann lästig zu hämmern.

»Weil kein Vorhang da ist«, antwortete er und kicherte leise. »Die alte Mrs. MacCarthy hatte nie einen, und sie bringt auch keinen für Mieter an, die vielleicht morgen schon wieder ausziehen. Solche Leute geben erst Ruhe, wenn sie ihr eigenes Häuschen haben.«

Ich beneidete ihn um seine Gelassenheit und daß er so mit übereinandergeschlagenen Beinen dasitzen und einen Bonbon lutschen konnte, gerade, als wäre er im Kino und wartete auf den Beginn des Films. Mir machten die Dunkelheit und unser Geheimnis bange, auch die Geräusche, die mit so ungewohnter Schärfe von der Straße zu uns heraufdrangen. Außerdem war es natürlich nicht mein Elternhaus, und ich fühlte mich nicht ganz so geborgen. Ich erwartete jeden Augenblick, daß die Haustür aufging und seine Eltern eintraten und uns ertappten.

Wir mußten etwa eine halbe Stunde gewartet haben, ehe wir auf dem Bürgersteig Stimmen hörten, und dann drehte sich ein Schlüssel im Schloß, und eine Tür wurde leise geöffnet und geschlossen. Jim hob die Hand und berührte mich leicht am Arm. »Das ist wahrscheinlich unser Pärchen«, flüsterte er. »Wir wollen lieber nicht mehr sprechen, damit sie uns nicht hören.« Ich nickte und wünschte im stillen, daß ich nicht gekommen wäre. Im gleichen Augenblick wurde in der großen, dunklen Mauerfläche ein matter Lichtschimmer sichtbar, das matte gelbliche Licht von der Treppenbeleuchtung, das eben ausreichte, um uns die Umrisse des Fensterrahmens unter uns zu zeigen. Auf einmal war das ganze Zimmer hell. Der Mann, den ich auf der Straße gesehen hatte, stand noch auf der Schwelle und hatte die Hand am Schalter. Ich konnte jetzt alles ganz deutlich erkennen, das übliche, kleinbürgerliche Schlafzimmer mit geblümter Tapete, ein buntes Bild vom Heiligen Herzen über dem Doppelbett mit den großen Messingknöpfen, einen Kleiderschrank und einen Frisiertisch.

Der Mann stand da, bis die Frau eingetreten war und mit einer einzigen schwungvollen Bewegung ihren Hut absetzte und in eine Ecke des Zimmers warf. Er stand noch immer an der Tür und band seine Krawatte ab. Dann quälte er sich mit seinem Kragen herum und hatte dabei den Kopf gesenkt und das Gesicht zu einer Leidensmiene verzerrt. Seine Frau schleuderte ihre Schuhe von sich, setzte sich auf einen Stuhl neben dem Bett und begann sich die Strümpfe auszuziehen. Die ganze Zeit schien sie zu sprechen, denn sie blickte mit erhobenem Kopf zu ihrem Mann auf, doch von dem, was sie sagte, konnte man kein Wort hören. Ich sah Jimmy an. Das Licht vom Fenster unter uns fiel auf sein Gesicht: friedlich und genießerisch lutschte er seinen Bonbon.

Die Frau erhob sich, und der Mann setzte sich auf den Bettrand, mit dem Rücken zu uns, und begann mit der gleichen langsamen, leidenden Art wie vorhin, seine Schuhe und Strümpfe auszuziehen. Einmal unterbrach er sich, um den linken Fuß hochzuheben und ihn etwas beunruhigt zu betrachten. Auch seine Frau betrachtete ihn einen Augenblick, drehte sich dann halb herum und knöpfte ihren Rock auf. Ihre Bewegungen beim Ausziehen waren rasch und sprunghaft, und sie wand und drehte sich und sprach anscheinend die ganze Zeit über. Einmal blickte sie in den Spiegel auf dem Frisiertisch und strich sich leicht über die Wange. Als sie den Unterrock auszog, duckte sie sich, streifte dann das Nachthemd über den Kopf und setzte ihre Auszieherei unter dem Nachthemd fort. Als sie die Unterwäsche wegnahm, schien sie die Sachen einfach irgendwohin zu werfen, und ich war fest überzeugt, daß sie etwas Unordentliches und Unbekümmertes an sich hatte. Ihr Mann war ganz anders. Alles, was er auszog, schien ordentlich ausgezogen und dann sorgfältig auf einen Platz gelegt zu werden, wo er es am nächsten Morgen schnell finden konnte. Ich beobachtete ihn, wie er seine Uhr hervorholte, aufmerksam daraufblickte, sie aufzog und dann behutsam über sein Bett hängte.

Dann kniete sie zu meiner Verwunderung dem Fenster gegenüber vor dem Bett nieder und sah zum Heiligen Herzen auf, bekreuzigte sich mit hastigen, weit ausholenden Gesten, bedeckte das Gesicht mit den Händen und vergrub ihren Kopf in den Bettdecken. Ich schaute Jimmy betroffen an, doch ihn schien der Anblick nicht in Verlegenheit zu bringen. Der Ehemann hielt die zusammengefaltete Hose in der Hand und ging langsam und vorsichtig durchs Zimmer, als wollte er die Andacht seiner Frau nicht stören, und als er in die Hose seines Schlafanzugs fuhr, wandte er sich ab. Danach schlüpfte er in die Jacke des Schlafanzugs, knöpfte sie sorgfältig zu und kniete neben ihr nieder. Auch er warf einen ehrfürchtigen Blick auf das Bild vom Heiligen Herzen, bekreuzigte sich langsam und ehrerbietig, vergrub aber nicht, wie sie, sein Gesicht und seinen Kopf. Er kniete aufrecht, ohne die Hingabe, die ihre Stellung anzudeuten schien, und mit einer Miene, die gleichzeitig Ehrerbietung und Selbstachtung ausdrückte. Es war die Miene eines Angestellten, der zugab, daß er zwar, wie das übrige Personal, ein paar kleine Schwächen haben mochte, jedoch stolz darauf war, sich bei der Direktion verdient gemacht zu haben. Sein leicht selbstgefälliger Ausdruck bedeutete wahrscheinlich, daß Frauen nun einmal eine so gefühlsbetonte Haltung einnehmen müßten; er aber sprach mit Gott von Mann zu Mann. Er hatte seine Gebete vor seiner Frau beendet; wieder bekreuzigte er sich langsam, stand auf und stieg ins Bett, wobei er nochmals einen Blick auf die Uhr warf.

Mehrere Minuten vergingen, ehe sie die Hände vor sich aufs Bett legte, sich mit der gleichen weitausholenden, schwungvollen Geste bekreuzigte und aufstand. Sie durchquerte das Zimmer so rasch, daß ich es fast nicht bemerkte, und im nächsten Augenblick erlosch das Licht. Es war, wie wenn das Fenster, durch das wir die Szene beobachtet hatten, wie durch Zauberei verschwunden wäre, und nichts blieb übrig als eine kahle schwarze Hausmauer, die zu den Schornsteinkappen aufragte.

Jimmy erhob sich langsam und wies mir mit seiner Taschenlampe den Weg. Als wir die Treppe hinuntergegangen waren, schalteten wir die Schlafzimmerlampe an, und ich sah in Jimmys Gesicht die eitle und überlegene Miene des Sammlers, der einem all seine Schätze im denkbar günstigsten Licht gezeigt hat. Vor diesem Gesichtsausdruck brachte ich es nicht über mich, von der betenden Frau zu sprechen, obwohl ich wußte, daß sich ihr Bild meinem Gedächtnis unauslöschlich bis zu meinem Todestag eingeprägt hatte. Ich hätte ihm nicht erklären können, wie von dem Augenblick an alles für mich anders geworden war und wie ich, während wir das junge Ehepaar aus dem Hinterhalt beobachteten, gespürt hatte, daß jemand anders *uns* beobachtete, so daß wir sofort aufhörten, die Beobachter zu sein, und zu Beobachteten wurden. Und zwar Beobachtete in einer so demütigenden Situation, daß ich mir nichts vorzustellen vermochte, was unsre Opfer hätten tun können, das ebenso erniedrigend gewesen wäre.

Ich wollte selber beten und merkte, daß ich es nicht konnte. Statt dessen lag ich in der Dunkelheit im Bett, bedeckte meine Augen mit der Hand und wußte, glaube ich, damals schon, daß ich nie so *sophisticated* wie Jimmy werden würde und nie ein wissendes Lächeln aufsetzen könnte, weil ich immer hinter der Welt der Sinneseindrücke einzig und allein den beobachtenden Blick der Ewigkeit sehen würde.

»Manchmal ist's natürlich auch besser als heut«, kam Jimmys Stimme schläfrig aus dem Dunkel. »Du darfst es nicht nach dem heutigen Abend beurteilen.«

Der Idealist

Lesen? Das war noch nie mein Fall. Es ist auch nie etwas Gutes dabei herausgekommen – im Gegenteil: Ich bin dadurch nur immer in Unannehmlichkeiten geraten.

Abenteuererzählungen sind ja ganz nett; aber als Kind war ich sehr ernst und zog der Romantik das Realistische vor. Schulgeschichten – *die* mochten angehen! Das Dumme war nur, daß sie mir ein bißchen unglaubwürdig vorkamen. Es drehte sich nämlich immer um englische Schulen, und die waren scheinbar ganz anders als hier in Irland. Immer hieß die Schule ›das ehrwürdige Gebäude‹, und in den meisten gab es ein Gespenst. Sie lagen an schönen Plätzen und bestanden aus lauter Glockentürmen, Zinnen und Turmspitzen – so ähnlich wie bei uns die Irrenanstalt. Die Jungen, die in den verschiedenen Stockwerken wohnten, waren alle phantastisch gut im Klettern: nachts entwischten sie immer an zusammengeknoteten Bettlaken. Und angezogen waren sie höchst merkwürdig: sie trugen lange Hosen, kurze, schwarze Jacken und Zylinderhüte. Wenn sie irgendwas angestellt hatten, bekamen sie Striche. Wenn es etwas sehr Schlimmes war, gab's was mit dem Stock – und keiner ließ sich anmerken, daß es weh tat – bloß die schlechten Schüler, und die heulten gleich, als ob sie am Spieße steckten.

Meistens waren es großartige Kerls, die stets zusammenhielten und glänzend Fußball spielten. Lügen taten sie nie – und wer's tat, mit dem sprach keiner mehr. Wenn sie geschnappt wurden, sagten sie immer die Wahrheit; nur wenn jemand anders mitbeteiligt war, konnte nichts sie bewegen, mit der Wahrheit herauszurücken, selbst wenn der andere gestohlen hatte – was übrigens oft vorkam. Und das war doch wieder in so feinen Schulen, wo die Papas nie unter fünf Pfund Taschengeld gaben, recht erstaunlich.

Ich spielte fleißig Fußball und Cricket, obgleich wir natürlich keinen richtigen Fußball hatten. Überhaupt war es widerlich, wie es in unsrer Schule zuging. Unser ›ehrwürdiges Gebäude‹ war ein roter Backsteinkasten; Türme, an denen man hätte hinaufklettern können, gab's nicht, und erst recht kein Gespenst. Taschengeld bekamen wir nie mehr als zehn oder zwanzig Cents die Woche. Und keiner dachte dran, uns Striche zu geben: ›Mörder Moloney‹, der uns unterrichtete, hob uns entweder an den Ohren hoch, oder er verprügelte uns mit dem Stock.

Aber das war schließlich bloß äußerlich. Was wirklich schlimm war in unserer Schule, das waren die Schüler selbst. Diese Burschen schmeichelten sich bei den Lehrern ein und erzählten ihnen alles weiter. Wurden sie bei etwas erwischt, versuchten sie, die Schuld auf die andern zu schieben. Bekamen sie Prügel, dann heulten sie und sagten, es sei ungerecht, zogen die Hand weg, als ob sie Angst hätten, so daß der Stock nur gerade eben die Finger traf – und dann schrien und tanzten sie auf einem Bein herum und hofften, daß der Hieb für voll gerechnet würde. Zu guter Letzt brüllten sie, ihr Handgelenk sei gebrochen, schlichen auf den Platz zurück und wimmerten und klemmten die Hand in die Achselhöhle. Mußte man sich da nicht schämen, wenn man sich vorstellte, was die Jungen in einer anständigen Schule zu solchem Benehmen sagen würden?

Mein Schulweg ging am Kasernentor vorbei. Damals war es der Wache ganz einerlei, ob man in die Wachtstube hineinschaute – und darum kam ich meistens zu spät in die Schule. Wenn man zu spät kam, konnte man nur mit einer einzigen Entschuldigung durchwischen: wenn man nämlich sagte, man wäre in der Frühmesse gewesen. ›Mörder Moloney‹ konnte es nicht nachkontrollieren, und wenn er einen strafte und man war doch dort gewesen, konnte man ihn fein beim Pfarrer anschwärzen.

Aber eines Morgens, als ›Mörder Moloney‹ mich fragte:

»Warum kommst du zu spät, Regan?« brachte ich die übliche Antwort nicht heraus. Mir fielen auf einmal die ›Mahnenden Stimmen‹ ein, die mir von jeher großen Eindruck gemacht hatten.

»Ich wurde vor der Kaserne aufgehalten«, erwiderte ich. Die Klasse kicherte leise, und Moloney hob seine hellen Augenbrauen und tat leicht überrascht.

»Oh, so!« sagte er äußerst höflich. »Und was hat dich dort aufgehalten?«

»Ich hab den Soldaten beim Exerzieren zugeschaut!« sagte ich.

»Ach!« rief er, und die Klasse kicherte wieder. »Ich wußte gar nicht, daß du so soldatisch veranlagt bist. Streck mal die Hand aus!«

Verglichen mit dem Gelächter, waren die Schläge gar nichts, und ich zuckte kein bißchen. Ich ging ruhig an mein Pult zurück, rieb mir auch nicht die Hände, und ›Mörder Moloney‹ sah mir nach und hob wieder die Augenbrauen, als wollte er sagen: das ist wohl das Neueste?

Aber die andern starrten mich mit offenem Munde an und tuschelten, als ob ich ein wildes Tier wäre. In der Pause drängten sie sich alle aufgeregt um mich:

»Regan, warum hast du ihm das mit der Kaserne gesagt?«

»Weil's die Wahrheit ist!« erwiderte ich mit fester Stimme. »Ich wollte nicht lügen!«

»Wieso lügen?«

»Daß ich in der Messe gewesen wäre!«

»Konntest du denn nicht sagen, du hättest was besorgen müssen?«

»Das wäre ja auch gelogen gewesen!«

»Blödsinn, Regan!« schrien sie. »Paß bloß auf! Der ›Mörder‹ hat 'ne Stinkwut. Der wird dich noch erledigen!«

Das wußte ich auch – das wußt ich ganz genau. Der Mann war natürlich in seiner Berufsehre gekränkt, und darum paßte ich gut auf. Aber nicht gut genug. Am folgenden Nachmittag merkte ich, daß ich seine Hinterlist unterschätzt hatte. Ich hätte schwören können, daß er die Stirne runzelte, weil ihm etwas in seinem Buch seltsam vorkam. Sogar als er sprach, hob er kaum die Augen, und erst recht nicht die Stimme:

»Regan, hast du gesprochen?«

»Ja«, sagte ich ganz verdutzt. Diesmal lachte die Klasse ganz offen heraus. Sie konnten sich's einfach nicht vorstellen, daß ich durchaus nicht frech sein wollte, und deshalb machte ihn das Lachen fuchsteufelswild. Wenn man tagein, tagaus belogen wird, so ist das wie mit 'ner Art Nebenverdienst: man wird wütend, wenn er einem entgeht.

»Oh«, sagte er und warf den Kopf zurück, »dem wollen wir bald einen Riegel vorschieben!«

Diesmal war die Sache ernsthaft, denn er strengte sich kolossal an. Ich mich auch. Als ich's hinter mir hatte, ohne eine Miene zu verziehen, spendeten die ›Mahnenden Stimmen‹ Beifall.

Nach der Schule kamen mir ein paar Jungen nachgerannt. »Hoho«, schrien sie, »der hat sich aufgespielt!«

»Gar nicht!«

»Doch, alter Aufspieler! Immer willst du dich aufspielen! Verstellst dich, als ob's nicht weh getan hätte – so 'ne elende Heulsuse wie du!«

»Hab mich gar nicht verstellt!« rief ich und widerstand krampfhaft der Versuchung, meine brennenden Hände zu reiben. »Richtige Jungen heulen eben nicht wegen jedem kleinen Dreck!«

»Haha, Billy!« johlten sie hinter mir drein. »Du alter Idiot!«

Als ich die Gasse hinunterging und mich noch immer anstrengte, mit keiner Wimper zu zucken (wie's in den Schulgeschichten heißt), hörte ich sie höhnisch schreien: »Idioten-Billy! Idioten-Billy!«

Es dämmerte mir, daß ich mich in der Schule mächtig in

acht nehmen mußte, wenn ich weiterhin auf die ›Mahnenden Stimmen‹ hören wollte.

Eines Tages passierte dann etwas geradezu Greuliches. Ich kam vom Hof und sah, wie Gorman im Vorraum von unserem Schulzimmer etwas aus einem Mantel nahm, der dort am Kleiderhaken hing. Gorman war ein Junge aus unsrer Klasse, den ich nicht leiden konnte und vor dem ich Angst hatte – ein hübscher, launischer Kerl, der immer höhnisch grinste. Weil ich gerade in meine Träume versunken war, achtete ich nicht weiter auf ihn.

»Wen starrst du denn so an?« fragte er drohend.

»Ich? Keinen Menschen!« antwortete ich entrüstet und erwachte aus meiner Traumwelt.

»Ich hab bloß den Bleistift aus meinem Mantel geholt«, fuhr er fort und ballte dabei die Fäuste.

»Hab ich etwa das Gegenteil behauptet?« fragte ich und fand es merkwürdig, darüber in Streit zu geraten.

»Möcht ich dir auch nicht empfohlen haben«, sagte er. »Kümmere dich um deinen eigenen Kram!«

»Und du dich um deinen!« sagte ich – um nicht alles auf mir sitzen zu lassen. »Ich hab ja gar nichts gesagt!«

Und damit, dachte ich, sei der Fall erledigt. Aber nach der Pause stand der ›Mörder‹, der außergewöhnlich streng aussah, mit einem Bleistift in der Hand vor der Klasse.

»Jeder, der heute früh ausgetreten ist – aufstehen! Verstanden? Jeder!«

Natürlich stand ich auf, und auch noch ein paar andere, darunter Gorman.

»Hast du heute früh etwas aus einem Mantel in der Garderobe genommen?« fragte der ›Mörder‹, legte Gorman seine schwere, behaarte Tatze auf die Schulter und starrte ihm in die Augen.

»Ich?« fragte Gorman unschuldig. »Nein, ich nicht!«

»Hast du jemanden gesehen, der's tat?«

»Nein!«

»Und du?« fragte er einen anderen Jungen. Schon ehe er mich fragte, begriff ich, warum Gorman gelogen hatte, und wußte, in was für einer elenden Klemme ich war.

»Du da?« fragte er mich.

»Ich habe nichts weggenommen«, sagte ich leise.

»Hast du gesehen, daß jemand etwas wegnahm?« fragte er, hob die Augenbrauen und zeigte ganz offen, daß ihm mein Ausweichen aufgefallen war. Ich konnte vor Angst keine Silbe stammeln.

»Kannst du die Zähne nicht auseinanderbringen?« schrie er plötzlich, und die ganze Klasse sah aufgeregt zu mir hin.

Als sei er mit mir fertig, fragte er den nächsten: »Und du?«

»Nein!«

»Zurück auf die Plätze, alle bis auf Regan! Regan, du bleibst hier.«

Er wartete, bis jeder saß, dann sprach er weiter:

»Leere deine Taschen aus!«

Ich tat's, und ein halb unterdrücktes Gekicher erhob sich, das er aber mit giftigen Blicken zum Schweigen brachte. Sogar für einen Schuljungen hatte ich das reinste Museum in der Tasche. Bei mindestens der Hälfte aller Dinge, die ich zu Tage förderte, konnte ich mir selbst nicht erklären, wozu sie nützen sollten: antike Stücke und prähistorische Funde! Auch eine Schulgeschichte war dabei, die ich am Abend vorher von einem Jungen geborgt hatte. Der ›Mörder‹ legte den Bleistift weg, nahm das Buch, hielt es auf Armeslänge von sich ab und schüttelte es, als er die abgerissenen Ecken sah, mit dem Ausdruck zunehmenden Ekels.

»Ah!« rief er. »So verbringst du deine Zeit, ja? Was machst du denn damit? Frißt du's?«

»'s ist nicht meins«, verteidigte ich mich, weil die andern wieder zu lachen anfingen. »Ich hab's geliehen.«

»Das Geld hast du wohl auch geliehen?« fragte er blitzschnell.

»Das Geld?« fragte ich verwirrt. »Was für Geld?«

»Jemand hat heut früh aus Flanagans Mantel einen Shilling gestohlen«, sagte er. (Flanagan war ein kleiner Buckliger, der zu Hause verhätschelt wurde.)

»Aber ich hab's nicht getan!« rief ich und fing an zu weinen. »Und Sie haben kein Recht, so was von mir zu sagen!«

»Ich hab sogar das Recht, dich das frechste und trotzigste Bürschchen der Klasse zu nennen«, schrie er mit vor Wut ganz heiserer Stimme, »und das ist nicht übertrieben; was kann man auch erwarten von einem, der solch gemeinen, elenden Schund liest?« Er nahm die Schulgeschichte, zerriß sie und warf sie weg.

»Jetzt – Hände her!«

Diesmal ließen mich die ›Mahnenden Stimmen‹ im Stich. Der ›Mörder‹ war ganz wild geworden, wie's eben Leuten geht, die nicht wissen, woran sie eigentlich sind. Auch die andern waren entrüstet über ihn. Nachher in der Pause sagten sie: »Dafür kannst du ihm die Polizei auf den Hals hetzen. Er hat den Stock bis über die Schultern gehoben. Dafür kann er ins Gefängnis kommen!«

»Warum hast du denn nicht gesagt, daß du niemand gesehen hast?« fragte einer.

»Wenn ich's doch habe!« sagte ich und fing wieder von vorne an mit Weinen wegen all der erlittenen Ungerechtigkeit. »Hab ja Gorman gesehen!«

»Gorman?« echoten sie. »Hat Gorman Flanagans Geld genommen? Warum hast du's denn nicht gesagt?«

»Weil's nicht recht gewesen wäre!«

»Wieso nicht recht?« fragten sie und sperrten Mund und Nase auf.

»Weil Gorman selbst die Wahrheit hätte sagen müssen, und wenn das hier eine anständige Schule wäre, würde keiner mehr mit ihm sprechen, nie mehr!«

»Aber wieso soll Gorman sagen, daß er das Geld genommen hat?« forschte einer, wie man ein Kind fragt. »Mensch, Regan, du wirst ja immer idiotischer!«

Jetzt aber tauchte Gorman selber auf. »Regan«, schrie er drohend, »hast du etwa gesagt, ich hätte Flanagans Geld gestohlen?«

Gorman wußte genausowenig wie Moloney, woran er eigentlich mit mir war (obgleich ich das natürlich nicht ahnte). Er dachte, ich hätte wegen seiner Drohung geschwiegen, und jetzt sei's höchste Zeit, sie zu wiederholen.

Ich weinte und sah sein brutales Gesicht und schlug mit aller Kraft zu. Er schrie auf und fuhr mit der Hand über den Mund und war ganz voll Blut. Dann riß er den Schulranzen ab und wollte sich auf mich stürzen. Aber da ging hinter uns die Türe auf, und ein Lehrer erschien. Wir rannten alle wie verrückt und hatten die Rauferei bald vergessen.

Am folgenden Tag nach dem Beten sah mich der ›Mörder‹ finster an, und da wußte ich, daß ich die Sache mit Flanagans Shilling noch nicht überstanden hatte.

»Regan, hast du dich gestern nach der Schule im Hof gerauft?« fragte er.

»Ja«, sagte ich, und heute kicherten sie nicht mal: für sie stand es fest, daß ich mich unbedingt zugrunde richten wollte.

»Mit wem hast du gerauft?«

»Ich möcht's nicht sagen«, erwiderte ich und spürte, wie mich der Koller wieder überkam.

»Mit wem hat er gerauft?« fragte er so obenhin und schaute zur Decke auf.

»Mit Gorman!« riefen drei oder vier Stimmen – als ob das gar nichts wäre.

»Hat Gorman zuerst geschlagen?«

»Nein, er!«

»Tritt vor!« sagte er und ergriff den Stock. »Und jetzt«, sagte er und ging auf Gorman zu, »jetzt nimm du den Stock und schlage ihn! Aber tüchtig! Er bildet sich ja ein, er wäre Soldat. Zeig's ihm!«

Gorman kam auf mich zu, den Stock in der Hand, und grinste von einem Ohr zum andern. Die ganze Klasse fing an zu wiehern, und selbst der ›Mörder‹ gestattete sich ein bescheidenes, selbstgefälliges Grinsen.

»Streck die Hand aus!« sagte er.

Aber ich tat's nicht. Ich kam mir wie verraten und verkauft vor und wurde wild.

»Streck die Hand aus, du elender kleiner Dieb!« brüllte der ›Mörder‹ und wurde böse.

»Ich tu's nicht!« schrie ich und verlor alle Selbstbeherrschung.

»Was?« rief er und rannte mir mit erhobener Hand durch die ganze Klasse nach. »Was? Du willst nicht?«

»Nein«, schrie ich. »Sie haben kein Recht, ihm den Stock zu geben. Und Sie haben auch kein Recht, mich Dieb zu nennen. Wenn Sie's noch mal tun, geh ich zur Polizei, und dann werden wir sehen, wer der Dieb ist!«

»Du hast mir die Antwort verweigert«, schrie er – und wenn ich bei klarem Verstand gewesen wäre, hätte ich gemerkt, wie's ihm zumute war: er wußte, daß er zu weit gegangen war, und hatte Angst, ich könnte zum Direktor laufen.

»Ja, und ich antworte auch jetzt nicht! Ich bin kein Spion!«

»Oh, so etwas nennst du Spion?« sagte er höhnisch.

»Ja, Spione – das sind sie alle hier – dreckige Spione. Aber ich bin *nicht* Ihr Spion. Sie können selber Spion spielen.«

»Also Schluß jetzt, Schluß!« rief er und hob seine fette Tatze fast flehentlich hoch. »Ist ja nicht nötig, die Beherrschung zu verlieren! Und 's ist auch nicht nötig, so zu kreischen! Geh auf deinen Platz, wir können uns nachher darüber unterhalten.«

Weder ich noch einer von den andern konnte an dem Tage viel arbeiten. Die ganze Klasse hatte den Koller. Bei mir war's abwechselnd Triumph, weil ich ihm so getrotzt hatte, und Angst, wenn ich an die Folgen dachte – und jedesmal stützte ich den Kopf wieder in die Hände und fing von neuem an zu heulen. Der ›Mörder‹ sagte nicht mal, daß ich aufhören solle – der arme, bedauernswerte Tropf! Wenn ich an ihn denke, kann er mir bloß leid tun.

Am andern Morgen war ich in solchem Zustand, daß ich kaum wußte, wie ich mich in die Schule wagen sollte. Die Stille in der Schulstraße und auf dem Hof jagte mir noch mehr Furcht ein: ich kam also wieder zu spät!

»Warum kommst du zu spät, Regan?« fragte der ›Mörder‹ mit durchdringendem Blick.

»Ich war in der Frühmesse«, sagte ich.

»O gut«, sagte er, obgleich er ein bißchen überrascht schien.

Ich hatte eben den Vorteil unsres Systems nicht begriffen. Inzwischen hatten ihm ein halbes Dutzend Jungens den wahren Sachverhalt erzählt, und wenn er sich nicht wie ein Ungeheuer vorkam, dann jedenfalls wie ein Dummkopf – und das ist schlimmer. Aber da war mir schon alles gleich: ich hatte im Schulranzen eine Geschichte, die ich mir am Abend vorher gekauft hatte. Es war aber keine Schulgeschichte. Schulgeschichten waren albernes Geschwafel. ›Päng! Päng!‹ *So* mußte man mit Lehrern wie Moloney umgehen! Tote Lehrer sind die besten Lehrer! ›Päng!‹

Der Zankapfel

Ich sah die alte Dame jedesmal, wenn ich meine Großmutter besuchte.

Meine Großmutter war – falls man mir jetzt schon abzuschweifen erlaubt – meine Großmutter war ein Drachen. Vor fünf Jahren hatte sie sich einer Operation unterziehen müssen. Damals war sie vierundsechzig, und wir wunderten uns nicht, als uns der Begräbnisunternehmer Peter Dooley entgegenkommenderweise ganz unverbindlich einen Besuch abstattete. Wir wunderten uns auch nicht, als die Nonne im Krankenhaus zu uns sagte, man könne nur noch beten. Wir beteten, aber nicht zu sehr, denn meine Großmutter war, wie ich bereits erwähnte, ein Drachen. Doch unsere Rechnung ging nicht auf. Meine Großmutter starb nicht. Die Ärzte, die sich ernstlich um sie bemühten, operierten ein zweites Mal. Danach sagten sie, an Rettung sei nicht mehr zu denken.

Trotz alledem kam sie wieder zu uns. Sie hatte den Gebrauch ihrer beiden Beine verloren, aber sie regierte uns wie bisher von ihrer Dachstube aus. Wir versuchen selbst heute noch, ihren gelassenen und dankbaren Blick nachzuäffen, als die Ärzte ihr erklärten, sie hätte die erste Operation (ganz zu schweigen von der zweiten) nie überstehen können, wenn sie Alkoholikerin gewesen wäre. Die alte Frau – Gott schenke ihr die ewige Ruhe! – war ungeheuer scharf auf Whisky. Ich habe oft beobachtet, wie sie einen viertel Liter Whisky schluckte, ohne auch nur mit der Wimper zu zucken. Wie es hieß, wurde sie mit einem halben Liter spielend fertig. Keiner hatte sie je beschwipst gesehen. Dafür war sie viel zu würdevoll.

Zu der Zeit, als sie noch in Cork Gemüse verkaufte, galt sie als eine gut unterrichtete Frau, die immer genau wußte, was es Neues gab, und als sie sich später zur Ruhe setzte, konnte sie den Ruf aufrechterhalten. Arme Leute suchten sie auf, wie unsereins den Rechtsanwalt befragt, und wenn sie kamen, brachten sie immer genügend Whisky für ein oder zwei Gläschen mit, um auf den guten Ratschlag zu trinken. Ihr Lieblingsthema war die internationale Politik. Sie hatte ein Gedächtnis wie eine Kartothek und konnte Miniatur-Biographien von Clémenceau, Poincaré oder Venizelos zum besten geben, während man dasaß und ihr zuhörte. Viviani konnte sie nicht leiden. Ich sehe sie noch vor mir: rundlich, gnädig und eigensinnig saß sie aufrecht im Bett, vertiefte sich in die Neuigkeiten des Tages und gab dann ein Urteil ab, das so wohlerwogen wie das eines Rechtsanwalts war. Solange sie ihren Handel betrieben hatte, war ihre von Natur schon laute Stimme noch schärfer und durchdringender geworden, jedoch mit zunehmendem Eigensinn wurde sie milder und milder. Wenn sie wirklich böse zu werden begann, sank die Stimme zu einem Flüstern herab, und keiner, den ich kannte, hatte je soviel Mut, sie noch darüber hinaus zu reizen. Über das Flüstern hinaus – so stelle ich's mir vor – konnte es nichts mehr geben als eine schwelende innere Verbrennung. Ich maße mir nicht an, nachträglich zu entscheiden, ob sie verständig redete oder Unsinn von sich gab.

Doch nun zurück zu der alten Dame! Sie hatte drei Söhne gehabt, die alle drei im Burenkrieg gefallen waren. Drei Söhne, alle drei eines gewaltsamen Todes gestorben, dreimal eine Trauerfeier ohne eine Leiche im Haus! Kein Wunder, daß sie seither nie mehr ganz zu sich gekommen war.

Sie hatte noch eine Tochter. Mit sechzehn Jahren war sie von den Nonnen nach Paris geschickt worden und lebte ein Jahr lang *au pair* in einer französischen Familie. Dann verheiratete sie sich mit einem Bäcker, der für ein paar Tage vom Land in die Stadt gekommen war. Sie wußte nichts von ihm und er nichts von ihr – es war bei beiden eine Liebe auf den ersten Blick, und von da an lebten sie so glücklich und zufrieden wie Mann und Frau im Märchenbuch. Weil er ein Freidenker war, hatte sie aufgehört, ihre Religion auszuüben. Sie wohnten in einer kleinen Stadt – vielleicht war es Limousin –, wo die Engländer noch als der Erzfeind galten und wo ihre Schwiegermutter die Kinder jeden Abend mit Geschichten vom Schwarzen Prinzen ins Bett scheuchte. Ihre Mutter – die alte Dame – erzählte uns, wie die Briefe der Tochter mit den Jahren immer schwieriger zu verstehen waren, bis sie schließlich in einem Kauderwelsch geschrieben waren, das in unserem Wohnzimmer von einer vergnügten Versammlung übersetzt werden mußte, während die alte Dame mit ängstlicher Miene dasaß und die Hände im Schoß gefaltet hatte.

Sie besuchte meine Großmutter, um sich die Tagesneuigkeiten erklären zu lassen. Die eine Regierung wurde gestürzt, die andere wurde neu gebildet. Würde es Joan berühren? In Bordeaux oder Marseille war ein Streik. Würde Joans Mann dadurch arbeitslos? An der Grenze herrschten Unruhen. Würde er einberufen werden?

Ich erinnere mich an einen solchen Anlaß; es war ein grauer Februartag. Kaltes Licht fiel durch das Mansardenfenster auf meine Großmutter, die aufrecht im Bett saß, die Brille auf der Nase weit nach vorn geschoben hatte und um die Schultern ihr rotes Tuch trug. Rings um sie her war alles voll von ihren Habseligkeiten, denn selbst die wenigen Dinge, die sie uns überließ, wollte sie täglich in Augenschein nehmen. Auf dem Kaminsims waren Nippsachen aufgestellt: Aschenputtel, Rotkäppchen und Jack mit der Zauberbohne.

Sie nickte, als die alte Dame kam, denn Überraschung zu zeigen wäre ein Zeichen allzu menschlicher Schwäche gewesen.

»Bist du's, Mary? Ich hab mir's gedacht!«

»Ich plage dich!« sagte die alte Dame.

»Allerdings!«

»Ich bin also ein Plagegeist. Hast du's in der Zeitung gelesen?«

»Ich hab's nicht weiter beachtet!«

Die alte Dame hatte inzwischen einen Flakon mit Whisky hervorgeholt, den sie aufs Nachttischchen stellte. Meine Großmutter blickte ihn lange und streng an und zog die Augenbrauen zusammen.

»Nein, sowas!« sagte sie langsam und voller Nachdruck. »Du bist mir ein schlimmes Ding von einer Frau! Mußt dich ja in Grund und Boden schämen! Hab ich dir nicht unzählige Male gesagt, deine paar Pennies nicht für das Zeugs da aus dem Fenster zu werfen? 's ist schlimmer als stehlen!«

Hierüber mußte die alte Dame kichern – sie konnte so reizend kichern – und nahm Platz.

»Judy!« rief meine Großmutter flehend. »Judy, meine Kleine!«

»Was ist?« rief meine Mutter vom Fuß der Treppe herauf.

»Ein paar Gläser, Kindchen! Und eil dich – eh mir der schöne Durst verfliegt!«

Sie zwinkerte ihrem Besuch zu. Die alte Dame schüttelte sich vor unterdrückter Fröhlichkeit.

Als meine Mutter mit den Gläsern erschien, begann die alte Dame zu protestieren. Nein, *sie* wolle nicht trinken – meine Großmutter wisse doch ganz genau, daß ihr der Alkohol zu Kopfe steige! Meine Großmutter schob den Einspruch mit verächtlicher Handbewegung beiseite und sagte mit ihrer mildesten, gleichmütigsten Stimme: »Schenk ein, Kindchen!«

Die beiden alten Busenfreundinnen hoben ihre Gläschen und tranken sich zu. *»Slainte chughat!«* sagte meine Großmutter herausfordernd.

»Zum Wohl«, erwiderte die alte Dame.

»Slainte!« wiederholte meine Großmutter kriegerisch, denn sie hielt nichts von den neumodischen englischen Trinksprüchen. Dann trank sie, und plötzlich flog ein Ausdruck unsagbaren Ekels über ihr Gesicht. Ihre kleinen Augen verschwanden hinter Runzeln und Falten, der Mund verzog sich über die ganze Breite des Gesichts, und sie schüttelte sich

schaudernd, als hielte sie der heftigste Widerwille gepackt. Allmählich beruhigten sich ihre Züge wieder, und sie wischte sich mit der Hand über die Lippen. Die alte Dame schaute furchtbar besorgt drein, aber meine Mutter lachte bloß.

»Die Arme!« rief sie. »'s ist eine Zumutung für sie!«

›Die Arme‹ ächzte drei-, viermal, ohne zu sprechen, aber man merkte ihr an, daß sich ihr Körper von dem erlittenen Schock langsam erholte. Dann streckte sie vorsichtig den nackten Arm aus und erwischte die Schnupftabakdose. Sie reichte sie meiner Mutter, die eine Prise nahm, und die alte Dame nahm eine Prise, und ich nahm eine Prise. Meine Großmutter wartete schweigend, daß jemand die gebräuchlichen Gebetsworte sagen sollte.

»Für die Seelen aller, die vor uns verschieden sind«, sagte sie sanft.

»Und für unsere eigene arme Seele in Zeiten der Not«, fügte meine Mutter hinzu.

»Go ndeanaidh Dia trocaire orainn abhus agus thall«, trompetete meine Großmutter. »Gott sei uns gnädig, jetzt und in der Stunde unseres Todes!«

Dann zog sie mit langem Atemzug den Schnupftabak in jedes Nasenloch ein, stäubte sich säuberlich ab und nahm wieder die Zeitung zur Hand.

Ich war traurig, als die alte Dame krank wurde. Sie fehlte einem mehr als geräuschvollere Gäste. Sie wurde ins Armen-Spital geschafft, wo meine Mutter und ich sie besuchten. Sie war uns so dankbar dafür. Sonst war keine Seele zu ihr gekommen, und ich glaube, daß sie sich sehr verlassen fühlte. Wir brachten ihr einen Schluck Whisky, den uns meine Großmutter für sie anvertraut hatte.

»Sieh zu, daß Michael an ihre Tochter schreibt«, sagte meine Großmutter. »Sie muß erfahren, daß ihre Mutter im Sterben liegt.«

Ich schrieb. Als Antwort erhielt ich einen Brief, den ich zuerst kaum entziffern konnte. Schließlich brachte ich heraus, daß Joan sehr betrübt sei (»Und mit Recht«, sagte meine Großmutter, der es unbegreiflich war, daß eine im Kloster erzogene Frau nicht mehr ihre Muttersprache schreiben konnte), weil sie nicht genug Geld für die Reise bis Irland hätte, und daß sie uns das Begräbnis überlassen müsse. Unter sehr demütigen Entschuldigungen bat sie uns, darauf zu achten, daß alles so gemacht würde, wie es die Schicklichkeit verlange.

»Die Schicklichkeit verlangt nur sehr wenig«, sagte meine Großmutter, die solche Knausrigkeit verächtlich und abscheulich fand. »Das kannst du ihr schreiben, wenn du ihr die Rechnung schickst.«

Eines Abends kam ein Bote und bestellte, daß die alte Dame sterbe. Als wir im Armen-Krankenhaus anlangten, war ihr Bett bereits abgezogen.

»An der kleinen Frau habe ich viel verloren«, sagte meine Großmutter. »Judy, hol meine Ausgehkleider hervor und lüfte sie!«

»Bist du von allen guten Geistern verlassen?«

»Ich will mein Bett verlassen. Wenigstens einen Tag lang.«

»Das kannst du nicht riskieren!«

»Pah! Ich riskiere noch ganz was anderes!« sagte meine Großmutter mit größter Gelassenheit.

Mein Vater wurde nach oben gerufen.

»Jetzt hör aber mal, Ma«, sagte er sehr bescheiden, »du mußt bleiben, wo du bist. Judy und Michael und ich sind genug Leidtragende bei der Beerdigung.«

»Denis«, sagte sie und hielt ihm die Schnupftabakdose hin, »kommenden dritten Februar bist du mit Gottes Hilfe sechsundvierzig Jahre auf dieser Erde, und könntest du mir, bitte schön, mal sagen, wann du oder jemand anders mich jemals dran hinderte, etwas zu tun, wozu ich mich entschlossen hatte?«

»Aber wenn du doch nicht laufen kannst, Frau!« schrie er erbittert.

»Warum soll ich denn laufen, wenn ich einen tüchtigen, starken Sohn habe, der mich tragen kann?«

Den ganzen Abend ging der Streit weiter, aber mein Vater hatte keinerlei Einfluß. Sie hatte sich entschlossen, zu der Beerdigung zu gehen, und sie würde gehen, auch wenn der Himmel einfiele. Die alte Dame, erklärte sie uns, sei eine Frau gewesen, vor der sie große Achtung gehegt habe, eine der alten Sorte, die fast ausgestorben sei. Doch all ihr Eigensinn hätte ihr nichts genützt, wenn sie nicht noch ein anderes Druckmittel gehabt hätte, nämlich ihr Geld. Sie hatte Geld, und in zwei Monaten, wenn sie um die Pension einkam, hatte sie noch mehr. »Widersprich mir, Denis«, sagte sie milde, »widersprich mir, mein Herzenskind, und ich schlage meine Zelte anderswo auf!«

Die alte Schelmin wußte nur zu gut, daß es meinem Vater nicht passen würde, wenn sie und die Pension unser Haus verließen. Nach einer Weile fiel es uns auf, daß er nur noch redete, um ›das Gesicht zu wahren‹.

Und unerschütterlich machte sie sich an ihre Vorbereitungen. Ihre Garderobe wurde auf dem Bett ausgebreitet: ihre beiden Hauben, ihre Pelerine, die mit Spitzen und Glanzperlen verziert war, ihre Taillen und Röcke und Unterröcke.

Der nächste Morgen wurde zu einem strahlend schönen, windigen Tag. Das Frühlingslicht glich der Bewegung eines blausilbernen Kleides. Wir aßen früh zu Mittag, und bald danach fuhr eine Kutsche an unserer Haustür vor. Mein Vater war oben, und als ich zu ihm lief und ihm Bescheid sagte, hörte ich ihn greulich fluchen. Er war so wütend, daß er's sogar in meiner Gegenwart tat.

»Seht mich bloß mal an!« schrie er mit erhobenen Armen, als auch meine Mutter in Hut und Mantel nach oben kam. »Seht mich bloß mal an – das Oberhaupt einer Familie, und vor aller Welt lächerlich gemacht!«

Er begann wie verrückt die Hände zusammenzuschlagen und im Zimmer auf und ab zu rennen. Erst jetzt bemerkte ich meine Großmutter. Sie saß aufrecht im Bett. In den Rücken waren ihr Kissen gestopft worden, und vom Gewicht ihrer Haube und der Pelerine war sie ganz rot im Gesicht. Doch trotz der Sachen schien sie zusammengeschrumpft zu sein; sie kam mir nicht größer vor als ich.

»Barmherziger Gott!« rief mein Vater. »Wie soll ich nur jemals darüber hinwegkommen? Schimpf und Schande über mich! Ein Mann wie ich, der auf seine Stellung Rücksicht nehmen muß und Frau und Kinder zu ernähren hat! Verdammt nochmal, Frau!« brüllte er meine Mutter an, »bist wohl zur Salzsäule geworden, daß du mit solchem verflucht blöden Grinsen rumstehst? Hörst du überhaupt, was ich sage? Begreifst du, daß unsere Kinder die Schande nie aus der Welt schaffen können?«

»Was denn für eine Schande?« fragte meine Mutter, und noch immer mit dem Lächeln, das er als blödes Grinsen bezeichnete.

»Was für eine Schande?« Er erstickte fast an seiner Wut und drohte ihr mit der Faust. »Willst du mich etwa auch zum Narren halten?«

»Es ist doch keine Schande für einen Mann, wenn er seine Mutter trägt! Sie hat dich ja auch wer weiß wie oft getragen.«

»Jawohl«, nickte meine Großmutter selbstzufrieden, »getragen und verprügelt!«

»Laß dich in der Hölle braten!« schrie er und stürzte plötzlich aufs Bett los. Es sah aus, als wollte er sie erwürgen, aber er packte sie nur und nahm sie geschickt auf den Arm, wirbelte mit ihr aus dem Zimmer und stürmte die Treppe hinunter. Ihr Gewicht schien er kaum zu spüren, denn in den paar Jahren war sie vollkommen zusammengeschrumpft. Er setzte sie in den Wagen und suchte dann, halb verrückt vor Wut und Beschämung, nach dem Kutscher, der sich inzwischen nach einem Wirtshaus umgesehen hatte. Meine Großmutter zog mit ernster Miene einen großen Spiegel unter dem Umhang hervor und begann sich die Haube zurechtzurücken.

Auf der Fahrt durch die Stadt sahen wir andere Trauerwagen, die auch nach dem Armenhaus unterwegs waren. »Das ist wohl für den armen kleinen Mann, den wir in der Leichenhalle sahen«, meinte meine Mutter. Anstatt dann den kürzesten Weg zum Friedhof einzuschlagen, fuhren wir – immer hinter dem Leichenwagen her – mitten durch die Stadt. Meine Großmutter wollte sehen, was sich alles verändert hatte, seit sie bettlägerig war. Obwohl sie es uns keineswegs merken lassen wollte, war sie furchtbar aufgeregt.

»Klopf mal an die Scheibe, Denis, und sag dem Kutscher, er soll nicht so rasch fahren!« befahl sie ein paarmal, und stets blickte mein Vater sie finster an.

»O je, o je, wie sich alles verändert hat!« rief sie und zog die Schnupftabakdose hervor. »Seht bloß mal den neuen Laden! Denis, Judy, Michael – wem gehört der neue Laden?«

»Linehans«, erwiderte meine Mutter.

»Der alte hat den Cronins gehört. O je, o je, was mag bloß aus den Cronins geworden sein? Und dabei kann ich mich noch gut an die Zeit erinnern, als der alte Cronin zwei Kutschen und ein Dutzend Dienstboten hatte. Und er war ein netter Mann! Wenn's ihm auch noch so großartig ging – er war immer der erste, den Hut zu ziehen und ›Guten Morgen, Mrs. Kiely!‹ zu sagen, sooft er mir begegnete. Judy, Kindchen, vergiß mir nicht, in den neuen Laden zu gehen und dich zu erkundigen, was aus Mr. Cronin geworden ist. Ich möcht nicht um eine Fünf-Pfund-Note wünschen, daß dem kleinen Mr. Cronin was zugestoßen ist!«

»Donner und Doria!« fluchte mein Vater, als er auf die Uhr sah, »wenn wir uns nicht beeilen, können wir die Frau bei Mondschein begraben!«

»Ach, du mit deiner Eile!« rief sie.

Wir fuhren gerade vom Fluß unten den Hügel hinan. Plötzlich hielt der Wagen mit einem Ruck, und die Pferde tänzelten wie verrückt. Mein Vater blickte hinaus und fluchte, aber diesmal noch schlimmer als eben erst. Ich schaute zur andern Seite hinaus und sah gleich, was los war.

Ein anderer Leichenwagen hatte sich quer über die Straße gestellt. Der Leichenbestatter auf unserem Leichenwagen fluchte fürchterlich. Dann, als mein Vater und ich aus der Kutsche sprangen, sah ich, wie er sich vornüber beugte und dem fremden Fahrer eins mit der Peitsche überzog. Der andere duckte sich noch gerade rechtzeitig, woraufhin unser Fahrer mit Wutschreien wieder loshieb, diesmal auf die Pferde vor dem Verkehrshindernis. Sie bäumten sich auf, unsere Pferde scheuten und zogen an, aber im gleichen Augenblick tauchte eine Kutsche aus einer Seitengasse auf, und die Straße war von neuem versperrt.

Mittlerweile war ein unentwirrbares Durcheinander entstanden, und es wurde nur noch schlimmer, weil aus jedem Haus und jeder Gasse Scharen von Frauen in Schals und Schürzen und schmutzige Kinder und hemdsärmelige Männer herbeiströmten und vor den Nasen der entsetzten Pferde hierhin und dorthin sprangen. Die Fahrer der beiden Leichenwagen standen auf dem Bock und brüllten sich Schimpfwörter und Verwünschungen zu.

Dann schien ich plötzlich ins Herz des Wirrwarrs vorgestoßen zu sein. Ich stand in einem Kreis von Leuten, der sich um zwei Frauen gebildet hatte, die eine schon ältlich mit Hut und Mantel, die andere noch jung und mit einem Umschlagtuch, das ihr auf der Erde nachschleifte. Die ältere Frau stützte die jüngere, die in rhythmischen, pendelähnlichen Bewegungen vor und zurück schwankte und die Arme aufwarf und kreischte.

»Aber, aber, aber!« rief die ältliche Frau. »Nimm dir's nicht so zu Herzen, Nonie-Kind! Hab nur keine Angst, die Nachbarn sorgen schon dafür, daß du zu deinem Recht kommst. Sei doch ruhig, Kind, sei still!«

»Ruhig soll ich sein?« kreischte Nonie. »Ach, du liebstes Herz Jesu, wie kann ich denn ruhig sein? Ich werd ja mit Füßen getrampelt! Ich bin eine arme, verlassene Frau, die kein Mann beschützt! Ich bin nichts weiter als Seegras auf der Klippe.«

»Was ist ihr denn passiert, der Armen?« fragte eine weibliche Stimme in der Zuschauermenge.

»Was ihr passiert ist, heh?« wiederholte die ältliche Frau, und die Tränen standen ihr in den Augen. »Fragt sie nur, dann wird sie's euch sagen, ihr Nachbarn! Fragt sie, bitteschön, und hört euch ihre Geschichte an!«

»Unter den *Augen* weg«, kreischte Nonie mit solchem Zorn und Jammer, daß mir die Haare zu Berge stiegen, »haben sie mir meine Tante Mary gestohlen!«

Ich blickte hoch und sah hinter mir meinen Vater, der die Augen vor Entsetzen weit aufgerissen hatte.

»*Was* haben sie ihr getan?« fragte die Stimme wieder.

»Sie haben ihre Tante Mary gestohlen!« jammerte die Frau.

»Mein Tantchen Mary«, kreischte Nonie, »das ich mehr geliebt hab als meine eigene Mutter! Das lachende Diebsgesindel hat sie mir unter den Augen weggestohlen, und kein Mann ist da und schießt sie ab! Seegras auf der Klippe, Seegras auf der Klippe, weiter bin ich nichts!«

»Komm hier fort«, zischte mein Vater, und seine Hand legte sich auf meinen Mantelkragen.

»Da hast du uns ja in eine schöne Bescherung gebracht«, fauchte er meine Großmutter an. »Wir haben der Frau die Tante weggestohlen!«

»Der Allmächtige soll sie mit Blindheit schlagen!« plärrte Nonie fromm, als sie von der aufgeregten Menge an unsere Kutsche geführt wurde.

»Oh, barmherziger Jesus!« stöhnte mein Vater und schlug die Hände vors Gesicht. »Auf immer und ewig mit Schande bedeckt! Wie soll ich nur der Welt nach einem solchen Tag noch in die Augen sehen?«

»Laßt sie zu mir kommen!« befahl meine Großmutter mit wunderbarer Gemütsruhe. »Ich will mit ihr reden!«

Aber es war nicht nötig, Nonie herbeizurufen. Nonie kam, und mit jedem Schritt wuchs ihre Aufregung. Sie bat ihre Begleiterin, sie einen Augenblick loszulassen, damit sie uns den Kragen umdrehen könne. Und man spürte es: sie hatte die Menge auf ihrer Seite. Meine Großmutter holte den Spiegel hervor und setzte sich die Haube zurecht. Dann nahm sie in aller Beschaulichkeit eine Prise Schnupftabak. Als sie es tat, tauchte Nonies glühendes Gesicht am Wagenfenster auf. Nonie war betrunken. Das stand felsenfest. Nonie war sternhagelvoll. Die Stimmung der Menge schlug um, als die Leute anstatt des lachenden Diebsgesindels eine harmlose alte Dame in einer altmodischen Haube sahen. Es wurde gerufen, gefragt und gedroht. Meine Großmutter beachtete Nonie nicht, sondern antwortete mit Kopfschütteln und Lächeln. Ich konnte die Rufe verstehen. »Laß mich mal sehen! Ist die das, die dem Mädchen seine Tante stibitzt hat? *Wisha,* Gott steh uns bei! Warum soll sie denn nicht?«

Nonie spürte selbst den Stimmungsumschlag und begriff, daß mehr Gefühl vonnöten war. Sie raffte den Schal zusammen und zeigte mit dem nackten Arm anklagend auf meine Großmutter, wobei sie einen komplizierten Tanzschritt vollführte. »Da sitzt sie!« schrie sie gellend. »Da sitzt die alte Hexe, die meine Tante Mary gestohlen hat!«

Meine Großmutter blinzelte. Als Bewegung war es weniger als nichts, aber die drei oder vier Nahestehenden, die es bemerkten, mußten lachen, und das Lachen steckte die andern an, und bald konnte man Nonie im Gelächter der Menge nicht mehr vernehmen.

Nach einem Weilchen begann die ältliche Frau sehr rasch zu sprechen. Was auch mit Nonie sein mochte – *sie* war jedenfalls nüchtern. Sie habe urkundliche Beweise, zischte sie uns an. Wir sollten ihr nur Widerstand leisten, dann würde sie uns allesamt, Mann, Frau und Kind, zuunterst ins Gefängnis werfen lassen. Das arme Geschöpf, für das sie sprach, sei die Großnichte der Toten: sie habe urkundliche Beweise dafür. Und habe sie nicht selbst die Versicherung für die Tote abgeschlossen? Jawohl, das habe sie! Und sei sie nicht eine achtbare Republikanerin, die zu jeder Tages- oder Nachtstunde die Hand auf ihr Bankbuch legen könne? Jawohl, das könne sie! Und glaubten wir etwa, daß sie uns mit der Leiche durchbrennen ließe, nachdem sie ein Vermögen in die Bestattung investiert habe?

»Denis«, rief meine Großmutter, »heb mich aus der Kutsche, damit ich mit ihr rede! Nachbarn, laßt mich von der Straße und in irgendein Haus, damit ich euch meine Geschichte erzählen kann!«

Mein Vater, der mittlerweile überhaupt nicht mehr denken konnte, hob sie aus dem Wagen; ein halbes Dutzend Frauen drängten sich herzu und luden sie unter ihr Dach ein. Die Menge begann Beifall zu rufen.

Ich erinnere mich noch undeutlich, wie ich in ein Zimmer geschwemmt wurde, wo sie auf einem Bett mit einer Steppdecke lag. Nonie erschien nicht – ich hatte noch gesehen, wie sie sich haltsuchend an den Haustürpfosten klammerte. Aber die Frau, die ein Vermögen in die Bestattung investiert hatte – die erschien! Meine Großmutter antwortete gelassen auf ihre rachsüchtigen Reden.

»Ihre Tante Mary gestohlen?« wiederholte sie mit ihrem mildesten Tonfall (die Worte gingen allmählich jedem auf die Nerven). »Wie konnten wir denn Ihre Tante Mary stehlen? Wollen Sie uns etwa des Diebstahls anklagen, Frau? Und sind Sie so dumm, anzunehmen, ein halbwegs vernünftiger Mensch würde Ihnen Glauben schenken? Wie könnte man wohl eine Leiche stehlen, meine brave Alte? Sagen Sie mir das mal! Die ganze weite Welt, Sie ausgenommen, weiß ganz genau, daß man mit einem Leichnam rein gar nichts anfangen kann!«

»Lassen Sie nur Ihre Entschuldigungen!« keifte die andere.

»Lassen Sie Ihre Entschuldigungen, Sie altes Krokodil! Wir wissen, wer die Tote ist, und haben urkundliche Beweise!«

»Eine Großnichte«, erklärte meine Großmutter mit der mildesten Bestimmtheit, »kann vor Gericht nicht aussagen. Das weiß jede Behörde.«

Im gleichen Augenblick trat eine jähe Stille ein. Jedermann wandte den Kopf erwartungsvoll zur Tür. Dann hörten wir Rädergerassel und einen Wutschrei. Jemand drängte sich durch die Menge. Es war der Fahrer des Leichenwagens.

»Jetzt haben sie den Sarg gestohlen!« brüllte er. »Leichentuch und Sarg und alles! Befehlen Sie's mir, Ma'am, und ich setz ihnen nach!«

»Wer hat's gemacht?« fragte meine Großmutter.

»Mike Sullivan, der Leichenbestatter! O Gott im Himmel, warum mußt ich ihm auch den Rücken drehen! Ihm und der betrunkenen Ziege? Ach, Ma'am, warum war ich nur so blöd? Es war einfach, weil der Mann von der Kutsche mir ein freches Wort zugerufen hatte, und da wollt ich dem Bescheid sagen!«

»Einerlei!« sagte meine Großmutter mit stoischer Ruhe.

»Befehlen Sie's mir, Ma'am!« bat er flehend, sank auf ein Knie nieder und streckte ihr die eine Handfläche entgegen, »befehlen Sie's, und ich dresch ihn so kurz und klein, daß in Irland nicht genug Zwirnsfaden zu finden ist, um ihn wieder zusammenzunähen!«

»Einerlei!« wiederholte sie und rief dann: »Denis!«

Mein Vater hob sie auf und trug sie in den Wagen zurück.

»Nach Hause!« schrie er dem Kutscher zu. »So schnell die verdammten Pferde nur laufen können!«

»I wo, nach Hause?« rief meine Großmutter. »Sollen wir die armen Kutscher so enttäuschen, nachdem sie unsertwegen all den Ärger hatten?«

»Gott segne Sie, Ma'am!« rief der Fahrer unserer Kutsche und faßte an seinen Hut.

»Nach Hause«, sagte mein Vater mit matter Stimme.

»Nach Carrigrohane!« rief meine Großmutter. »Steig ein, Denis!«

»Und nachher ins Narrenhaus – das ist so sicher wie die ewige Seligkeit!« grollte mein Vater. Aber er tat, was sie ihm gesagt hatte.

»Großmama«, fragte ich, »darf ich neben dem Kutscher auf dem Bock sitzen?«

»Natürlich darfst du!« Ich setzte mich also auf den Kutschbock. Der Kutscher war in großartiger Laune und erklärte mir mit schallender Stimme, wenn er ein Frauchen wie meine Großmutter fahren dürfte, dann wär's ihm einerlei, ob ihm sämtliche blöden Leichen von ganz Irland gestohlen würden.

Der leere Leichenwagen und die Kutsche rüttelten und rasselten in Staubwolken auf der Landstraße westwärts durchs weite Tal. Es war ein Nachmittag voller Glanz und hastender Wolken. Lautlos zogen sie über den Horizont, und es schien, als ob sie gleichzeitig mit ihnen der ganze Himmel um eine gutgeölte Achse drehe. Der Wind pfiff uns um die Ohren. Die Bäume, die den Fluß säumten, bewegten sich sachte und schwermütig, wie von ihrer Wurzel aus.

Wir hielten vor einem Wirtshaus. Oberhalb des Hauses und ringsherum standen Bäume, und ganz in der Nähe blitzte und murmelte ein breiter, flacher Bach. Der Kutscher ging hinein, um Getränke zu besorgen. Er erschien mit Limonade und Keks für meine Mutter und mich und mit einem doppelten Whisky für meine Großmutter. Sie erzählte, wie sie und ein junger Mann eines Sonntags, bevor er nach Amerika auswanderte, in einem Sportwägelchen hierher gefahren seien. Es sei ein netter junger Mann gewesen, doch starb er, ehe sie alles bereit hatte, um ihm nach drüben zu folgen. Meine Mutter lächelte. Danach fuhren wir nach Blarney weiter. Großmutter und der junge Mann waren ebenfalls nach Blarney gefahren.

Bei Vollmond kehrten wir in die Stadt zurück. Mein Vater saß neben dem Fahrer des Leichenwagens. Wenn keine

Bäume dastanden und der Mond wolkenlos hell schien, konnte ich meinen Vater sehen, wie er den Kopf auf die Schulter des Leichenbestatters lehnte. Müde und verschlafen steckte ich halb in der Pelerine des Kutschers, deren Knöpfe im Mondschein blinkten. Er und mein Vater und der Leichenbestatter sangen mit wackeliger, tränenreicher Stimme eine Ballade von einem jungen Mann, der seine Heimat verlassen und nach Amerika auswandern mußte.

Drei Wochen später brachten wir meine Großmutter auf der gleichen Straße zum Bergfriedhof, und der Kutscher und der Leichenbestatter beteuerten beide, sie sei die netteste Frau gewesen, der sie je im Leben begegnet wären. Die letzten Worte behalte ich mir vor, und während ich sie niederschreibe, denke ich an ihr Lieblingsgebet und spreche es voller Liebe und Ehrerbietung vor mich hin: »Gott sei uns gnädig, jetzt und in der Stunde unseres Todes.«

Ja, das Gesetz!

Der alte Dan Bride zerkleinerte Feuerholz, als er Schritte den Weg heraufkommen hörte. Er hielt inne und horchte, auf dem Knie das Bündel dünner Ästchen.

Dan hatte für seine Mutter gesorgt, solange noch ein Lebensfünkchen in ihr war, und seit ihrem Tode hatte keine andere Frau die Schwelle überschritten. Und das sah man seinem Hause auch an. Fast alles hatte er eigenhändig gebastelt, und ganz auf eigene Art. Die Sitze seiner Stühle waren weiter nichts als Holzscheiben und genauso rund und roh und dick, wie sie die Säge vom Klotz geschnitten hatte. Trotz allen Schmutzes und der Politur, die ihnen derbe Hosenböden im Laufe langer Jahre beigebracht hatten, waren die Jahresringe noch deutlich zu sehen. Durch die Sitze hatte Dan starke, knorrige Eschenprügel gejagt, die unten als Beine und oben als Lehne dienten. Der Tannenholztisch, der aus einem Laden stammte, war ein Erbstück von seiner Mutter. Er war sehr stolz darauf und liebte ihn, obwohl er hin und her wackelte, sobald er dagegenstieß. An der Wand hing ungerahmt und fliegenbekleckst in geheimnisvoller Vereinsamung ein Druck von Marcus Stone, und neben der Tür befand sich ein Kalender mit einem Rennpferd. Über der Tür hing seine Flinte – zwar alt, aber gut und in ausgezeichnetem Zustand. Vor dem Kaminfeuer lag lang ausgestreckt ein alter Setter, der den Kopf jedesmal erwartungsvoll hob, sooft Dan aufstand oder sich nur rührte.

Auch jetzt hob er den Kopf, als die Schritte näher kamen, und während Dan das Bündel Reisig hinlegte und sich nachdenklich die Hände am Hosenboden abwischte, schlug er laut an, aber nur, um zu beweisen, wie wachsam er noch war. Er war fast wie ein Mensch und wußte genau, daß die Leute fanden, er sei alt und habe seine besten Jahre hinter sich.

Dan sah sich erst um, als der Schatten eines Mannes über das Rechteck staubigen Lichts fiel, das die obere Halbtür hereinließ.

»Sind Sie allein, Dan?« fragte eine gleichsam um Entschuldigung bittende Stimme.

»Oh, treten Sie ein, Sergeant, treten Sie nur ein, und willkommen!« rief der alte Mann und hastete auf ziemlich unsicheren Füßen zur Tür, die der große Polizist öffnete und nach innen stieß. Dann stand er da, halb im Sonnenlicht und halb im Schatten, und wenn man zu ihm hinblickte, merkte man erst, wie dunkel es in Dans Hütte war. Die eine Seite seines Gesichts fing alles Licht auf, und dahinter reckte eine Esche ihre Zweige mit dem lockeren Blattwerk gen Himmel. Grüne Matten, die hier und dort von verstreut herumliegenden rotbraunen Felsbrocken unterbrochen wurden, fluteten zu Tal, und dahinter dehnte sich fast über den ganzen Gesichtskreis das Meer, das von Licht durchtränkt, ja beinahe durchsichtig war. Das Gesicht des Sergeanten war feist und frisch, und das des alten Mannes, wie es aus der dämmerigen Küche auftauchte, war von Wind und Sonne gebräunt, denn der Kampf mit der Zeit und den Elementen hatte seine Gesichtszüge so bearbeitet, daß man sie gut und gern auch auf einer Felsplatte hätte entdecken können.

»Weiß Gott, Dan«, sagte der Sergeant, »Sie werden immer jünger anstatt älter!«

»'s geht so leidlich, Sergeant, 's geht so leidlich mit mir«, gab der alte Mann mit einem Tonfall zu, der die Bemerkung als ein Kompliment entgegenzunehmen schien, dem man höflichkeitshalber nicht allzuviel Gewicht beimessen durfte. »Ich kann nicht klagen.«

»Das wollt ich meinen! Nur ein geborener Idiot könnte glauben, daß Sie Grund zur Klage hätten! Und der gute Hund sieht auch keinen Tag älter aus!«

Der Hund ließ ein leises Knurren hören, als wollte er dem Sergeant zeigen, daß die leise Anspielung auf sein Alter nicht vergessen bliebe, doch eigentlich knurrte er jedesmal, wenn man von ihm sprach, weil er des Glaubens war, die Leute hätten nur Schlechtes über ihn zu sagen.

»Und wie geht's Ihnen selber, Sergeant?«

»Ach, wie dem Mann in der Geschichte: weder auf dem Schweinerücken noch auf dem Pferdeschwanz. Wir haben auch unsern kleinen Ärger, aber Gott sei Dank hat alles seinen Ausgleich.«

»Und der Frau nebst Anhang?«

»Gut, gelobt sei Gott! Sie waren einen Monat lang fort, waren alle zusammen einen Monat lang fort – auf dem Gehöft von der Schwiegermutter.«

»Was Sie nicht sagen!«

»Ja, ich hatte eine schöne, ruhige Zeit!«

Der alte Mann blickte sich um und verzog sich dann in die anstoßende Schlafkammer, aus der er einen Moment drauf mit einem alten Hemd in der Hand wieder zum Vorschein kam. Feierlich wischte er damit über Sitz und Lehne des alten Klobenstuhls, der dem Feuer am nächsten stand.

»Ruhen Sie sich aus, bitte, ruhen Sie sich aus! Sie müssen doch müde sein nach der langen Fahrt! Wie sind Sie hergekommen?«

»Teigue Leary hat mich ein Stück weit mitgenommen. Aber bitte, Dan, Sie müssen keine Umstände machen! Ich kann mich nicht aufhalten: hab ihm versprochen, daß ich innerhalb einer Stunde wieder zurück wäre.«

»Wer hetzt Sie denn?« fragte der alte Mann. »Als Sie den Fuß auf meinen Weg gesetzt haben, war ich gerade aufgestanden, um Feuerholz aufzulegen.«

»Nein, nein, Sie müssen doch keinen Tee für mich machen!«

»Gut, dann nicht für Sie, aber für mich, und wenn Sie mir nicht Gesellschaft dabei leisten, dann nehm ich's Ihnen mächtig übel!«

»Dan, Dan, daß mich der Schlag treffe: 's ist noch keine Stunde her, seit ich in der Kaserne meinen Tee hatte.«

»Och, *Dhe*, nur stille! Stille, sag ich! Ich hab was, das macht Ihnen großartigen Appetit!«

Der alte Mann hängte den Kessel über das offene Feuer, und der Hund richtete sich auf und schüttelte mit ernsthaft interessierter Miene die Ohren. Der Polizist öffnete seine Uniform, schnallte den Gürtel ab, zog seine Pfeife und eine Tabakrolle aus der Innentasche, schlug die Beine behaglich übereinander und begann den Tabak langsam und sorgfältig mit dem Taschenmesser zu zerkleinern. Der alte Mann trat ans Küchenspind und holte zwei hübsche, gemusterte Tassen herunter, die beiden einzigen, die er besaß. Obwohl sie angestoßen waren und keine Henkel mehr hatten, wurden sie doch, falls überhaupt, nur bei ganz seltenen Anlässen benutzt. Wenn Dan allein war, trank er seinen Tee lieber aus einem Napf. Als er zufällig hineinblickte, bemerkte er, daß sich innen eine beträchtliche Menge von dem feinen Staub angesammelt hatte, der ständig in der verräucherten kleinen Hütte schwebte. Wieder kam ihm das alte Hemd in den Sinn, und mit gewichtiger Gebärde krempelte er sich die Ärmel hoch und wischte die Tassen innen und außen ab, bis sie glänzten. Dann bückte er sich und öffnete die Schranktür. Dahinter stand eine offenbar unangetastete Flasche mit einer blassen Flüssigkeit. Er zog den Korken heraus und roch daran, wobei er einen Augenblick innehielt, wie um sich zu erinnern, wo er dem eigentümlich rauchigen Duft schon begegnet war. Dann war er beruhigt, stand auf und schenkte freigebig ein.

»Versuchen Sie das mal, Sergeant!« sagte er.

Der Sergeant vergaß etwaige Gewissenszweifel, die er beim Gedanken, illegalen Whisky zu trinken, vielleicht verspüren mochte. Er blickte andächtig in die Tasse, schnupperte daran und blickte zum alten Dan auf.

»Er sieht gut aus!« urteilte er.

»Das soll er auch!«

»Und er schmeckt ausgezeichnet!«

»Ach, woher!« sagte Dan, der offenbar in seinem eigenen Hause nicht seine eigene Gastfreundschaft loben wollte, »so besonders ist er gar nicht.«

»Ich glaube, Sie verstehen sich drauf!« meinte der Sergeant, ohne daß er ironisch sein wollte.

»Seit alles so wurde, wie's jetzt ist«, erwiderte Dan und hütete sich sorgfältig vor einer offenen Anspielung auf die Eigentümlichkeiten des Gesetzes, dem sein Gast diente, »seit alles so wurde, wie's jetzt ist, kann der Alkohol nicht mehr sein, was er früher war.«

»Ich hab solche Bemerkung schon öfters machen hören«, sagte der Sergeant nachdenklich. »Ich hab gehört, wie Männer mit großer Erfahrung sagten, der Whisky sei in der guten alten Zeit besser gewesen.«

»Whisky«, sagte der alte Mann, »ist ein Stoff, der seine Zeit braucht. Gut Ding will Weile haben!«

»Es ist eine regelrechte Kunst!«

»Das ist es.«

»Und jede Kunst braucht Zeit.«

»Und Verständnis«, fügte Dan mit Nachdruck hinzu. »Jede Kunst hat ihre Geheimnisse, und die geheimen Rezepte fürs Whiskybrennen gehen genauso verloren, wie die alten Lieder verlorengingen. Als ich ein kleiner Junge war, gab's in der ganzen Baronie keinen Mann, der nicht seine hundert Lieder im Kopf hatte, doch seit die Leute überall und nirgends hinrennen, gingen die Lieder verloren ... Seit alles so wurde, wie es jetzt ist«, wiederholte er mit dem gleichen vorsichtigen Tonfall, »herrscht soviel Unrast, daß die Geheimnisse verlorengingen.«

»Es muß mächtig viele gegeben haben!«

»Ja, das stimmt. Fragen Sie mal jemand, der heute Whisky brennt, ob er welchen aus Heidekraut brennen kann!«

»Wurde denn auch welcher aus Heidekraut gemacht?« fragte der Polizist.

»Allerdings.«

»Haben Sie welchen getrunken?«

»Nein – aber ich kannte Männer, die ihn getrunken haben. Ein reineres, milderes, gesunderes Getränk hat noch nie einem Mann die Gurgel gekitzelt. Säuglingen hat man's gegeben!«

»*Musha,* Dan, manchmal denk ich, es war ein großer Fehler vom Gesetz, dagegen einzuschreiten.«

Dan schüttelte den Kopf. Seine Augen gaben die Antwort, doch es war wider die Natur, daß ein Mann in seinem eigenen Haus den Beruf seines Gastes kritisierte.

»Vielleicht – vielleicht auch nicht«, erwiderte er sachlich.

»Doch, bestimmt, Dan! Was bleibt den armen Leuten denn sonst noch?«

»Die Gesetzemacher werden schon ihre guten Gründe haben.«

»Trotzdem, Dan, trotzdem: 's ist ein hartes Gesetz!«

Der Sergeant wollte Dan an Großzügigkeit nicht nachstehen. Die Höflichkeit verlangte es von ihm, dem alten Mann nicht beizupflichten, wenn er seine Vorgesetzten und deren rätselhafte Beschlüsse in Schutz nahm.

»Mir tut's bloß wegen der geheimen Rezepte leid«, sagte Dan abschließend. »Menschen sterben, und andere werden geboren, und wo ein Mann das Land entwässert hat, kann der nächste schon pflügen, aber ein verlorengegangenes Geheimnis ist auf ewig verloren.«

»Stimmt«, sagte der Sergeant. »Auf ewig verloren!«

Dan nahm die Tasse des Polizisten, spülte sie in einem Eimer mit klarem Wasser aus, der neben der Küchentür stand, und säuberte sie abermals mit Hilfe des alten Hemds. Dann stellte er sie behutsam vor den Sergeanten hin. Vom Küchenspind nahm er einen Krug Milch und eine blaue Tüte, die Zucker enthielt. Danach erschien noch eine Scheibe Landbutter und – ein Zeichen, daß der Besuch nicht ganz unerwartet gekommen war – ein runder Laib hausgebackenes, frisches und noch nicht angeschnittenes Brot. Der Teekessel summte und spuckte, und der Hund bellte ihn ärgerlich an und schüttelte die Ohren.

»Geh fort, du Vieh!« schalt Dan und stieß ihn aus dem Weg.

Er brühte Tee auf. Der Sergeant schnitt sich eine große Scheibe Brot ab und strich dick Butter darauf.

»Es ist genau wie mit der Medizin«, sagte der alte Mann, der mit der unerschütterlichen Ruhe des Alters sein Thema wieder aufnahm. »Jedes geheime Mittel, das es gegeben hat, ist verlorengegangen. Und daß mir ja nicht einer kommt und behauptet, ein Doktor könnte sich mit jemandem messen, der noch die Geheimnisse aus der guten alten Zeit kennt.«

»Ausgeschlossen«, sagte der Sergeant mit vollem Munde.

»Den Beweis haben wir ja deutlich gesehen, als es Doktors und weise Leute gleichzeitig gab.«

»Da waren's nicht die Doktors, zu denen die Leute gingen, könnt ich wetten.«

»Allerdings nicht. Und warum nicht?« Mit ausholender Gebärde umfaßte der alte Mann die ganze Welt außerhalb seiner Hütte. »Da draußen auf den Hügeln gibt's ein sicheres Heilmittel für jede Krankheit. Denn es steht geschrieben« – er trommelte mit dem Daumen auf den Tisch – »es steht geschrieben von den alten Barden: *›an galar san leigheas go bhfaghair le ceile‹*, und das heißt: ›Wo ihr die Krankheit findet, da findet ihr auch das Heilmittel.‹ Aber die Leute laufen die Berge rauf und die Berge runter, und was sie sehen, ist weiter nichts als Blumen! Als ob Gott der Allmächtige – Ehre und Ruhm sei Ihm! – mit Seiner Zeit nichts Besseres zu tun hätte, als dumme Blumen zu machen!«

»Was kein Doktor heilen konnte, das haben die weisen Leute geheilt.«

»*Ah musha,* als ob ich's nicht wüßte«, rief Dan bitter, »als ob ich's nicht wüßte: nicht in meinem Kopf, aber in meinen eigenen vier Knochen!«

»Wollen Sie etwa sagen, daß Sie immer unter Rheuma leiden müssen?«

»Und wie! Ach, wenn du doch noch am Leben wärst, Kitty O'Hara, oder du, Nora Malley vom Bergtal, dann braucht ich den Bergwind nicht zu fürchten und auch den Seewind nicht, dann müßte ich nicht mit meinem unseligen roten Zettel ins Tal schleichen und mir in ihrer dummen Apotheke ihr blaues und rosa und gelbes Tröpfelzeug holen!«

»Ach, nicht doch!« rief der Sergeant plötzlich sehr entschieden, »da weiß ich Ihnen was und bring eine Flasche!«

»O je, mich kann keine Flasche mehr kurieren!«

»Doch, doch! Sagen Sie nichts mehr, sondern probieren Sie's erst! Dem Bruder meiner eigenen Mutter, dem hat's geholfen, als er so Schmerzen hatte, daß er sich beide Beine vom Zimmermann mit der Handsäge wollt absägen lassen.«

»Ich gäb fünfzig Pfund, wenn ich's loswerden könnte!« rief Dan. »Bestimmt, sogar fünfhundert!«

Der Sergeant trank mit einem Riesenschluck seine Tasse leer, bekreuzigte sich und zündete ein Streichhölzchen an, das er wieder ausgehen ließ, weil er dem alten Mann eine Frage beantwortete. Ebenso machte er es mit einem zweiten und einem dritten Streichholz, als wollte er durch das Hinauszögern seine Rauchlust kitzeln. Endlich gelang es ihm, die Pfeife anzuzünden, und dann zogen die beiden Männer ihre Stühle etwas herum, steckten die Zehen nebeneinander in die Asche und genossen unter großer Rauchentwicklung, unvermutet lebhaften Gesprächen und langen, stummen Pausen ihre Pfeifchen.

»Hoffentlich halt ich Sie nicht auf?« meinte der Sergeant, als ob ihm plötzlich die Länge seines Besuchs zu Bewußtsein gekommen wäre.

»Ach je, wieso denn?«

»Sonst müssen Sie's mir sagen. Es wär mir wirklich unangenehm, einen Mann von der Arbeit abzuhalten.«

»Och, ich kann mir nichts Besseres wünschen, als daß Sie den ganzen Abend hierbleiben.«

»Ich bin auch sehr für eine nette Unterhaltung!« gab der Polizist zu.

Und wieder versanken sie in tiefsinnige Gespräche. Das Licht wurde matter und farbig und rollte golden durch die Küche, ehe es verschwand. Ein kühles Grau hüllte die Küche ein, und über den Tassen und Näpfen und Tellern auf dem Küchenspind schwebte ein kühler Schimmer. In der Esche fing eine Amsel zu singen an. Im offenen Kamin vertiefte sich das Glühen, bis es warm und gleichmäßig rot durch die Dämmerung glomm.

Auch draußen begann es zu dämmern, als der Sergeant sich erhob, um aufzubrechen. Er schloß seine Uniformjacke und den Gürtel und klopfte sich sorgsam die Sachen ab. Dann setzte er die Mütze auf, die er ein bißchen schief nach hinten trug.

»Dan«, sagte er, »es war einfach großartig!«

»Und für mich war's ein Vergnügen«, sagte Dan.

»Und ich will gern an die Flasche denken!«

»Gott lohn's Ihnen, danke!«

»Dann guten Abend, Dan!«

»Guten Abend, und alles Gute!«

Dan erbot sich nicht, den Sergeant aus dem Haus zu begleiten. Er setzte sich wieder auf seinen alten Platz am Feuer. Er nahm die Pfeife aus dem Mund, blies nachdenklich hindurch, und gerade, als er sich bückte und nach einem Hölzchen griff, um die Pfeife wieder in Gang zu bringen, hörte er Schritte, die zum Haus zurückkehrten. Es war der Sergeant. Er steckte den Kopf zur Halbtür herein.

»Ach – Dan?« rief er leise.

»Ja, Sergeant?« erwiderte Dan und sah sich um, während seine Hand noch nach dem Hölzchen tastete. Er konnte das Gesicht des Sergeanten nicht sehen, sondern er hörte nur seine Stimme.

»Sie haben wohl nicht im Sinn, die kleine Buße zu zahlen, was, Dan?«

Eine kurze Pause entstand. Dan zog das glimmende Ästchen hervor, erhob sich langsam und schlenderte an die Tür, wobei er das Hölzchen in den fast leeren Pfeifenkopf stopfte. Er beugte sich über die Halbtür, während der Sergeant, die Hände in den Hosentaschen, den Blick zwar etwas über den Weg schweifen ließ, aber auch ein gut Teil vom Meere sah.

»So wie ich nun mal bin, Sergeant«, erwiderte Dan gleichmütig, »hab ich's nicht im Sinn.«

»Das dacht ich mir, Dan. Ich hab's mir gleich gedacht, daß Sie's nicht im Sinn haben.«

Eine lange Pause entstand, während der die Stimme der Amsel schriller und fröhlicher wurde. Die schon untergegangene Sonne beleuchtete Inseln purpurner Wolken, die hoch über dem Wind vor Anker lagen.

»Eigentlich«, sagte der Sergeant, »bin ich deswegen hergekommen.«

»Ich dacht's mir schon, Sergeant, es fiel mir ein, als Sie vorhin aus der Tür gingen.«

»Wenn sich's nur um Geld handelte, wäre sicher manch einer mit Freuden bereit, es Ihnen zu geben.«

»Ich weiß, Sergeant. Aber 's ist nicht so sehr wegen des Geldes – sondern ich möcht dem Menschen nicht die Genugtuung geben, daß ich zahle, Sergeant. Weil er mich nämlich so geärgert hat!«

Darüber machte der Sergeant keine Bemerkung, und es folgte wieder ein langes Schweigen.

»Sie haben mir den Haftbefehl mitgegeben«, sagte er endlich in einem Ton, der ihn von jeder Beziehung zu dem Schriftstück freisprach.

»So, so«, sagte Dan teilnahmslos.

»Wenn es Ihnen gelegentlich passen würde ...«

»Ach, wenn wir schon davon sprechen«, meinte Dan, als

wollte er einen Vorschlag zur Debatte stellen, »ich könnt ja auch jetzt mit Ihnen gehen.«

»Aber nein, tz, tz«, widersprach der Sergeant, wehrte mit der Hand ab und wies den Gedanken, wie es der gute Ton verlangte, weit von sich.

»Oder ich könnte morgen hingehen«, fuhr Dan fort und erwärmte sich für den Einfall.

»Ganz wie Sie wollen«, entgegnete der Sergeant und stellte seine Stimme dementsprechend um.

»Aber eigentlich«, sagte der alte Mann mit sehr viel Nachdruck, »würde es mir Freitag nach dem Essen am besten passen, denn da hab ich sowieso allerhand in der Stadt zu besorgen, und dann hätt ich doch mein Wägelchen nicht für umsonst angespannt.«

»Freitag, das wäre großartig!« rief der Sergeant sehr erleichtert, weil die heikle Angelegenheit jetzt praktisch in Ordnung war. »Sie brauchen nur hineinzuspazieren und zu sagen, ich hätte Sie geschickt.«

»Ich hätt Sie lieber persönlich, Sergeant, wenn's Ihnen nicht allzu lästig ist? Ich wäre sonst doch ein bißchen verlegen.«

»Ach, das brauchen Sie nicht zu sein! 's ist ein Mann von meinem Kirchspiel da, ein Wärter namens Whelan. Sie können nach ihm fragen, und sowie er weiß, daß Sie ein Freund von mir sind, dann macht er's Ihnen bestimmt so gemütlich, als ob Sie zu Hause an Ihrem eigenen Kamin säßen.«

»Da bin ich froh«, sagte Dan befriedigt.

»Schön, dann also nochmals guten Abend, Dan. Jetzt muß ich mich beeilen!«

»Warten Sie doch, warten Sie, damit ich Sie bis an die Landstraße bringe!«

Die beiden Männer schlenderten zusammen den Weg entlang, während Dan erklärte, wie es gekommen sei, daß er, ein angesehener Mann, das große Unglück gehabt habe, einem andern alten Mann den Schädel so zu spalten, daß er ins Krankenhaus geschafft werden mußte, und wieso er dem fraglichen alten Mann nicht die Genugtuung geben konnte, in bar für eine Verletzung zu zahlen, die nur durch die unmanierliche Art des Opfers, Behauptungen zu verfechten, verursacht worden war.

»Es ist nämlich so, Sergeant«, sagte er. »Er sitzt jetzt da und beobachtet uns, so sicher auch nur ein Fünkchen Sehkraft in seinen flinken, flackernden wässerigen Augen ist, und nichts könnte ihm größere Freude machen, als wenn ich zahlen müßte. Aber ich will ihn bestrafen! Ich will mich seinetwegen auf die nackten Holzplanken legen! Ich will seinetwegen leiden, Sergeant, bis er nicht mehr wagt, den Kopf aufrecht zu tragen, und nach ihm auch seine Kinder nicht – weil er solch Leiden über mich gebracht hat.«

Am nächsten Freitag spannte er den Esel vor sein Wägelchen und brach auf. Unterwegs sammelte er eine Anzahl Nachbarn auf, die ihm gern das Geleit geben wollten. Auf der Anhöhe oben hielt er an, um sie wieder heimzuschicken. Ein alter Mann, der in der Sonne saß, eilte schleunigst ins Haus, und gleich danach wurde die Tür seiner Hütte leise geschlossen.

Nachdem Dan all seinen Freunden die Hand geschüttelt hatte, hieb er dem alten Esel eins über, rief: »Hü!« und begab sich allein auf den Weg zum Gefängnis.

Mein Studium der Vergangenheit

Die Entdeckung, wo die kleinen Kinder herkommen, brachte plötzlich Spannung in mein Leben. Natürlich nicht auf die Art, die man üblicherweise erwartet hätte. O nein! Wie mir scheint, habe ich niemals irgend etwas so gemacht wie jedes andere normale Kind. Ich entdeckte nämlich nur, wie faszinierend die Vergangenheit ist. Bis dahin hatte ich in einem Land meiner Träume gelebt, in dem es keine Vergangenheit gab, und die Heirat meiner Eltern hatte ich als ein Ereignis hingenommen, das der Schöpfer angeordnet hatte; doch als ich sie jetzt mit meiner neuen, wissenschaftlichen Methode unter die Lupe nahm, erkannte ich sie allmählich als einen der mancherlei Wendepunkte in der Vergangenheit und nichts sonst – als nur ein weiteres jener anscheinend trivialen Ereignisse, die nicht viel mehr als reine Zufälle sind, jedoch in ihrer Auswirkung die Geschicke der Menschheit zu ändern vermögen. Von Pascal hatte ich noch nichts gehört, doch seine Bemerkung, was sich wohl ereignet hätte, wenn Kleopatras Nase ein wenig länger gewesen wäre, hätte ich gutgeheißen.

Meine Einstellung zu meinen Eltern änderte sich dadurch sofort. Bis dahin waren sie nicht Charaktere, sondern Grundbegriffe gewesen, einer Gebirgskette vergleichbar, die einen grünen Horizont beherrscht. Plötzlich fällt ein kleiner Lichtstrahl, der hinter einer Wolke hervorbricht, auf sie nieder, und das ganze Massiv gliedert sich in Gipfel und Täler und Vorberge – man kann sogar weißgetünchte Bauernhäuser und Felder unterscheiden, wo die Leute im Abendschein arbeiten –, eine ganze Welt an Einblicken tut sich auf.

Mutters Vergangenheit bot für meine Studien das reichere Material. Es war erstaunlich, was für eine Vielfalt an Menschen und Schauplätzen im Leben der guten Frau eine Rolle gespielt hatte. Sie war eine Waise und hatte Stellungen als

Zimmermädchen und Gesellschafterin und Handelsreisende innegehabt. Ein Gipser-Lehrling und ein französischer Küchenchef (der ihr übrigens beibrachte, wie man einen ausgezeichneten Kaffee kocht) und ein reicher, ältlicher Geschäftsinhaber in Sunday's Well hatten ihr Heiratsanträge gemacht. Weil ich mich gern als jemand Besonderes fühlte, dachte ich oft an den Küchenchef und die Vorteile, Franzose zu sein, jedoch der Geschäftsinhaber war in meiner Phantasie eine noch lebendigere Gestalt, denn er hatte eine andere geheiratet und war bald danach gestorben – vor Enttäuschung, das stand für mich fest – und hatte ein großes Vermögen hinterlassen. Das Vermögen war für mich das, was für Pascal die lange Nase Kleopatras war: der unumstößliche Beweis, daß alles hätte anders kommen können.

»Wieviel Vermögen hat Mr. Riordan besessen, Mummy?« fragte ich nachdenklich.

»Ach, es hieß, er hätte elftausend Pfund hinterlassen«, erwiderte Mutter, »man kann aber nicht alles glauben, was die Leute reden.«

Doch gerade das konnte ich tun. Ich war nicht gewillt, ein Vermögen zu unterschätzen, das ich um ein Haar geerbt hätte.

»Hat dir denn der arme Mr. Riordan nie leid getan?« fragte ich streng.

»Ach, warum sollte er mir leid tun, Kind?« fragte sie achselzuckend. »Was nützt einem alles Geld, wenn man sich nicht gern hat?«

Das widersprach natürlich ganz und gar meiner Ansicht. Mein Herz war von Mitleid für den armen Riordan erfüllt, der versucht hatte, mein Vater zu werden, und so geringschätzig Mutter auch darüber sprach, mir wäre das Geld von großem Nutzen gewesen. Ich hatte Vater nicht so gern, um zu denken, er wäre elftausend Pfund wert – eine Summe, von der man sich kaum ein Bild machen konnte, die jedoch immerhin siebenundzwanzigmal so groß wie das größte mir bekannte Gehalt war – das eines Parlamentsmitglieds. Auch das gehörte zu den Entdeckungen, die ich damals machte: daß Mutter nicht nur ziemlich hartherzig, sondern obendrein sehr unpraktisch war.

Vater aber war die größte Überraschung. Er war ein grüblerischer, sorgenvoller Mann, der mich offenbar nicht richtig zu würdigen verstand und immer wollte, daß ich draußen spielte oder nach oben ging, um zu lesen, doch infolge meiner Studien veränderte er sich wie eine Figur aus einem Märchen. »Jetzt wollen wir mal von den Damen sprechen, die Daddy beinah geheiratet hätte«, sagte ich zum Beispiel, und er ließ alles liegen, was er gerade tat, und stimmte ein schallendes Gelächter an. »Oh-ho-ho!« sagte er, schlug sich aufs Knie und warf Mutter einen verschmitzten Blick zu. »Darüber könnte man ein ganzes Buch schreiben!« Sogar sein Gesicht veränderte sich dann. Er sah jung und mächtig übermütig aus. Mutters Gesicht dagegen verfinsterte sich.

»Sicher, das könnte man«, entgegnete sie und starrte ins Feuer. »Die Dämchen!«

»Der schönste Mann, der jemals durch Corks Straßen ging – das hat die eine von mir behauptet!« fuhr Vater fort und blinzelte mir zu.

»Ja«, bestätigte Mutter verdrießlich. »May Cadogan war's!«

»Stimmt genau!« rief Vater überrascht. »Wie konnte ich bloß ihren Namen vergessen? Ein wunderschönes Mädchen! Wirklich und wahrhaftig, ein ganz erstaunliches Mädchen! Noch immer, wie ich hörte!«

»Das soll sie wohl«, entgegnete Mutter angewidert. »Die mit ihren sechsen!«

»Ach, laß nur, die versteht's bestimmt, mit ihnen fertigzuwerden. Einen gescheiten Kopf hatte sie!«

»Hatte sie sicher! Vermutlich bindet sie ihre Gören an einen Laternenpfahl, während sie in der Kneipe sitzt und trinkt und klatscht.«

Das war auch so eine merkwürdige Sache mit der Vergangenheit. Vater und Mutter sprachen beide gern darüber, doch auf verschiedene Art. Mutter sprach nur darüber, wenn wir irgendwo im Park oder in der Schlucht unten waren, und selbst dann war es schwierig, sie auf Tatsachen festzunageln, denn ihr ganzes Gesicht leuchtete auf, und sie fing an, von Eselwagen oder von Konzerten in der Küche oder von Petroleumlampen zu erzählen, und wenn ich es auch heutzutage als Atmosphäre schätzen würde, machte es mich damals verrückt vor Ungeduld. Vater dagegen war es einerlei, auch in ihrer Gegenwart darüber zu sprechen – sie aber ärgerte sich, vor allem, wenn er May Cadogan erwähnte. Er wußte es genau und zwinkerte mir dann zu, so daß ich vor Lachen laut herausplatzte, selbst wenn ich keine Ahnung hatte, weshalb ich lachte, und jedenfalls galt mein Mitgefühl nur ihr.

»Aber Daddy«, sagte ich zum Beispiel und nützte seine gute Laune aus, »wenn du May Cadogan so gern hattest, warum hast du sie dann nicht geheiratet?«

Und daraufhin tat er zu meiner größten Freude so, als stürze ich ihn in Zweifel und Kummer. Er steckte die Hände in die Hosentaschen und wanderte bis zur Flurtür.

»Das war eine heikle Angelegenheit«, erwiderte er, ohne mich anzusehen. »Ich mußte nämlich an deine arme Mutter denken.«

»Als hätt ich dir deswegen Kummer gemacht!« brauste Mutter auf.

»Die arme May hat's mir selber gesagt«, fuhr er fort, als hätte er nichts gehört, »und die Tränen sind ihr nur so übers Gesicht gelaufen! ›Mick‹, hat sie gesagt, ›das Mädchen mit dem braunen Haar bringt mich in ein frühes Grab!‹«

»Was die schon von Haar wußte!« erwiderte Mutter achselzuckend. »Die mit ihrem karottenroten Schopf!«

»Noch nie hab ich so gelitten wie damals, als ich die Wahl zwischen beiden hatte«, sagte Vater tief bewegt und kehrte auf seinen Fensterplatz zurück.

»Ach je, 's ist zu schade um dich!« rief Mutter erbost; sie stand plötzlich auf und ging mit ihrem Buch ins Vorderzimmer, auf der Flucht vor seiner Neckerei. Jedes Wort, das der gute Mann äußerte, nahm sie wörtlich. Vater aber pflegte dann begeistert herauszuplatzen; mit in den Nacken geworfenem Kopf und die Hände auf die Knie gestemmt, zwinkerte er mir wieder zu. Ich stimmte natürlich in sein Gelächter ein, und dann wurde mir kreuzelend zumute, weil ich es schrecklich fand, daß Mutter so allein im Vorderzimmer saß. Wenn ich zu ihr ging, sah ich sie in der Dämmerung in ihrem Korbstuhl am Fenster sitzen, wo sie, das aufgeschlagene Buch auf den Knien, auf den Square hinausstarrte. Bis sie dann mit mir sprach, hatte sie längst ihre Beherrschung wiedergefunden, doch ich hatte ein unheimliches Gefühl, sie könnte aufgebracht sein, und ich streichelte sie und redete beruhigend auf sie ein – als hätten wir die Plätze vertauscht und ich wäre der Erwachsene und sie das Kind.

Und wenn es mich schon aufregte, was die Vergangenheit für meine Eltern bedeutete, so regte es mich noch viel mehr auf, was sie für mich bedeutete. Ihre Möglichkeiten hatten sich in mir verdoppelt. Ich hätte dank Mutter auch ein französischer Junge namens Laurence Armady oder ein reicher Junge aus Sunday's Well namens Laurence Riordan sein können. Dank Vater wäre ich zwar stets ein Delaney geblieben, aber ich hätte eins von den sechs Kindern der geheimnisvollen und wunderschönen Miss Cadogan sein können. Mich faszinierte die Frage, wer ich gewesen wäre, wenn ich nicht ich geworden wäre, und noch weit stärker interessierte mich die Frage, ob ich dann gewußt hätte, daß etwas in der Rollenverteilung nicht stimmte. Natürlich neigte ich dazu, Laurence Delaney als den Jungen zu betrachten, der ich hatte werden sollen, und deshalb mußte ich mir einfach den Kopf darüber zerbrechen, ob ich als Laurence Riordan um einen Laurence Delaney gewußt hätte und daß er eine wirkliche Lücke in meiner Zusammensetzung darstellte.

Ich erinnere mich, daß ich eines Nachmittags nach der Schule ganz allein den weiten Weg bis nach Sunday's Well hinaufging, das ich jetzt als eine Art zweites Zuhause betrachtete. Ein Weilchen stand ich am Gartentor des Hauses, in dem Mutter gearbeitet hatte, als Mr. Riordan ihr den Heiratsantrag machte, und dann ging ich weiter und begutachtete sein Geschäft. Es hatte bestimmt bessere Tage gesehen, denn die Schachteln und Plakate im Schaufenster waren staubig und zerdrückt. Es konnte sich nicht mit den großen Geschäften in der Patrick Street messen, doch in der Größe und Aufmachung stand es bestimmt auf einer weit höheren Stufe als ein Dorfladen. Ich bedauerte es, daß Mr. Riordan tot war, denn ich hätte ihn gern selbst gesehen, anstatt mich auf Mutters Eindrücke verlassen zu müssen, die mir nicht frei von Vorurteilen zu sein schienen. Da er gewissermaßen Mutters wegen vor Kummer gestorben war, stellte ich ihn mir als einen wirklich netten Mann vor und übertrug auf ihn das Aussehen und die Manieren eines alten Herrn, der stets mit mir sprach, wenn er mir auf der Straße begegnete, und ich dachte, daß ich ihn als Vater mit der Zeit hätte richtig liebgewinnen können. Ich konnte es mir alles ausmalen: meine Mutter, die lesend im Wohnzimmer saß und darauf wartete, daß ich nach Sunday's Well heimkehrte – wie alle Jungen vom Gymnasium in Schülermütze und Sportjacke und mit einer teuren Ledermappe anstatt des alten Stoffbeutels, der mir jetzt über der Achsel hing. Ich konnte mich sehen, wie ich langsam und mit einer gewissen Vornehmheit weiterging, an den Gartentürchen stehenblieb und auf den Fluß hinunterblickte und später in einem von den großen Häusern, deren lange Gärten sich bis zum Fluß hinabsenkten, Tee trank und vielleicht mit einem Mädchen in einem rosa Kleid auf dem Fluß Kahn fuhr. Ich überlegte, ob ich wohl etwas von dem Jungen von der Volksschule mit dem Stoffbeutel gewußt hätte und wie er seinen Kopf zwischen die Gitterstäbe einer Gartenpforte zwängte und an mich dachte. Es war ein merkwürdiges Gefühl von Verlassenheit, das mich fast zu Tränen rührte.

Doch am meisten zog mich die Douglas Road an, wo Vaters Freundin Miss Cadogan wohnte, nur hieß sie jetzt nicht mehr Miss Cadogan, sondern Mrs. O'Brien. Natürlich konnte jemand, der Mrs. O'Brien hieß, die Phantasie nicht so reizen wie ein französischer Küchenchef oder ein ältlicher Ladeninhaber mit elftausend Pfund Vermögen, aber sie besaß dafür eine diesseitige Realität, die den andern beiden fehlte. Da ich regelmäßig zur Bibliothek an der Parnell Bridge ging, widerfuhr es mir recht häufig, daß ich in der Richtung der Douglas Road weiterschlenderte und stets vor der langen Häuserreihe stehenblieb, in der sie wohnte. Hohe Treppen führten zu den Häusern hinauf, und gegen Abend fiel der Sonnenschein kräftig auf die Fassaden, so daß sie wie Kamingitter funkelten. Eines Abends, als ich eine Schar Jungen beobachtete, die auf dem Fahrdamm Fußball spielten, packte mich die Neugier. Ich sprach den einen Jungen an. Da ich als Kind immer unnatürlich höflich und ernst war, jagte ich ihm wahrscheinlich einen gehörigen Schreck ein.

»Könntest du mir wohl bitte sagen, in welchem dieser Häuser Mrs. O'Brien wohnt?« fragte ich ihn.

»Hei, Gussie!« schrie er einem andern Jungen zu. »Der hier will wissen, wo deine Alte wohnt!«

Es war mehr, als ich erwartet hatte. Ein magerer, hübscher Junge meines Alters löste sich aus der Gruppe der übrigen und ging mit geballten Fäusten auf mich los. Mir war außerordentlich bange zumute, doch musterte ich ihn genau. Schließlich war er ja der Junge, der ich hätte sein können.

»Warum willst du das wissen?« fragte er argwöhnisch.

Auch darauf war ich nicht gefaßt.

»Mein Vater war früher sehr befreundet mit deiner Mutter«, erklärte ich ihm umständlich, doch soweit es ihn betraf, hätte ich mich ebensogut einer Fremdsprache bedienen können. Es war klar, daß Gussie O'Brien keinen Sinn für die Vergangenheit hatte.

»Was?« fragte er ungläubig.

Im gleichen Augenblick wurden wir von einer Frau unterbrochen, die mir schon vorher aufgefallen war und die über den Zaun zwischen zwei steilen Gärten mit einer andern Frau gesprochen hatte. Sie war klein und sah unordentlich aus, und manchmal schaukelte sie geistesabwesend den Kinderwagen, als erinnere sie sich nur hin und wieder daran.

»Was sagst du da, Gussie?« rief sie und stellte sich auf die Zehenspitzen, um uns besser zu sehen.

»Ich möchte deine Mutter wirklich nicht stören, danke!« sagte ich, schon beinah verrückt vor Angst, doch Gussie kam mir zuvor und zeigte tatsächlich mit dem Finger auf sie – eine Manier, die man mich als ungebildet zu betrachten gelehrt hatte.

»Der Junge will was von dir!« grölte er.

»Eigentlich will ich gar nichts«, murmelte ich und wußte, daß ich jetzt in der Falle saß. Mit lachender, verwunderter Miene lief sie die steile Treppe hinunter und sprang ans Gartentor; sie hatte die Augen fast zusammengekniffen und griff sich mit der rechten Hand an den Hinterkopf, um ihr Haar zu ordnen. Es war nicht karottenrot, wie Mutter es bezeichnet hatte, obwohl rote Lichter darüber spielten, wenn sich die Sonne darin verfing.

»Was ist denn, mein Kleiner?« fragte sie schmeichelnd und beugte sich vor.

»Ich wollte eigentlich gar nichts, danke«, antwortete ich erschrocken. »Es ist bloß – mein Daddy hat mir erzählt, daß Sie hier oben wohnen, und weil ich mir ein neues Buch in der Bibliothek holen mußte, hab ich gedacht, ich könnt ja mal raufkommen und fragen. Hier können Sie's sehn«, fuhr ich fort und zeigte ihr als Beweis das Buch. »Ich wollte bloß in die Bibliothek gehn.«

»Aber wer ist denn dein Daddy, mein Kleiner?« fragte sie, und ihre Augen waren noch immer vor Lachen zu schmalen grauen Schlitzen verzogen. »Wie heißt du?«

»Delaney«, antwortete ich. »Ich bin Larry Delaney.«

»Doch nicht Mike Delaneys Junge?« rief sie überrascht. »Nein, so was! Na, ich hätt's mir denken können – bei dem dicken Kopf, den du hast!« Sie fuhr mir mit der Hand über den Hinterkopf und lachte. »Wenn du dir das Haar hättest schneiden lassen, hätt's nicht so lange gedauert, bis ich dich erkannt hätte. Du hättest wohl nicht gedacht, daß ich noch weiß, wie sich der Kopf von deinem Alten anfühlt, was?« fragte sie schelmisch.

»Nein, Mrs. O'Brien«, antwortete ich brav.

»Doch, das weiß ich genau, und noch viel mehr als das«, fuhr sie im gleichen schelmischen Ton fort, wenn mir auch der Sinn ihrer Worte unverständlich war. »Ach, komm doch rein und laß dich mal richtig ansehn! Das war mein Ältester, der Gussie, mit dem du gesprochen hast«, schloß sie und nahm mich bei der Hand. Gussie schusselte hinter ihr her, warum, das sollte ich erst später merken.

»Ma-a-a-a, was'n das für'n Junge?« kreischte ein dickes kleines Mädchen, das auf dem Bürgersteig ›Himmel und Hölle‹ gespielt hatte.

»Das ist Larry Delaney«, trällerte Mrs. O'Brien nach rückwärts. Ich weiß nicht, was die Frau an sich hatte, aber durch ihre gute Laune wirkte sie wie ein ganzes Regiment von Frauen, und nicht bloß wie eine. Man hatte ein Gefühl, als müsse jedermann hinter ihr in Reih und Glied marschieren. »'s ist der Sohn von Mike Delaney aus Barrackton. Ich hätte seinen Alten beinah mal geheiratet. Hat er dir das erzählt, Larry?« fragte sie listig. Ihr Lächeln wechselte blitzschnell von strahlendem Frohsinn zu Vertraulichkeit, was ich sehr anziehend fand.

»Ja, Mrs. O'Brien«, antwortete ich und versuchte, genauso schelmisch wie sie zu sprechen, so daß sie ein begeistertes

Lachen anstimmte und den roten Krauskopf in den Nacken warf.

»Oh, hört euch das an! Der alte Racker hat mich also nicht vergessen! Kannst ihm erzählen, daß ich ihn auch nicht vergessen habe. Und wenn ich ihn geheiratet hätte, wäre ich jetzt deine Mutter. Wär das nicht 'ne komische Geschichte? Wie würde ich dir als Mutter gefallen, Larry?«

»Sehr gut, Mrs. O'Brien«, antwortete ich liebenswürdig.

»Ach wo, das glaub ich dir nicht!« rief sie, aber sie freute sich doch. Mir kam sie wie eine Frau vor, der man leicht eine Freude machen kann. »Dein Alter hat immer gesagt, deine Mutter ist ein Ausbund von Frau, und du bist, scheint's, ein Ausbund von Kind. Ach, und dabei bin ich selber gar nicht so übel«, schloß sie lachend, zuckte die Achseln und legte ihr lustiges Gesicht in lauter Lachfältchen.

In der Küche schnitt sie mir eine Scheibe Brot ab, bestrich sie dick mit Marmelade und gab mir einen Becher Milch. »Willst du auch was, Gussie?« fragte sie scharf, als wüßte sie nur zu gut, wie die Antwort lauten würde. »Aideen«, sagte sie zu dem gräßlichen kleinen Mädchen, das uns ins Haus gefolgt war, »bist du nicht schon dick und häßlich genug? Mußt du unbedingt wie ein rundes Schweinchen aussehn? ›Brotfresser‹ nennen wir sie«, wandte sie sich lächelnd an mich. »Du bist ein höflicher kleiner Junge, Larry, aber wer weiß, ob du noch so höflich wärst, wenn du mit der Rasselbande hier zu tun hättest. Ist das Buch für deine Mutter?«

»O nein, Mrs. O'Brien«, antwortete ich. »Es ist für mich.«

»Was? Kannst du wirklich so ein großes, dickes Buch lesen?« fragte sie ungläubig, nahm es mir aus der Hand und sah verdutzt nach der Seitenzahl.

»Doch, doch, ja, das kann ich!«

»Ich glaub's dir nicht!« neckte sie mich. »Beweise es mir mal erst!«

Nichts hätte mir besser gepaßt, als das zu beweisen. Ich fand, daß ich als Vortragskünstler noch nie die gebührende

Anerkennung gefunden hatte, deshalb stellte ich mich mitten in die Küche, räusperte mich und begann mit sehr viel Gefühl einen greulich komplizierten Abschnitt vorzulesen, wie man ihn zu jener Zeit den Kinderbüchern als Einleitung voranstellte. »An einem schönen Abend im Frühling, als die untergehende Sonne die blauen Gipfel mit ihren funkelnden Strahlen zu vergolden begann, ritt ein Reiter, den man an einer gewissen Gepflegtheit seiner Kleidung als Studenten erkennen konnte, langsam und vielleicht etwas niedergeschlagen seines Wegs ...«

Ein Einleitungssatz, der so recht nach meinem Herzen war.

»Meine Güte nochmal!« unterbrach mich Mrs. O'Brien verblüfft. »Und mein Junge da ist ebenso alt wie du und kann kaum richtig buchstabieren ... Ich begreif's, daß du nicht unten in die Bibliothek gehst, du Hohlkopf! ... 's ist genug, Larry!« rief sie hastig, als ich fortfahren wollte, sie noch weiterhin zu unterhalten.

»Wer will schon so'n verdrehten alten Kram lesen!« sagte Gussie verächtlich.

Nachher nahm er mich mit nach oben und zeigte mir sein Luftgewehr und seine Modellflugzeuge. Jede Einzelheit seines Zimmers steht mir noch klar vor Augen: der Blick auf den Hintergarten, wo Gussie in einem Dickicht von Unkraut und Gestrüpp sein Zelt aufgeschlagen hatte (ein sehr ungünstiger Platz für ein Zelt, wie ich ihm geduldig klarmachte, wegen der wilden Bestien); die drei ungemachten Kinderbetten, die bekritzelten Wände – und Mrs. O'Briens Stimme, die von der Küche heraufdrang, als sie Aideen nachzuschauen befahl, was dem Baby fehlte, das sich draußen im Kinderwagen vor der Haustür die Seele aus dem Leibe schrie. Vor allem Gussie interessierte mich riesig. Er war verwöhnt und gescheit und nachlässig, ein hübscher Kerl mit den feinen, klaren Gesichtszügen seiner Mutter, und lustig und berechnend. Ich merkte es, als ich mich verabschiedete und seine Mutter mir ein Sixpencestück schenkte. Natürlich lehnte ich höflich ab, aber sie steckte mir das Geldstück in die Hosentasche, und Gussie zerrte ungestüm an ihrem Rock und verlangte auch etwas für sich.

»Wenn du ihm was gibst, mußt du mir auch was geben!« schrie er gellend.

»Ich werd dir gleich was geben«, lachte sie, »hintendrauf!«

»Och, gib mir doch wenigstens 'n Penny!« bettelte er, und sie tat es – um ihn loszuwerden, wie sie sagte. Dann folgte er mir auf die Straße und schlug vor, wir sollten in einen Laden gehen und Bonbons kaufen. Ich war zwar leichtgläubig, aber ich war kein gänzlich vernagelter Dummkopf und wußte, wenn ich mit Gussie in den Laden ginge, hätte ich keine Sixpence mehr und nur sehr wenig Bonbons. Deshalb erklärte ich ihm, ich dürfte nicht ohne die Erlaubnis meiner Mutter Süßigkeiten kaufen, woraufhin er mich restlos aufgab – als Waschlappen oder was Schlimmeres.

Es war ein anstrengender Nachmittag gewesen, jedoch ein sehr lehrreicher. In der Dämmerung kehrte ich langsam über die Brücke heim, ein bißchen neidisch auf Gussies muntere, kunterbunte Familie, aber auch voll neuer Anerkennung meines eigenen Elternhauses. Als ich eintrat, brannte die Lampe über dem Kamin, und Vater saß schon beim Abendbrot.

»Wo bist du bloß so lange geblieben, Kind?« fragte Mutter mit besorgter Miene, und plötzlich fühlte ich mich ein wenig schuldbewußt, und wie immer, wenn ich etwas angestellt hatte, spielte ich mich auf, laut und übertreibend, wie ein Erwachsener. Mit der Mütze in der Hand stand ich mitten in der Küche und zeigte damit zuerst auf meinen Vater und dann auf meine Mutter.

»Ihr werdet's mir nicht glauben, wen ich getroffen habe!« rief ich theatralisch.

»*Wisha,* wen denn, Kind?« fragte Mutter.

»Miss Cadogan«, antwortete ich, legte meine Mütze umständlich auf einen Stuhl und wandte mich wieder an beide. »Miss Cadogan. Die jetzt Mrs. O'Brien heißt.«

»Mrs. O'Brien?« rief Vater und stellte seine Tasse hin. »Wo hast du denn die nur getroffen?«

»Ich hab's ja gesagt, ihr würdet mir nicht glauben! Es war in der Nähe von der Bibliothek. Ich hab mit ein paar Jungen gesprochen, und einer von ihnen war doch wahrhaftig Gussie O'Brien, der Sohn von Mrs. O'Brien! Und er hat mich mit nach Hause genommen, und seine Mutter hat mir Marmeladebrot vorgesetzt und mir das hier geschenkt.« Mit richtigem Schwung zog ich das Sixpencestück aus der Tasche.

»Mich laust der Affe!« stieß Vater hervor, sah zuerst mich und dann Mutter an und brach schließlich in schallendes Gelächter aus.

»Und sie hat gesagt, daß sie sich auch an dich erinnert und dich schön grüßen läßt!«

»Da schlag doch einer lang hin!« krähte Vater und hieb sich mit den Händen auf die Knie. Ich sah es ihm an, daß er mir alles glaubte, was ich erzählt hatte, und daß er darüber begeistert war, aber ich konnte auch sehen, daß Mutter mir nicht glaubte und kein bißchen begeistert war. Das war natürlich stets der alte Kummer mit Mutter. Obwohl sie ihr möglichstes tat, um mir bei einem schwierigen Problem zu helfen, schien sie doch nie die Notwendigkeit von Experimenten einzusehen. Sie sagte kein Wörtchen, während Vater mich ausfragte, den Kopf schüttelte und sich alles genau merkte, um es den Männern in der Fabrik zu erzählen. Was ihm am meisten gefiel, war die Tatsache, daß Mrs. O'Brien sich noch an seine Kopfform erinnerte, und später, als Mutter gerade nicht in der Küche war, ertappte ich ihn dabei, wie er in den Spiegel blickte und sich mit der Hand über den Hinterkopf fuhr.

Doch ich wußte auch, daß ich zum erstenmal im Leben meine Mutter in Unruhe versetzt hatte, wie es sonst nur Vater tat, und mir war elend und schuldbewußt zumute, und ich begriff nicht, warum. Das war eine Seite des Studiums der Vergangenheit, mit der ich mich erst später beschäftigte.

In der Nacht konnte ich so recht meiner neuen Leidenschaft frönen. Endlich hatte ich Material, mit dem es sich arbeiten ließ. Ich sah mich als Gussie O'Brien, im Schlafzimmer stehend und auf mein Zelt im Garten hinunterblickend, und ich sah Aideen als meine Schwester und Mrs. O'Brien als meine Mutter, und wie Pascal schuf ich eine andere Vergangenheit. Ich erinnerte mich an Mrs. O'Briens Lachen, an ihr Schelten und an die Art, wie sie mir den Kopf streichelte. Ich wußte, daß sie freundlich war (zeitweise) und daß sie auch hitzköpfig war, und ich begriff, daß ich im Umgang mit ihr wohl selbst ein anderer Mensch hätte sein müssen. Daß ich im Lesen gut war, würde ihr nie genügen. Sie würde mich fast zwingen, so zu sein, wie Gussie war: schmeichlerisch und frech und anspruchsvoll. Sie war, obwohl ich es nicht mit den gleichen Worten hätte ausdrücken können, eine Frau von der Art, die einen zwingt, mit ihr zu flirten.

Als ich genug hatte, ging ich ganz bewußt daran, mich wieder zu beruhigen, wie ich es immer tat, wenn ich mich in Ängste hineingesteigert und mir vorgemacht hatte, ein Einbrecher sei im Haus oder eine wilde Bestie versuche durchs Mansardenfenster einzudringen. Ich faltete die Hände über der Brust, blickte zum Mansardenfenster auf und sagte mir: ›So ist es ja gar nicht! Ich bin nicht Gussie O'Brien! Ich bin Larry Delaney, und Mary Delaney ist meine Mutter, und wir wohnen am Wellington Square Nummer acht. Morgen gehe ich ins ›Kreuz‹ zur Schule, und zuerst wird gebetet, und dann haben wir Algebra, und danach Aufsatz.‹

Zum erstenmal funktionierte die Zauberformel nicht. Ich hatte zwar aufgehört, Gussie zu sein, doch irgendwie war ich nicht wieder ich selbst geworden – nicht das Selbst, das ich kannte. Es war, als stellte meine Identität eine Art Sack dar, in dem ich leben mußte und aus dem ich mich vorsätzlich herausgearbeitet hatte, und als könnte ich jetzt nicht wieder hineinfinden, weil ich dafür inzwischen zu groß geworden war. Ich versuchte es mit jedem erprobten Kniff, mich meiner selbst zu versichern. Ich versuchte es mit dem Abzählen, und dann betete ich, doch auch das Gebet schien anders zu sein und als passe es gar nicht mehr zu mir. Ich war fort, in der Mitte eines leeren Raums, und getrennt von Mutter und Elternhaus und allem, was beständig und vertraut war. Plötzlich merkte ich, daß ich weinte. Die Tür ging auf, und Mutter erschien zitternd in ihrem Nachthemd; das Haar fiel ihr ins Gesicht.

»Du schläfst ja nicht, Kind!« sagte sie mit müder und klagender Stimme.

Ich schluchzte, und sie legte mir die Hand auf die Stirn.

»Sie ist heiß«, sagte sie. »Was fehlt dir?«

Ich konnte ihr nicht von dem Angsttraum erzählen, in den ich mich verloren hatte. Statt dessen nahm ich ihre Hand, und allmählich wich das Grauen, und ich wurde wieder ich selbst, schlüpfte zurück in die kleine Hülle meiner Identität und ließ die Unendlichkeit und all ihre Ängste hinter mir.

»Mummy«, sagte ich, »ich schwör's dir, daß ich nie jemand anders wollte als dich!«

Und freitags Fisch

Ned McCarthy, Schulmeister in einem kleinen Dorf namens Abbeyduff in Südirland, wurde eines Morgens von seiner Schwägerin geweckt. Sie stand vor ihm und rief ihm barsch zu: »Wach auf! Es hat angefangen!«

»Was hat angefangen, Sue?« fragte Ned mit ängstlicher Miene und sprang aus dem Bett.

»Was denn wohl?« sagte sie trocken. »Zieh dich lieber schnell an und hole den Doktor!«

»Oh, der Doktor!« seufzte Ned, denn sofort fiel ihm ein, weshalb er allein in dem kleinen Hofzimmer schlief und weshalb dieses unfreundliche, geschlechtslose Wesen, das so offensichtlich gegen ihn war, bei ihnen wohnte.

Er kleidete sich hastig an, rief Kitty, seiner Frau, ein paar beruhigende Worte zu, und dann, nachdem er eine Tasse Tee hinuntergeschüttet hatte, holte er den alten Wagen heraus. Ned war ein schmächtiger, melancholisch aussehender Mann in den Vierzigern mit blondem Haar und blassen grauen Augen. Er war beliebt, weil er ziemlich friedfertig und ruhig war, doch er hatte sein Päckchen Sorgen zu tragen. Da war zum Beispiel das Haus. Es war ein schönes Haus, ein ehemaliges Jagdhäuschen, das zwei Acker von der Landstraße entfernt lag und auf der Vorderseite eine Rasenfläche aufwies, die zum Flußufer hinunterführte. Dahinter kletterten von Wäldern beschützte Gärten steil hügelan. Es war wirklich ein Traumhaus, von der Art, wie er sich's immer erträumt hatte: wo Kitty ein paar Hühner halten und er selbst im Garten graben oder lange Spaziergänge über Land machen konnte. Doch kaum waren sie eingezogen, da merkte er schon, daß er sich gewaltig getäuscht hatte. Die Einsamkeit an den langen Abenden, wenn sich die Dämmerung auf das Tal niedersenkte, war etwas, das er nicht in Betracht gezogen hatte.

Er hatte sich bitterlich bei Kitty darüber beklagt, und sie hatte vorgeschlagen, daß er den Wagen kaufen sollte, doch auch das hatte seine zwei Seiten, denn er war ein nervöser Fahrer, und der alte Klapperkasten verlangte soviel Wartung wie ein Baby. Wenn er allein drinsaß, redete er ihm liebevoll zu; wenn er stehenblieb, weil er vergessen hatte, Benzin zu kaufen, dann stieß er mit dem Fuß nach ihm, und die Dörfler behaupteten sogar, sie hätten gesehen, wie er den Wagen mit Steinen bombardiert habe. Dies und die wohlbekannte Tatsache, daß er Selbstgespräche führte, wenn er durch den Wald zur Schule ging, hatte zu dem Gerücht Anlaß gegeben, bei ihm sei eine Schraube locker.

Er fuhr den Feldweg entlang und über die Brücke auf die Hauptstraße; dann hielt er vor dem kleinen Wirtshaus an der Ecke, dessen Besitzer, Tom Hurley, ein alter Freund von ihm war.

»Brauchst du irgendwas aus der Stadt, Tom?« rief er.

»Was ist denn los, Ned?« schrie drinnen eine Stimme, und Tom Hurley erschien persönlich, ein winziges Männlein, kugelrund und mit rotem Gesicht. Er schmunzelte mit allen Runzeln und Fältchen.

»Ich fahre in die Stadt und überlegte, ob ich dir vielleicht etwas besorgen könnte.«

»Ich glaube nicht, danke, Ned. Wir brauchten heute nichts weiter als Fisch, und den bringen uns schon die Jordans mit.«

»Um so besser«, erwiderte Ned grinsend. »Nicht gerade das, was man gern in seinem Wagen verstaut.«

»Ja, hast recht, zum Kuckuck!« rief Tom mit allen Zeichen größten Widerwillens. »Hab mir nie was aus dem verdammten Zeug gemacht. Du glaubst nicht, wie der ganze Laden danach stinkt! Aber was soll man denn sonst am Freitag kochen! – Kutschierst du bloß so zum Vergnügen hin?«

»Nein«, erwiderte Ned. »Es ist wegen Kitty. Ich muß den Doktor holen!«

»Aha!« sagte Tom und strahlte. »Ach du liebes Gottchen,

hoffentlich läuft alles gut ab! Komm doch rein und nimm einen Schluck!«

»Nein, danke, Tom! Ich glaube, ich fahre lieber weiter.«

»Ach, zum Teufel, du alter Sünder! Aus dem Wagen mit dir! Hab's schwer genug gehabt, dich abzulenken, als dein Erster geboren wurde!«

»Stimmt, Mann Gottes!« rief Ned überrascht und sprang hinter dem Wirt in die Gaststube. »Das hab ich ja ganz vergessen! Mit wem saßen wir doch damals zusammen?«

»Hoho, das waren Jack Martin und Owen Hennessey und der Freund von dir, der Kneipenbesitzer aus der Stadt, Cronin, ja, Cronin heißt er. Ja, ein gutes Dutzend wart ihr mir! Und hattet nicht mal die Tür abgeschlossen, ihr Teufelsburschen! 's hätt mich die Lizenz kosten können! Der Milchmann hat euch am nächsten Morgen entdeckt, wie ihr kreuz und quer auf dem Fußboden lagt.«

»Denk mal, Tom, das ist mir vollkommen entfallen! Mein Gedächtnis ist auch nicht mehr, was es war. 's kommt wahrscheinlich vom Alter!«

»Aber«, sagte der Wirt weise, »nach dem Ersten ist's nicht mehr das gleiche. Ist doch merkwürdig, wie einen das Erstgeborene um- und umkrempelt, was, Ned? Mein Gott, da denkt man, jetzt geht das Leben erst richtig an! Doch wenn das Zweite erscheint, bekommt man's schon mit der Angst, ob denn der Zauber nie aufhört. Gott verzeih mir, daß ich so rede«, flüsterte er und blickte über die Schulter, »meine Alte würde schön böse werden, wenn sie's hörte.«

»Trotzdem hast du recht, Tom«, meinte Ned und war erleichtert, weil er jetzt die Schwermut verstand, die sich in den letzten Wochen auf ihn gesenkt hatte – und dabei waren's noch Ferien! »'s ist nicht mehr das gleiche wie beim Ersten – und selbst bei dem ist's Einbildung. Es ist gerade so, wie wenn man sich verliebt und denkt, man hat die schönste Frau von der Welt erobert. Auch bloß einer von den netten Tricks unserer alten Mutter Natur: wir sollen glauben, daß wir tun, was uns Spaß macht, und in Wirklichkeit tun wir bloß, was *sie* will!«

»Hm, es heißt ja, wenn man erst Großvater ist, wird man für alles entschädigt.«

»Der Glaube macht selig«, erwiderte Ned und blies spöttisch durch die Nase, da er Mitleid mit sich selbst empfand, sobald er nur an sein Haus dachte, das seine Schwägerin, die üble Person, auf den Kopf stellte. Und wo sollte er nur wieder Geld herschaffen? Als ob nicht Haus und Wagen schon genug kosteten!

»Ach, es geht alles vorüber«, tröstete Tom. »Eines Morgens wachst du auf, und dein Erstgeborener bringt dir einen Enkel. Bin selbst auf dem besten Wege, zum Kuckuck!«

Ned trank aus, stieg in den Wagen und fuhr los. Seine Stimmung war noch trüber. Die Strecke zwischen seinem Haus und der Stadt war sehr hübsch: zu seiner Linken schimmerte unten der Fluß, und zu beiden Seiten stiegen in frischem Grün die Berge auf. Einerlei, ob er fuhr oder zu Fuß ging, für ihn war es immer eine Freude, weil die Stadt winkte. Es war nur eine kleine Stadt, aber sie hatte Geschäfte und Wirtshäuser und Villen mit elektrischer Beleuchtung und eine Wasserversorgung, die nicht im Mai regelmäßig versiegte, und allerlei nette Freunde, vom Pfarrer bis zum Polizeiinspektor. Aber heute wollte sich die Vorfreude gar nicht einstellen. Er begriff, daß die Begeisterung, Vater zu werden, ein einmaliges Erlebnis ist – und was sollte er sich jetzt schon aufs Großvaterwerden freuen? Es war ihm ohnehin sterbenstraurig zumute.

Gleichzeitig plagte ihn die Erinnerung an Tage, da er sorglos und froh gewesen war, ohne sich dessen ganz bewußt zu sein. Er war Freiwilliger gewesen und hatte mit einer Patrouille die Berge durchstreift und nicht gewußt, wo er die nächste Nacht schlafen würde. Damals war ihm das lästig erschienen, und vielleicht war es ja auch nur eine illusorische

Freiheit gewesen, genauso illusorisch wie die Begeisterung, wenn man zum erstenmal Vater wird. Immerhin – *mal* hatte er so empfunden und jetzt nicht mehr. Sein Denken war irgendwie mit Bergen und Höhen und freier Weite verknüpft, und jetzt schien sein ganzes Leben ins Tal gesunken zu sein. Auf dem braven Wege der Pflichterfüllung war er ins Tal gestiegen, hatte Verantwortung gesucht, war Schatzmeister im Hurling Club, Schatzmeister der republikanischen Partei, Sekretär von drei andern Organisationen ...

Er schüttelte trübselig den Kopf, während er auf die Bäume, den Fluß und die in den Hecken sich tummelnden Vögel schaute, und dachte: So ist sie, die alte Mutter Natur! Spiegelt uns vor, wir seien frei, und dabei biegt sie uns für ihre eigenen Zwecke zurecht, als ob wir Kühe oder Bäume wären. Ach je, was für ein Leben!

Es war ihm auch zuwider, mit dem Wagen durch die Stadt zu fahren: das machte ihn nervös, und dann sah er nicht, wer gerade unterwegs war. Deshalb parkte er den Wagen draußen vor der Stadt, vor Larry Cronins Wirtshaus, und ging nachher zu Fuß. Larry Cronin war ein alter Freund aus der Revolutionszeit; er hatte in die Kneipe eingeheiratet.

»Ich laß den Klapperkasten ein halbes Stündchen hier stehen, Larry«, rief er auch diesmal wieder, und es war bewundernswürdig, wie seine Stimme gleichzeitig Kummer ausdrückte, Larry belästigen zu müssen, und selbst ein schwergeplagter Mann zu sein.

»Komm doch her, Junge, komm doch her!« rief Larry, ein großer, herzlicher Mensch mit hübschem Gesicht und breitem Lachen, das sehr aufrichtig war, wenn Larry jemand gern hatte, und verdammt heuchlerisch, wenn das Gegenteil der Fall war. »Was, zum Teufel, hat dich so früh aus den Federn getrieben?«

»Mutter Natur, wie üblich«, seufzte Ned.

»Was heißt Mutter Natur?« fragte Larry, der die Bildersprache studierter Leute nicht verstand, aber schätzte.

»Ich meine Kitty. Muß den Doktor für sie holen. Hab dir doch gesagt, daß sie was erwartet.«

»Oh, alles Gute dann, mein Junge!« rief Larry. »Daraufhin mußt du einen Schluck nehmen. 's ist gut für die Nerven, mein ich. O je, was für eine Nacht das war, als dein Junge ankam!«

»Tja, was?« strahlte Ned. »Hab gerade mit Tom Hurley drüber gesprochen.«

»Weißt du noch – Jack Martin hat uns was vorgespielt –, den ganzen ersten Akt von Tosca, hol's der Teufel, mit Orchester und allem Drum und Dran!« Jack Martin war Musiklehrer. »Hast ihn wohl noch nicht gesehen, seit er wieder hier ist?«

»Nein, wo war er denn?« fragte Ned und sah von seinem Drink auf.

»In Paris, mein Sohn! Der redet dir was zusammen! Laß ihn bloß von Paris erzählen! Er kann Gott danken, wenn's der Priester nicht hört. Martin soll sich lieber in acht nehmen.«

»Martin braucht sich nicht in acht zu nehmen«, sagte Ned plötzlich verbittert – nicht so sehr wegen Jack Martin als wegen des Schicksals, das so ungerecht zu gewissenhaften Menschen wie ihm selber war. »Der Priester ist nett genug zu ihm.«

»Weiß Gott, Ned, du hast recht!« rief Larry. »Du oder ich, wir dürften uns das nicht erlauben. – Sag mal, du machst dir doch keine Gedanken wegen Kitty?« fragte er freundlich.

»Ach nein, Larry«, sagte Ned und fuhr sich über die Stirn. »Das ist es nicht. Es ist bloß, weil ein Mann sich in solchen Zeiten nur wie ein Rädchen in der Maschine vorkommt. Nichts als ein Botenjunge! Da sinken wir alle in die gleiche Bedeutungslosigkeit!«

»Haha, weshalb denn nicht? Oder willst du etwa das verdammte Baby selbst in die Welt setzen?«

»Ach, 's ist nicht bloß das. Aber man fängt einfach an zu grübeln.«

»Ja, tatsächlich, da hast du recht«, erwiderte Larry, der auf Grund seiner Erfahrungen in der Kneipe zu einer recht trübseligen Lebensphilosophie gekommen war. »Ja, in solchen Zeiten fängt man an zu grübeln: Menschen kommen, Menschen gehen, wie die Blumen auf der Wiese.«

Aber das war es erst recht nicht, was Ned meinte. Er dachte voller Schwermut an die verlorene Jugend, und was es wohl gewesen war, das sie so köstlich erscheinen ließ, und was nur seither mit ihm geschehen war.

»Och, das ist's auch nicht, Larry. 's ist bloß, daß man sich wundert, was mit einem geschehen ist. Man denkt an die Dinge, die man hat tun wollen im Leben und doch nie getan hat, und wenn man sie getan hätte, wäre einem anders zumute. Und da ist man nun, über vierzig, und das Leben ist vorbei, und 's ist gerade, als ob man mit der Heirat alle Unabhängigkeit verliert.«

»Wenn schon!« Larry hatte mit seiner angeheirateten Kneipe ein behagliches Nest gefunden und die Abenteuerlust verloren.

»Das ist der Köder«, sagte Ned trübe – »so erwischt einen eben die Natur!«

»Als dein Erstes geboren werden sollte, bist du vor Freude wie närrisch durch die Stadt gelaufen und hast Menschen gesucht, mit denen du feiern konntest«, sagte Larry, »und jetzt suchst du wohl jemand, der dich bemitleidet? Was zum Kuckuck hast du bloß gegen die Natur? Ist's denn nicht großartig, jemand um sich zu haben, mit dem man seine Sorgen teilen kann? Selbst wenn ›sie‹ dir hin und wieder mal einen Teller an den Kopf wirft? Kommt doch nicht so sehr aufs Porzellan an!«

»Du sehnst dich wohl nie nach den alten Tagen bei den Freiwilligen?«

»Ach, das war was andres«, sagte Larry. »Damals war alles anders. Weiß auch nicht, was zum Henker über unser Land gekommen ist.«

»Das gleiche, was über uns gekommen ist: das Alter! Aber schön war's damals!«

»Weiß Gott!« gab Larry zu.

»Wir konnten in einen Wagen springen und einfach vierzehn Tage wegbleiben, wenn wir Lust hatten. Das dürfen wir jetzt nicht.«

»Ach, wir waren eben wilde Füllen.«

»Wir waren nicht wild«, erwiderte Ned. »Wir waren frei! Jetzt wird unser Leben von Frauen dirigiert, genau wie früher, als wir kleine Jungen waren. Heute ist Freitag, und was bedeutet das? Tom Hurley draußen vor der Stadt wartet auf den Fisch. Du wartest auf den Fisch. Und ich geh heim und bekomme auch Fisch vorgesetzt, ob ich will oder nicht. Ein paar Wörtchen vor dem Altar, und für den Rest deines schönen jungen Lebens heißt es: freitags Fisch!«

»Aber Ned, was gibt's denn Besseres als frischen Fisch?« rief Larry und beugte sich über die Theke. »*Falls* er frisch ist, versteht sich! Man bekommt ihn nicht immer frisch. Lieber Himmel, vorige Woche in Kilkenny hab ich gebratene Scholle gegessen, die hat mich fast umgebracht. Sechsmal mußt ich aus dem Wagen, und das letztemal hab ich gezittert wie Espenlaub!«

»Und ich weiß noch, wie du in Tramore getan hast, als wärst du Protestant, und wie du Eier mit Speck bestellt hast.«

»Haha«, rief Larry, »es hat mich einfach wild gemacht, den Protestanten zuzusehen, wie die sich das Fleisch reinschaufelten! Und weißt du noch die Kellnerin? Die mir nicht glauben wollte, bis ich ihr das Vaterunser von rückwärts vorbetete?«

»Ja, die Frauen«, sagte Ned bitter, »die tun einfach alles, um einen Mann zum Fischessen zu zwingen. Und du hast dich ja vielleicht damit ausgesöhnt, Larry, aber ich nicht. Ich esse ihn, weil ich solch verdammtes Pflichtgefühl habe und weil ich Kitty keine Schwierigkeiten machen will. Doch jedesmal, wenn es Fisch gibt, fragt mich meine innere Stimme: Ned MacCarthy, bist du ein Mann oder eine Möwe?«

»Ja, ja«, seufzte Larry, »schön ist die Jugendzeit, alles, was recht ist! ... Komme schon, Hanna, komme schon!« rief er nach oben und zwinkerte Ned zu, um anzudeuten, daß es ihm Spaß mache. Aber Ned, der seinen Drink austrank, wußte ganz genau, daß Larrys Frau, die kleine Angsthäsin, bloß wissen wollte, was ihr Mann da gesagt hatte und ob er sich wirklich mal als Protestant ausgegeben und ein Ketzergebet gesprochen hätte, und dann würde sie es beichten und dem Priester alles erzählen ...

Nein, es war kein Leben, dachte Ned, als er fortging und den Hügel hinter der Kirche hinunterschlenderte, wobei er sich Schaufenster und Leute ansah, an denen er vorbeikam. Trotz seiner Niedergeschlagenheit empfand er es als schön, nach der Einsamkeit der Waldwege wieder einmal in der Stadt zu sein.

Plötzlich, als er an einem Wirtshaus vorüberging, klopfte ihm jemand auf die Schulter. Es war Jack Martin, ein kleiner, rundlicher, hitziger Mensch mit rosiger Babyhaut, einem schmucken grauen Schnurrbart und blauen unschuldigen Augen. Neds blasses Gesicht leuchtete vor Freude: von all seinen Jugendfreunden mochte er Jack Martin am besten leiden. Jack war ein begabter Mensch und besaß eine gute Bariton-Stimme. Seine Frau war einige Jahre nach der Heirat gestorben und hatte ihm zwei Kinder hinterlassen, aber er hatte nicht wieder geheiratet, sondern war ein treusorgender Vater. Doch ein- oder zweimal im Jahr, vor allem am Sterbetag seiner Frau, wurde es ihm zuviel, und er ging auf eine Kneipen-Tour, die stets sagenhafte Gerüchte im Gefolge hatte. Einmal hatte er einem Strolch, der in der Hauptstraße die Jahrmarktsflöte blies, Musikunterricht erteilt, und ein andermal, als seine Haushälterin ihm die Hose versteckt hatte, rutschte er die Regenrinne hinunter und erschien mitten in der Stadt in seinem Schlafanzug.

»MacCarthy, du alter Halunke!« rief Martin mit seiner schrillen Stimme begeistert. »Du wolltest dich verdrücken!

Komm hier in die Bar, ich muß dir was erzählen. Mein Jesus, du wirst staunen!«

»Wenn du zehn Minuten warten kannst, dann bin ich wieder da«, sagte Ned eifrig. »Ich muß bloß eine Kleinigkeit besorgen, und dann kann ich tun, was ich will.«

»Ach, verfluchte Geschichte! Bist du denn neuerdings zum Botenjungen geworden? Komm jetzt sofort, sag ich dir. Einen Drink mußt du haben, und dann überlasse ich dich deinem Schicksal. Du kannst's nie erraten, wo ich war. Wart nur, bis ich's dir erzähle!«

Ned meinte, daß fünf Minuten in der Bar leichter als zehn Minuten auf dem Bürgersteig seien, und ließ sich zu einem Tisch führen. Man sah es, daß Martin im Schwung war. Mit fieberhafter Vitalität sprang er an die Theke und suchte in seinen Taschen nach Kleingeld. Ned strahlte, als er ihm gegenüber Platz nahm. Er mochte Martin sehr gern, und draußen auf dem Lande war er so einsam, ganz ohne jemand, mit dem er sich unterhalten konnte. Da war es herrlich, einen Freund zu treffen, der vor Eifer platzte, von seinen Erlebnissen zu erzählen.

»Ned, du darfst dreimal raten, wo ich war!« begann er.

»Hm«, sagte Ned und tat nachdenklich, »es wird doch wohl nicht Paris gewesen sein?«

»Himmel, man kann doch in diesem Nest nichts tun, und schon wissen's alle. Nächstens wirst du mir die Damen beschreiben, die ich dort kennengelernt habe! Aber im Ernst, Ned, in der vergangenen Woche wurde mir etwas klar, was ich vorher nicht so scharf erkannt hatte: Menschen wie du und ich, wir vergeuden in diesem Lande nur unsere Zeit!«

»Und was könnte man sonst mit der Zeit anfangen?« fragte Ned plötzlich ernst.

»Ach, sprich nicht schon am Vormittag so verdammt philosophisch. So meinte ich es gar nicht.«

»Ich weiß, was du meinst«, sagte Ned selbstgefällig. »Es sind keine fünf Minuten her, daß ich mit Larry Cronin über das gleiche sprach und ihn an die Tage erinnerte, als wir alle zusammen im Wagen nach Tramore zu fahren pflegten.«

»Ach, das war auch Zeitvergeudung, Mann«, rief Martin ungeduldig. »In Landkneipen schlechten Porter trinken und Carmody zuhören, wie er die ›Rose von Tralee‹ singt! Das ist doch kein Leben! Wonach wir hätten trachten sollen, das ist Sonnenschein – Sonnenschein und Frauen und Wein und italienische Musik!«

»Und selbst wenn wir die gehabt hätten, wär's dann nicht immer noch das gleiche gewesen?«

»Rede doch nicht wie ein Pfarrer daher!« tadelte Martin. »Das Schlimme an dir und an mir ist, daß wir nie richtig gelebt haben!«

Nun hatte Ned zwar Jack Martin sehr gern und bewunderte ihn wegen seiner Vitalität, mit der er trotz seiner vierzig Jahre noch Idealen nachjagte, aber das durfte er ihm doch nicht durchgehen lassen, daß es im Grunde nur eine geographische Frage war.

»So ist es eben im Leben. Man denkt, man hat's, und dabei stellt sich's heraus, daß es gerade woanders ist. Genau wie mit den Frauen: das Mädchen, das man *nicht* heiratet, ist die ideale Ehefrau. Ich könnte mir vorstellen, daß es Leute gibt, die ihre Jugend in Paris verlebt haben und wünschen, sie hätten sie in einem Ort wie unserm hier verbracht. Nein, Jack, wir sollten uns an den Gedanken gewöhnen, daß das Leben nicht dort war, wo wir's suchten – einerlei, wo's gesteckt hat.«

»Aber um Gottes willen, Menschenskind, rede doch nicht, als ob wir fünfundneunzig wären«, protestierte Martin.

»Ich bin zweiundvierzig«, sagte Ned ruhig und bestimmt, »und ich habe keine Illusionen. Laß nur, ich bewundere dich schon«, fuhr er mit echter Begeisterung fort. »Du bist keine Kämpfernatur wie Larry und ich, und dabei hast du dich besser gewehrt als wir. Aber die Natur hat dich doch in den Klauen. Jetzt bist du obenauf, aber wie wird's nächste Woche sein? Ist alles bloß Mutter Natur, die aus dir spricht. Mich erwischt sie ebenfalls, wenn auch wieder anders. Ich fühle mich so untauglich fürs Leben. Hast ja selbst gesagt, ich sei bloß ein Botenjunge, und dabei bin ich noch nicht mal ein tüchtiger. Hier diskutiere ich mit dir in einer Kneipe herum, anstatt zu tun, was mir aufgetragen worden ist. Was es auch gewesen sein mag...!« fügte er lauter hinzu und lachte herzhaft, als ihm klar wurde, daß er im Moment – natürlich nur im Moment – seinen Auftrag komplett vergessen hatte. »Da hast du's«, fuhr er eifrig fort, »da haben wir das beste Beispiel! Ich hab vergessen, weshalb ich in die Stadt kam. Ist doch nicht zu glauben!«

»Ach was, du hast's bloß vergessen, weil es nicht wichtig war, Mann«, sagte Martin, der nun gerne endlich von Paris erzählen wollte und die Abschweifungen nicht länger aushalten konnte.

»Da hast du wieder unrecht«, sagte Ned und erwärmte sich allmählich für das Problem. »Für dich und mich war's nicht wichtig, aber für die Natur war es wichtig. *Wir* sind unwichtig! Was war's denn nur für ein verdammter Kram? Einen Moment! Muß nur mal die Augen schließen und meinen Kopf ganz leermachen. Meine Methode, wenn ich mich auf etwas besinnen will!«

Er schloß die Augen und lehnte sich entspannt in den Stuhl zurück, konnte aber trotz seiner selbstgewollten Trance sehr gut hören, wie Martin ungeduldig gegen sein Glas klopfte.

»Zwecklos«, sagte er. »Ist doch ganz erstaunlich, wie sowas verschwinden kann, als hätte sich der Erdboden aufgetan und es verschluckt. Und es gibt rein nichts in der Welt, womit man's zurückholen könnte, und dann, urplötzlich und ohne den leisesten Grund, ist's wieder da. Ich las neulich einen Aufsatz von einem deutschen Arzt, der behauptet, man vergißt manche Dinge, weil es uns unangenehm ist, daran zu denken.«

»War es vielleicht wegen des Haareschneidens?« fragte Martin und blickte sich Neds Haare an. »Auf Haareschneiden sind sie ganz versessen.«

Ned griff sich flüchtig ins Haar und schüttelte den Kopf. Er war ein ordentlicher Mensch und ließ sein Haar nie zu lang werden.

»Oder wegen eines Anzugs?« forschte Martin weiter. »Anzüge nehmen sie auch furchtbar wichtig. Meine Haushälterin liegt mir dauernd damit in den Ohren, ich müßte einen neuen Anzug haben.«

»Nein«, sagte Ned und zog die Brauen zusammen. »Ich glaube nicht, daß es etwas war, was meine eigene Person betraf.«

»Oder für deinen Jungen? Schuhe oder dergleichen?«

»Da – eben fuhr mir etwas durch den Kopf!« Ned schloß wieder die Augen.

»Wenn es das auch nicht ist, sind's bestimmt Lebensmittel.«

»Ausgeschlossen«, erwiderte Ned. »Williams schickt sie jeden Freitag ins Haus.«

»Aber wenn es sich weder um Haareschneiden noch um Anzüge handelt, dann muß es etwas Eßbares sein«, meinte Martin. »*Etwas* vergessen sie nämlich immer: Brot oder Butter oder Milch.«

»Das könnte ja sein«, erwiderte Ned unsicher, »aber irgendwie klingt es doch verkehrt. Und überhaupt: falls der deutsche Arzt recht hat – was wäre da wohl Unangenehmes dran?«

»Ich hab's!« rief Martin triumphierend. »Fisch!«

»Fisch?« wiederholte Ned, und es schien ihm, als bewege man sich auf vertrauten Pfaden.

»Freitags Fisch! Das muß es sein!«

»Das könnte es wohl sein«, sagte Ned verblüfft. »Und ich habe tatsächlich mit Tom Hurley und Larry Cronin über Fisch gesprochen und gesagt, daß ich ihn nicht gern habe.«

»Gern essen? Kann das verdammte Zeug nicht ausstehen! Aber die Haushälterin muß Fisch kaufen, wegen der Kinder!«

»Ja, Fisch, das muß es wohl gewesen sein«, sagte Ned, obschon er noch immer nicht ganz überzeugt war. »Mir ist, als müsse es mit Fisch zu tun haben ... etwas Unangenehmes. Es handelte sich nicht direkt um Fisch, aber um etwas sehr Ähnliches. Ich will jetzt lieber gehen und ihn besorgen, solange ich noch dran denke, sonst vergesse ich's wieder.«

»Und auf jeden Fall, ob's nun stimmt oder nicht, wird sie es als gutgemeint auffassen«, beruhigte ihn Martin. »So wie bei Blumen.«

»Ist doch erstaunlich«, sagte Ned und schüttelte wieder den Kopf. »Wir haben ein Gehirn, über das wir weniger Kontrolle als über unsern Wagen haben. Sollte man nicht meinen, die moderne Wissenschaft mit all ihren Hilfsmitteln könnte etwas herausfinden, um ein schlechtes Gedächtnis zu kurieren?«

Die beiden Freunde gingen die Straße bergab und kauften den Fisch; dann kehrten sie in die Kneipe zurück und nahmen ihre Unterhaltung wieder auf. Ned hatte es inzwischen aufgegeben, noch länger daran herumzutüfteln, weshalb er eigentlich in die Stadt gefahren war. Er wußte, daß es ihm wieder einfallen würde, wenn er am wenigsten darauf gefaßt war, und er hoffte, daß es der Fisch war. Eine ganze Stunde lang hörte er sich Martins Abenteuer an und bedauerte von neuem, daß sein überfeines Pflichtgefühl es ihm unmöglich machte, derartige Abenteuer zu erleben.

Als sie gingen, rief ihnen der Barmann etwas nach. »Mr. MacCarthy«, rief er, »Sie haben Ihr Päckchen vergessen!«

Ned lachte triumphierend: »Siehst du wohl? Der deutsche Arzt hat recht! Wir vergessen etwas, weil wir's vergessen *wollen!* Es muß tatsächlich Fisch gewesen sein.«

Johnny baute sich ein Haus

Johnny Desmond trat jeden Morgen ungefähr um die gleiche Zeit aus seiner Ladentür und blickte forschend straßauf und straßab. Er glich einem alten Kater, der sich nach einem Mittagsschläfchen gründlich reckt. Seine alte Mütze saß ihm schief auf dem Kopf, die beiden Hände steckten in den Hosentaschen, und zuerst inspizierte er den Himmel, dann inspizierte er das Ende von der Hauptstraße, das in den Platz mündete, dann das Ende mit der Abtei, und danach folgten eine Menge kleine Privat-Inspektionen bei andern Läden und bei vorübergehenden Leuten. Johnny besaß die beste Kolonialwarenhandlung des Städtchens, ein Mann, der vom Land hereingekommen war, ohne etwas zu besitzen, ja, sozusagen ohne einen Stiefelknopf. Er hatte ein rotes Gesicht, das Gesicht eines zum Schlafanfall Neigenden, und es erinnerte an einen Plumpudding, den man von oben und von unten her zusammengequetscht hatte, bis er seitlich herausquoll, so daß die Gesichtszüge abgeplattet und die beiden Augen zu Schlitzen verengt waren. Und als ob das noch nicht genügte, sah er einen unter dem Schirm seiner Mütze hervor genauso an, als ob man ein Autoscheinwerfer wäre: das rechte Auge hochgezogen und das linke zusammengekniffen, bis das ganze Gesicht so verschrumpelt wie ein Bratapfel war.

Eines Morgens nun, als Johnny zur Abtei hinunterspähte, wen sah er da, wenn nicht eine hübsche Frau in einem weißen Mantel, die mit den Händen in den Manteltaschen und gesenktem Kopf auf ihn lossteuerte. Es war eine Frau, die ihm seines Wissens noch nie vor die Augen gekommen war, und er starrte sie an und grüßte sie, und dann stand er da und blickte ihr mit dem linken, zusammengekniffenen Auge nach, als sei er noch immer ein bißchen von ihren Scheinwerfern geblendet.

»Tom!« rief er, ohne sich umzudrehen.

»Ja, Mr. Desmond«, antwortete sein Kommis vom Ladentisch her.

»Wer ist das, Tom?« fragte Johnny.

»Das ist der neue Doktor«, antwortete Tom.

»Doktor?« sagte Johnny, und sein Kopf flog herum.

»Fräulein Doktor O'Brien von der Armen-Apotheke.«

»Was sind das für O'Briens, Tom?«

»Die von Mickey ›Geizkragen‹«, sagte Tom.

»Von Mickey in Asragh?« rief Johnny aus, als könne er es gar nicht glauben.

Von da an wartete er jeden Vormittag auf sie, und manchmal schlenderte er sogar neben ihr her die Straße hinauf, kullerte neben ihr her wie ein Whiskyfaß auf Rollen und klimperte mit dem Kleingeld in seiner Hosentasche.

»Tom!« rief er, wenn er zurückkam.

»Ja, Mr. Desmond?« sagte Tom.

»Das nenn ich Rasse«, brummte Johnny.

»Sie ist scharf auf Bier«, sagte Tom.

Aber Bier hin, Bier her – Johnny war übrigens kein Bierfreund –, sie hatte Eindruck auf ihn gemacht. Er bestellte sich einen neuen weichen Hut und einen neuen braunen Anzug, und darüber legte er eine neue goldene Uhrkette und begab sich eines Abends in die Pension der Ärztin. Er wurde ins Besuchszimmer geführt. Besuchszimmer fand Johnny stets reizvoll. Ganz abgesehen von den Möbeln, die allein schon ein Studium wert sind, muß ein Zimmer voller Fotografien einen Mann mit wißbegieriger Natur in lebenslängliche Aufregung versetzen. Sie kam und wirkte in ihrer gelben Bluse recht üppig, und zu seiner Freude sah er, daß sie die neue goldene Uhrkette auf den ersten Blick bemerkt hatte. Sie war eher scheu, und meistens gönnte sie einem nicht viel mehr als einen hastigen Blick – aber das war einer, der versengen konnte! Das mochte er an ihr. Er hatte es gern, wenn ein Mädchen nicht dumm war.

»Wahrscheinlich sind Sie erstaunt, mich hier zu sehen?« fragte Johnny.

»*Arrah*, ich freue mich sehr«, sagte sie mit hoher, singender Stimme, wie die Leute in Asragh sprechen. »Hoffentlich ist es nichts Ernstliches?«

»Ach, sehen Sie«, sagte Johnny, der manchmal ein Spaßvogel sein konnte, »Sie haben's gleich erraten! 's ist das elende Herz!«

»Oh, wollen Sie mich zum Narren halten?« fragte sie mit erschrockener Miene und gesenktem Kopf.

»Ih, zum Teufel!« sagte Johnny, der über den Empfang begeistert war. »'s ist mir ernst genug, und ich kenne sonst niemand, dem ich trauen würde.«

»Wahrscheinlich Verdauungsstörungen«, sagte sie. »Schlafen Sie gut?«

»Mäßig«, erwiderte Johnny.

»Leiden Sie an Herzklopfen?«

»Es hämmert nur so«, sagte Johnny und machte ihr vor, wie sehr sein Herz pochte.

»Ach, hören Sie bloß auf!« rief sie und zog die Store halb herunter, wobei sie einen Blick auf die Straße warf. »Machen Sie das dumme Hemd auf, und lassen Sie mich mal sehen!«

»Oh, dafür bin ich zu schüchtern!« sagte Johnny und trat zurück.

»Zum Kuckuck mit Ihrer Schüchternheit«, rief sie. »Was wollen Sie mir noch alles weismachen? Knöpfen Sie's auf, oder soll ich's aufreißen?«

»Und überhaupt kann man's gar nicht mit dem Sprachrohr feststellen, was meinem Herzen fehlt«, fuhr Johnny vertraulich fort. »Setzen Sie sich hin, damit ich Ihnen alles erkläre.«

»*Wisha*, zum Teufel mit Ihnen und Ihren dummen Witzen!« rief sie. »Möchten Sie einen Schluck Whisky – wenn Sie's auch weiß Gott nicht verdient haben!«

»Whisky?« kicherte Johnny. »Hör ich recht? Geben Sie mal ein Schlückchen her, damit ich sehe, wie er ist!«

»Da haben Sie ja ein neues Zigarettenetui!« sagte sie, als er ihr Zigaretten anbot. »Ist es aus Silber?«

»Natürlich!« sagte Johnny.

»*Arrah*, Johnny«, sagte sie und verdrehte die Augen, als sie das Streichholz anzündete, »Sie scheinen sich ja im Geld zu wälzen?«

»Natürlich«, sagte Johnny.

Er nahm sein Glas, steckte den einen Daumen ins Ärmelloch von seiner Weste und wartete, bis sie auf dem Sofa Platz genommen hatte. Das goldbraune Haar fiel ihr lose auf die Schultern, und die Beine, über die sie den Rock zog, waren die schönsten in der ganzen Grafschaft. Er lehnte sich in seinen Sessel zurück und verzog die Lippen, um sie geschmeidig zu machen.

»Ich bin fünfzig«, sagte er zum Ofenschirm. »Fünfzig oder daherum«, erklärte er ihr. »Ich bin ein wohlhabender Mann. Ich bin nie auch nur einen Tag krank gewesen, abgesehen von dem Bruch, den ich vor zwölf Jahren hatte. Es kam daher, weil ich eine alte Kiste vom Laden auf den Lastwagen hievte.«

»Sind Sie operiert worden?« fragte die Ärztin.

»Ja.«

»Hat's Caulfield gemacht?«

»Doch nicht *der* Bursche!« rief Johnny verächtlich. »Von dem würd ich mir noch nicht mal einen Knopf annähen lassen. Ich hatte einen Chirurgen. Zweiundvierzig Pfund hat er mir abverlangt!«

»Zweiundvierzig?« wiederholte sie. »Sicher hat er Sie kommen sehen!«

»Und noch sechzehn für die Klinik«, sagte Johnny erbost. »Ich kann mein Geld nicht so leicht verdienen! Einerlei, jedenfalls hab ich bei meiner Arbeit nie viel ans Heiraten gedacht, und außerdem passen mir die Mädchen hier in unserer Stadt überhaupt nicht.« Er lehnte sich über den Tisch, ihr entgegen, und hatte die Hände gefaltet. »Für so einen Mann wie mich«, sagte er, »sollte es schon eine Frau mit ein bißchen

Rasse sein, aber die Frauen in unserer Stadt, die nett sind, haben keine Rasse, und wenn sie Rasse haben, sind sie nicht nett. Gott mag's wissen«, rief er entrüstet und fuhr mit der Hand durch die Luft, »was zum Donnerwetter sie mit den Mädchen in der Klosterschule machen, daß sie nie zu einem Lachen bereit sind. Vor lauter Vornehmheit platzen sie noch. Aber Sie sind anders. Sie sind nett, und Sie haben auch Bildung.«

»*Arrah,* stille, Johnny!« sagte die Ärztin und richtete sich auf. »Was fehlt Ihnen eigentlich? Sie wollen mir doch wohl keinen Heiratsantrag machen?«

»Genau das, und nicht weniger«, sagte Johnny eigensinnig.

»Da kann ich Ihnen sofort einen Korb geben«, sagte die Ärztin, und der Asragh-Singsang in ihrer Stimme ging nach unten und wieder hinauf wie ein Sturzflieger. Ein reizender Tonfall im Munde eines hübschen jungen Mädchens – falls sie einen nicht gerade zum Teufel schickt. »Barmherziger Gott, Johnny, Sie sind ja alt genug, um mein Vater zu sein!«

»Wenn ich älter bin, dann bin ich auch solider«, sagte Johnny, dem die Wendung, die das Gespräch genommen hatte, durchaus nicht behagte.

»Ach«, sagte sie, »der Felsen von Cashel ist auch solide, und aus Geschichte hab ich mir nie viel gemacht.«

»Sie müßten eben mit Ihrem Vater darüber sprechen«, sagte Johnny listig. »Dann werden Sie schon sehen, was er Ihnen fur einen Rat gibt. Er ist der gescheiteste Geschäftsmann auf dieser Seite vom Globus, und bedenken Sie, daß der Mann, der Ihnen das sagt, auch nicht auf den Kopf gefallen ist.«

»Oh, Johnny«, bat sie, »können Sie denn nicht Vernunft annehmen? Mit dem alten Feilschen zwischen Vätern ist's weiß Gott schon seit fünfzig Jahren vorbei und fertig. Im ganzen Land können Sie kein Mädchen finden, das sich in *der* Beziehung von ihrem Vater am Gängelband führen läßt.«

»Tatsächlich?« staunte Johnny und war etwas verblüfft.

»Ach, aber natürlich, Johnny! Barmherziger Gott«, sagte

sie mit dem gleichen Sturzkampfflieger-Schwung in der Stimme, »'s ist doch das einzige bißchen Spaß, das wir im Leben haben, nicht wahr?«

»Ja, ich begreif's«, antwortete Johnny, was zu bedeuten hatte, daß er es überhaupt nicht begriff. Er stand auf, bohrte die Hände in die Hosentaschen, studierte das Teppichmuster und drehte sich auf dem einen Absatz herum.

»Es kann natürlich sein«, fuhr er mit Leidensmiene fort, »daß Sie über meine Vermögensverhältnisse falsch unterrichtet wurden. Selbst Ihr Freund, der Bankverwalter, weiß nicht, wieviel ich habe. Er kennt noch nicht mal die Hälfte meines Vermögens.«

»Pfui«, rief sie wütend, sprang auf und funkelte ihn an, »Con Doody hat Ihren Namen nicht ein einziges Mal in den Mund genommen! Und ich gebe nicht *soviel*« (sie schnippte mit den Fingern) »für all Ihr dummes Geld!«

»Und Sie wollen nicht mit Ihrem Vater darüber sprechen?« fragte Johnny finster.

»Ich denke nicht im Traume daran!« erwiderte die Ärztin.

»Es war nicht böse gemeint«, sagte Johnny sehr steif. »Verzeihen Sie die Anfrage!« Und er ging aufgebracht fort.

Als sie am nächsten Morgen auf dem Wege zur Armen-Apotheke an seinem Geschäft vorüberkam, ließ er sich nicht in der Ladentür blicken, und die Ärztin, die mittlerweile zu bedauern anfing, daß sie ihn so behandelt hatte, geriet daraufhin in eine solche Wut auf ihn, daß sie am Abend bei der Bridge-Partie den andern alles erzählte.

Immerhin hatte Johnny einen Zug in seinem Wesen, den man unbedingt bewundern mußte, und das war seine Hartnäckigkeit. Er war ein Mann, der endlos lange ohne eine bestimmte Sache auskommen konnte, vorausgesetzt, daß er nicht daran dachte. Aber sowie es ihm dann in den Sinn kam, hatte er keine Ruhe mehr. Ein Monat verging, der zweite verging, und Johnny hörte nicht auf, daran zu denken, und so ging er eines schönen Tages zum jungen O'Connor, dem besten Architekten der Grafschaft.

»Ich habe doch da«, sagte Johnny, stützte seine beiden fleischigen Arme auf den Tisch und schielte mit dem linken Auge nach oben, während er die Unterlippe vorstülpte, »ich habe da ein paar Häuser an der Ecke von der Skehanagh Road – was für ein Haus könnten Sie mir wohl daraus bauen?«

»Meine Güte, Johnny, das weiß ich wirklich nicht«, sagte O'Connor freundlich, »falls Sie sie nicht dem Altertumsmuseum vermachen wollen?«

»Ich will sie abreißen lassen«, entgegnete Johnny.

»Aha«, sagte O'Connor, lehnte sich in seinen Sessel zurück und faltete die Hände. »Da könnte man recht was Hübsches hinstellen, falls Sie Mieter dafür haben.«

»Denken Sie nicht an Mieter«, erwiderte Johnny. »Was mir im Sinn schwebt, ist ein Laden.«

»Was für ein Laden?« fragte O'Connor mit noch stärkerem Interesse.

»Hauptsache, daß *ich* es weiß – Sie werden's dann schon merken«, sagte Johnny und lachte grimmig. »Ich brauche einen neuen Laden und auch ein neues Haus.«

»Und was für ein Haus es sein muß, das soll ich dann wohl auch allmählich merken?« fragte O'Connor unschuldig.

»Wieviel Zimmer sind im Haus von dem Bankverwalter?« fragte Johnny.

»Doodys Haus? Aber das ist ein Riesenkasten!«

»In der alten Bude, die ich jetzt habe, hat nicht mal 'ne Katze Platz«, entgegnete Johnny.

»Ach so«, meinte O'Connor trocken, »Sie wollen sich jetzt Katzen halten!«

Aber Johnny wollte sich keine Katzen halten, sondern Drogen. Er wollte eine Drogerie eröffnen – was man wirklich nicht von einem Mann vermuten konnte, der in seinem Leben höchstens Teerseife oder Rizinusöl verkauft hatte. Das Haus wurde eine ganz große Sache. O'Connor hatte in jeder Hinsicht freie Hand: er suchte die Möbel aus, und er hätte wohl auch noch die Bilder ausgesucht, wenn er nicht im Scherz lauter ›Alte Meister‹ vorgeschlagen hätte, da sie für einen Junggesellen am passendsten seien. Daraufhin brauste Johnny auf und sagte, die Bilder könnten warten, es eile ihm nicht damit.

Am Abend, als die Drogistin ankam, holte er sie mit dem Auto an der Bahn ab. Sie war eine sehr hübsche junge Dame, die gerade die Lehre hinter sich hatte, sehr groß und elfenhaft, mit riesengroßen dunklen Augen und von nettem, liebenswürdigem, damenhaftem Benehmen. Johnny hatte das Dienstmädchen – und sich selbst – halb verrückt gemacht mit Vorbereitungen im Haus, damit alles für die junge Person recht war: Blumen auf dem Frisiertisch, frische Handtücher, das Wasser brühheiß ... Wenn er so etwas vorhatte, glich er einer Henne, die ein Ei legen will: er schnoberte in der Küche herum und hob Sachen auf und fragte, wozu man sie brauchte. Während die junge Dame oben in ihrem Zimmer war, lief er von einem Zimmer ins andere und blieb dann mit schiefem Kopf in der Halle stehen und horchte, was die Drogistin wohl mache. Er stand noch in der Halle, als sie strahlend glücklich die Treppe herunterkam. Kein Wunder, denn sie hatte genug schreckliche Geschichten gehört, wie Kolleginnen von ihr in irischen Kleinstädten hausen mußten.

»Ist alles recht?« brummte Johnny.

»Oh, herrlich, Mr. Desmond, danke vielmals«, antwortete sie fröhlich. Noch nie war Johnny einem Mädchen mit so reizenden Manieren begegnet.

»Falls Sie irgend etwas brauchen, verlangen Sie es nur!« sagte er. »Das Dienstmädchen ist neu. Sie könnte etwas vergessen. Möchten Sie einen kleinen Schluck Sherry?«

»Oh, furchtbar gern, Mr. Desmond«, sagte sie, und er führte sie ins Wohnzimmer. O'Connor hatte es wunderschön möblieren lassen. Sie hielt die Hände ans Feuer, während er den Sherry einschenkte.

»Auf Ihr Wohl!« sagte er.

»Wohlsein!« erwiderte sie. »Mein Gott, wenn Pappi mich jetzt sehen würde!«

»Wieso?« fragte Johnny.

»Oh, Pappi ist gräßlich«, erzählte sie. »Er ist so furchtbar streng. Er erlaubt uns überhaupt nichts. Wir dürfen nichts anderes lesen als lauter fromme Bücher, und jeden Abend müssen wir Punkt zehn zu Hause sein.«

»Meine Güte!« sagte Johnny und kicherte, »da muß ich also gut auf Sie aufpassen!« Doch er hörte nur mit halbem Ohr zu, denn seine Gedanken waren schon beim Abendessen, weil er Angst hatte, es könne etwas schiefgehen. Bei Tisch schenkte er ihr auch wieder ein – diesmal war's Rotwein, und je mehr sie trank, um so damenhafter wurde sie.

»Geht es Mrs. Desmond nicht gut?« fragte sie freundlich und legte ihr hübsches Köpfchen etwas auf die Seite.

»Weeem?« fragte Johnny und schrak zusammen. Im stillen hatte er gerade Gott gedankt, daß der Gang mit dem Fleisch ordentlich gewesen war – und bei der Süßspeise machte es nicht soviel aus, wenn sie verpatzt war.

»Mrs. Desmond!« wiederholte sie. »Ihre Frau, meine ich.«

»Haha«, kicherte Johnny, dem es beim Rotwein allmählich warm ums Herz wurde, »nur der Posten in der Drogerie ist besetzt. Der andere ist noch offen.«

»Wollen Sie damit sagen, daß Sie nicht verheiratet sind?« rief sie.

»Ich bin so frei wie die Vögel in der Luft, mein gutes Kind«, sagte Johnny. Es fiel ihm nicht auf, daß sie plötzlich ganz still wurde. Er war zu sehr mit sich selbst zufrieden. Das Abendessen war glänzend verlaufen, und als sie ins Wohnzimmer zurückkehrten, um dort den schwarzen Kaffee zu trinken, war Johnny so richtig in Fahrt. Er maß das Zimmer mit langen Schritten aus, hatte die Zigarette in der hohlen Hand und erzählte seiner neuen Drogistin von dem Geschäft an der Hauptstraße, mit dem er zu Wohlstand gekommen war, und von der einzigen anderen Drogerie in der Stadt (die einem armen Teufel von Chemiker gehörte, der den verkehrten Leuten Kredit gab und nicht wußte, wo und wie er zu Gelde kommen konnte). Johnny hatte alles auskalkuliert. Ein Mann konnte der beste Chemiker von der Welt und doch ein schlechter Geschäftsmann sein. »Und dann gibt's hier drei Ärzte«, erzählte er. »Woolley und Hyde und eine Ärztin namens O'Brien. Die ist in der Armen-Apotheke. Ihr Vater ist schwerreich. Wahrscheinlich hat er ihr zu dem Posten verholfen.«

»Mr. Desmond«, säuselte die neue Drogistin und erhob sich, »hoffentlich macht es Ihnen nichts aus, wenn ich schnell in die Kirche hinüberlaufe, um zu beten?«

»In die Kirche?« rief Johnny erstaunt, denn sein Gehirn arbeitete nicht allzu rasch.

»Nur eine Minute«, sagte sie eifrig.

»Aber es regnet ja in Strömen, Kind«, sagte Johnny ärgerlich und trat ans Fenster. »Sie werden bis auf die Haut naß!«

»Oh, ich habe Regen gar zu gern«, erwiderte sie. »Bestimmt, Sie können's mir glauben!«

»Dann warten Sie wenigstens einen Augenblick«, murrte er. »Ich fahr Sie in meinem Wagen hin!«

»Oh, nein, nein«, rief sie nervös. »Wirklich nicht! Ich möchte lieber allein gehen.«

»Na, wie Sie wünschen«, brummte Johnny erregt und verwirrt und aufgebracht. Alles schien so großartig zu gehen, und plötzlich und ohne jeden ersichtlichen Grund ging es schief! Er stand in der Halle, als sie in den Regen hinausging, und dann blickte er ihr noch nach und schrie: »Machen Sie nicht so lange!« Sein Pudding-Gesicht war vor Ratlosigkeit ganz zerknittert. Um neun Uhr! Was sollte das bloß für einen Sinn haben? Er nahm die Zeitung zur Hand und ließ sie jedesmal sinken, sooft er einen Frauenschritt hörte. Die Kirche lag nur ein paar hundert Meter entfernt am andern Ende der Hauptstraße. Um zehn Uhr erhob er sich und begann mit den Händen in den Hosentaschen im Zimmer auf und ab zu gehen. Wenn sie jetzt nicht nach Hause kam, hatte der Teufel die Hand im Spiel, denn die Kirche wurde um zehn geschlossen. Der Schweiß trat ihm auf die Stirn, und er verwünschte sich und sein Mißgeschick. Die Rathausuhr schlug elf. Er hörte, wie das Dienstmädchen nach oben ging und sich zu Bett begab. Nun überfiel ihn die Verzweiflung. Elf Uhr – das bedeutete einen Skandal in der kleinen Stadt. Die Frauen brachten nichts als Unglück über ihn. Was für ein Pechtag war es doch für ihn gewesen, als er zum erstenmal eine Fremde in der Stadt sah! Ja, es war die Ärztin, die hinter all seinem Pech steckte. Dann hörte er ein sich näherndes Auto, und sein Herz begann zu hämmern. Alle Verwünschungen, die er in den letzten paar Stunden vor sich hingemurrt hatte, stiegen wieder auf, und nach einem wütenden Blick auf die Uhr sprang er an die Haustür, denn er war fest entschlossen, der Drogistin gehörig die Meinung zu geigen, wenn sie um diese Nachtstunde noch mit einem Mann unterwegs war. Der Wagen hielt am Randstein, der Motor wurde abgestellt, die Lampen brannten weiter. Was für Schandtaten plante sie jetzt?

»Sind Sie das?« fauchte er los und lehnte sich in den peitschenden Regen hinaus.

»Warum?« fragte eine Frauenstimme. »Haben Sie auf mich gewartet?« Und damit öffnete sich die Wagentür, und Fräulein Doktor O'Brien kam schutzsuchend über den Bürgersteig gehüpft.

»Ist der Drogistin etwas zugestoßen?« fragte er entsetzt.

»Wem?« erwiderte die Ärztin, kniff im hellen Lichtschein die Augen zusammen und streifte die Autohandschuhe ab. »Ich verstehe nicht, wovon Sie sprechen! Wollen Sie mich nicht auffordern, einen kleinen Schluck zu mir zu nehmen?«

»Der Whisky steht auf der Anrichte«, kläffte Johnny halb von Sinnen. »Nehmen Sie sich welchen und lassen Sie mich in Ruhe! Ich dachte, Sie wären meine neue Drogistin.«

»*Wisha,* Johnny, kommt sie immer so spät nach Hause?« fragte die Ärztin ganz bestürzt und füllte sich ihr Glas.

»Sie ist in die Kirche gegangen, um zu beten«, knirschte Johnny zwischen den Zähnen hervor. »Aber das war vor drei Stunden!« schloß er wie ein Donnerwetter.

»Vor drei Stunden?« wiederholte sie, auf die Anrichte gestützt. In dem enganliegenden Kostüm und mit den goldbraunen Locken, die sich unter dem frechen Hütchen hervorstahlen, sah sie millionenmal hübscher aus, als Johnny sie je gesehen hatte. »Da muß sie ja mittlerweile eine Unmenge Gebete aufgesagt haben! *Arragh,* Johnny, so eine Betschwester möcht ich aber nicht den lieben langen Tag um mich haben! Die würde Sie ja nur plagen mit ihrer Frömmigkeit!«

»Hölle und Teufel, Frau!« brüllte Johnny los und unterbrach sein bärenhaftes Umhertapsen im Zimmer, »die Kirche wird schon um zehn geschlossen!«

»Und so was passiert gleich an ihrem ersten Abend!« rief die Ärztin und sperrte den Mund auf. »Oh, mir scheint, sie muß Alkohol getrunken haben! Versuchen Sie doch mal, die Polizei anzurufen, Johnny!«

»Alkohol?« sagte Johnny. »Alkohol hat sie nicht bekommen – nur ein paar Glas Wein zum Abendessen.«

»Ein paar Glas Wein zum Abendessen?« fragte die Ärztin ungläubig. »Was denn sonst noch? Ist ja das reinste Märchen! Und was ist dann geschehen?«

»Dann hat sie gesagt, sie wolle in die Kirche und beten«, antwortete Johnny und wußte genau, wie seltsam es klang.

»Wo sie hier den Wein und alles hübsch bei der Hand hat?« rief die Ärztin. »*Arrah,* Johnny, Sie müssen mich ja für eine regelrechte Idiotin halten! Sie erzählen mir nicht alles! Los, erzählen Sie mir die *ganze* Geschichte! Was haben Sie dem armen Mädchen getan, um sie in einer solchen Nacht aus dem Haus zu jagen?«

»Ich?« rief Johnny entrüstet. »Ich habe ihr überhaupt nichts getan!«

»Haben Sie sie nicht ein bißchen getätschelt oder so was Ähnliches?«

»Ob ich was...« donnerte Johnny in größter Wut los. »Gehen Sie mir bloß aus den Augen, Sie Spottvogel, Sie! Ich habe keine Zeit für Frauenzimmer mit Hintergedanken!«

»Mit Hintergedanken?« fragte die Ärztin. »Wenn Sie hier beide bei Wein und Whisky auf Sofas und Kissen mit weiß der Teufel was sonst noch sitzen? Wieso kann ich wissen, wozu Sie fähig sind, wenn Sie ein paar Whiskys im Leibe haben? Dann werden Sie vielleicht genauso munter wie die andern Männer auch! – Wohnt sie hier bei Ihnen, Johnny?« fragte sie voller Interesse.

»Wo sollte sie denn sonst wohnen?« knurrte Johnny.

»Wenn *Sie* nicht verheiratet sind?« sagte die Ärztin vorwurfsvoll. »Das wird ihr wohl auf dem Gewissen gelegen haben, und da ist sie gleich zur Beichte gegangen.«

»Was wollen Sie damit sagen, zum Teufel?« fragte Johnny und stand stockstill, wie ein unbändiges Pferd, das der Zureiter müde geritten hat.

»*Wisha,* Johnny, wollen Sie denn nie ein klein bißchen Vernunft annehmen?« fragte sie mitleidig. »In Ihrem Alter sollten Sie doch verdammt gut wissen, daß Sie in so einer Kleinstadt ein achtzehnjähriges Mädchen nicht in Ihrem Haus wohnen lassen können?«

»Aber Gott im Himmel«, sagte Johnny mit kreideweißem Gesicht und ängstlich flüsternd, während er flehentlich die Hände rang, »ich habe doch dem Mädchen nichts zuleide tun wollen!«

»Und wieso erwarten Sie, daß sie das ahnen konnte?« fragte die Ärztin. »Sie ist jetzt in meiner Pension, wenn Sie's wissen wollen, und weint sich bei der alten Pensionsinhaberin die Seele aus dem Leib. Vielmehr tat sie's, als ich wegfuhr. Mittlerweile ist sie wahrscheinlich betäubt oder tot, denn ich hab ihr genug Beruhigungsmittel verabfolgt, um einen ganzen Tanzboden zur Ruhe zu bringen! Geben Sie mir jetzt ihre

Sachen, damit ich nach Haus und zu Bett gehen kann. Weiß Gott, Johnny, Sie sollten mehr Vernunft im Kopf haben!«

Als sie mit dem Koffer der Drogistin abfahren wollte, steckte sie plötzlich noch den Kopf zum Wagenfenster heraus.

»Johnny!« rief sie.

»Was ist denn noch?« fragte Johnny gereizt, schlug den Jackenkragen hoch und lief über den Bürgersteig ans Auto.

»Sagen Sie doch mal, Johnny, warum haben Sie keine Bilder an den Wänden?« fragte sie mit Unschuldsmiene.

»Frag meinen Arsch!« zischte Johnny giftig und ging aufs Haus zu.

»Johnny!« rief sie. »Johnny, wollen wir uns nicht einen Kuß geben und wieder gut Freund sein?«

»Küß meinen Arsch!« brüllte Johnny und knallte die Haustür zu.

Am folgenden Tag um die Mittagszeit ging Johnny in sein neues Geschäft. Er hatte sich absichtlich so lange ferngehalten. Die Drogistin beugte sich über den Ladentisch und bediente mit ihrem hübschen, rücksichtsvollen und nonnenhaften Lächeln einen Kunden, und als sie ihn eintreten sah, lächelte sie ihm reizend zu. Ein betörendes Lächeln! Es füllte Johnnys Herz bis an den Rand mit Bitterkeit! Nicht ein Härchen an ihr hatte gelitten, und was für eine Nacht hatte er ihr zu verdanken! Er wartete, bis der Kunde gegangen war, und bat sie dann, mit ihm in das Zimmer nebenan zu kommen. Sie folgte ihm gehorsam mit erhobenem Haupte und dem gleichen Lächeln auf den Lippen.

»Sind Sie dort gut untergebracht, wo Sie jetzt wohnen?« fragte er barsch.

»Doch, sehr behaglich, Mr. Desmond, besten Dank!« erwiderte sie eifrig.

»Mit gestern abend – das war ein Irrtum«, sagte er, lüftete die Mütze und kratzte sich seinen kurzgeschorenen Schädel. »Es war mein Fehler. Ich mache mir die größten Vorwürfe! Es hätte mir in den Sinn kommen sollen. Aber ich mach's wieder gut und geb Ihnen mehr Gehalt.«

»Oh, das ist nicht nötig«, rief sie. »Es handelt sich nämlich gar nicht um mich. Es ist wegen Pappi. Er würde mich umbringen, wenn er es gemerkt hätte.«

»Nicht für tausend Pfund möcht ich, daß Sie denken könnten, ich hätte etwas Unrechtes beabsichtigt«, fuhr Johnny langsam mit halberstickter Stimme fort. »Wenn Sie gestern abend mit Vater Ring gesprochen hätten, anstatt mit der – der – die Sie gesehen haben, (der Name der Ärztin wollte ihm nicht über die Lippen) »dann hätte er Ihnen das gleiche gesagt. Wenn ich einen Fehler begangen habe, dann nur deshalb, weil mir so etwas nie in den Sinn gekommen wäre. Nie in meinem ganzen Leben habe ich mich mit so etwas befaßt.«

»Mr. Desmond«, sagte sie ehrlich bekümmert, »es tut mir sehr leid. Ich begreife jetzt, wie töricht ich war. Die Ärztin hat's mir auch gesagt.«

»Noch etwas, worüber ich mit Ihnen sprechen wollte!« Johnny zog sich einen Stuhl heran, stellte seinen Fuß darauf, stützte den Ellbogen aufs Knie und verkrampfte dann seine Hände, während er sie ansah. »Ich wollte es Ihnen weder jetzt noch in der nächsten Zeit sagen, wenigstens nicht eher, als bis Sie Zeit gehabt haben, sich umzuschauen und zuzusehen, was für ein Mann ich bin und was für ein Heim ich habe. Ich scheue keine Erkundigungen. Ich verhehle Ihnen nichts. So ein Mann bin ich nämlich. Aber nachdem Sie nun die gewissen Menschen kennenlernten und nachdem sie vielleicht zu Ihnen über mich gesprochen haben«, fuhr er fort und wurde beim bloßen Gedanken an die Ärztin dunkelrot, »muß ich es schon jetzt sagen. Es bleibt mir keine andere Wahl. Das ist also das Haus«, sagte er und machte eine umfassende Handbewegung. »Sie können sich selbst überzeugen, wie es ist.«

»Oh, es ist ein wunderschönes Haus, Mr. Desmond«, sagte sie begeistert und war sehr gespannt.

»Vielleicht fällt es Ihnen auf, daß ich noch keine Bilder an den Wänden habe«, sagte er. »Das ist eine Angelegenheit, die ich lieber Ihnen überlassen möchte.«

»Verzeihung«, fragte sie verwirrt, »möchten Sie, daß *ich* die Bilder für Sie auswähle?«

»Ich möchte, daß Sie *mich* wählen, mein gutes Kind«, sagte Johnny leidenschaftlich und stieß den Stuhl in die andere Zimmerecke. »Deshalb habe ich Ihnen vor allen andern Drogistinnen in Dublin den Vorzug gegeben. Ich wußte ganz genau, daß Sie die einzige sind, die mir gefällt.«

»Oh, Mr. Desmond, das kann ich aber nicht«, rief sie ängstlich und trat einen Schritt zurück.

»Warum können Sie nicht?« fragte er.

»Oh, Pappi würde es niemals erlauben. Er sagt, ich darf erst heiraten, wenn ich dreißig bin.«

»Ich werde mit Ihrem Vater sprechen«, sagte er.

»O nein, bitte, tun Sie das nicht«, bat sie, fast in Tränen aufgelöst. »Ich weiß, daß er's nicht erlauben würde, und überhaupt will ich selbst auch gar nicht heiraten, Mr. Desmond! Wirklich nicht! Ich möchte in ein Kloster gehen oder sonst was tun, aber ich will nicht heiraten!«

»Sagen Sie nicht nein, ehe Sie sich umgeschaut haben«, meinte Johnny listig. »An mir hätten Sie einen guten Ehemann. Ich hab ein Vermögen beisammen, und wenn ich sterbe – falls es Gottes heiliger Wille ist, daß ich vor Ihnen sterbe –, dann sind Sie die reichste Witwe hierzulande! Und ich würde Ihnen keinerlei Fesseln auferlegen!« sagte er leidenschaftlich. »Wenn ich tot bin, gehört Ihnen alles, was ich habe, und Sie können damit machen, was Sie wollen. Wenn Sie sich wieder verheiraten wollen, würde ich Sie nicht daran hindern!«

»Oh, bitte, bitte«, sagte sie und weinte fast, »ich will ja überhaupt nicht heiraten! Ich bin zu jung, und außerdem hab ich einen Freund in Dublin, und er sagt, er will mich heiraten, sowie er eine Stelle hat.«

»Denken Sie darüber nach«, rief Johnny verzweifelt, »Sie werden vielleicht noch anderer Ansicht!«

»Ja, Mr. Desmond«, sagte sie gehorsam, als ob er ihr befohlen hätte, zu einer andern Stunde Mittagspause zu machen. Doch er wußte, daß sie nicht anderer Ansicht würde, und schon ging sie rückwärts aus dem Zimmer, als ob sie Angst hätte, er könne auf sie springen. Jetzt war er überzeugt, daß ein Fluch auf ihm lag. Mit seinem Glück war es aus, und sein schönes Haus und die Möbel waren vergebens da.

Er starb noch vor Ablauf eines halben Jahres, und in der Stadt erzählt man sich, er habe sich die Sache zu sehr zu Herzen genommen. Die Desmonds aus dem Bergtal verschleuderten sein Vermögen für Pelzmäntel und Autos. Nur die Ärztin glaubt, daß alles ihretwegen geschah und daß er eigentlich an gebrochenem Herzen gestorben sei. Gebrochene Herzen – das ist so recht was für Frauen!

Nachwort

Frank O'Connor, mit bürgerlichem Namen Michael O'Donovan, wurde am 17. September 1903 in Cork in Südirland als Sohn eines aus dem britischen Heeresdienst entlassenen, stattlichen Mannes und dessen Frau Minnie geboren. Er wuchs in der größten Armut auf, denn die Mutter mußte in fremden Familien arbeiten, um Mann und Sohn zu ernähren. Sie erkannte schon bald, wie begabt Michael war, und unterstützte sein kindliches Bemühen, sich durch Ausleihen von Büchern für Erwachsene in der Stadtbibliothek immer mehr Wissen anzueignen. Sein Lesehunger versetzte ihn in andere Welten, fern der kleinstädtischen Enge von Cork, wo er doch jahrzehntelang ausharren mußte. Dank der Förderung durch seinen einstigen Lehrer Daniel Corkery und dem Eintritt in die Gälische Liga lernte er die alte irische Kultur und Sprache kennen. Durch die zuerst noch heimliche Beteiligung am irischen Freiheitskampf gegen England und den Eintritt in die IRA galt er im 1922 gegründeten »Irischen Freistaat« als Rebell und geriet im anschließenden Bürgerkrieg in Gefangenschaft und in ein Internierungslager bei Dublin. Durch eigene Weiterbildung und durch Unterrichten seiner Lagergenossen konnte er bald Übertragungen alter gälischer Gedichte im Dubliner *New Statesman* veröffentlichen.

Nach seiner Freilassung bot sich ihm Gelegenheit, sich als Hilfsbibliothekar in Sligo und Wicklow ausbilden zu lassen. Auf dem Posten des einzigen Bibliothekars in Cork versuchte er, mit der erstickenden Kleinstadt-Atmosphäre aufzuräumen, gründete ebenso autoritär wie begeistert einen Theater-Verein und schrieb – vorsichtshalber unter seinem Pseudonym Frank O'Connor – seine erste Erzählung *Eine kleine Grube im Moor,* der er im Englischen den anprangernden Titel *Gäste der Nation* verlieh und die später seinem ersten berühmten Erzählband den Titel gab. Sein kritischer Geist und seine dichterische Begabung verschafften ihm die treue Freundschaft des alten George Russell, Redakteur am *New Statesman.* Dieser verhalf ihm zum begehrten Posten als Bibliothekar an der noch zu gründenden Dubliner Pembroke-Bibliothek und vermittelte ihm die Bekanntschaft des großen Dichters William Butler Yeats, der im Direktorium des Abbey-Theaters war, so daß er Zugang zu dessen literarischen Abenden bekam.

Weitere Erzählungen folgten, die allgemein beliebt waren und regelmäßig vom irischen Rundfunk gesendet wurden. Aber durch seine Ehe mit der ihm nicht kirchlich angetrauten Schauspielerin Evelyn Speaight brüskierte er in seiner selbstherrlichen Einstellung den Dubliner Klerus (wie auch die Zensurbehörde und die Regierung) und verlor seine guten Beziehungen zum Rundfunk, so daß er schließlich mit seiner kleinen Familie auf die Einnahmen seiner Frau am Gate-Theater – und auf die kleine Pension seiner Mutter angewiesen war –, denn die treue Minnie war zu ihnen gezogen und hütete die Kinder. Seine Bücher kamen auf die Schwarze Liste der Zensurbehörde. Zuerst wurde ihm noch die Arbeit für den britischen Rundfunk gestattet; während seiner Tätigkeit in London hatte er sich in die englische Lehrerin Joan verliebt, so daß er bald eine englische und eine irische Familie hatte. Evelyn hatte ihm drei Kinder geschenkt, und Joan sollte ihn bald mit der Geburt des kleinen Oliver (des Helden in der Geschichte *Mein Ödipus-Komplex*) beglücken und doch auch in die größte Bedrängnis stürzen. Seine nach und nach entstehenden Kindergeschichten *Mein Studium der Vergangenheit, Ein Mann von Welt, Der Idealist* und *Die erste Beichte* wurden aber nur zum Teil durch Erlebnisse mit seinen Kindern angeregt – zum Teil wurde der Dichter dadurch auch an seine eigene Jugend erinnert und nannte sich in einigen Stories »Larry«. Die nachsichtige Evelyn hatte dem von Zweifeln zerrissenen Dichter einen Liebesdienst erwiesen, indem sie hinter seinem Rücken ein soeben fertig gewordenes Manuskript einer Erzählung an die berühmte amerikanische Zeitschrift *The New Yorker* schickte. Dort war man so begeistert, daß der Autor sofort um das Recht auf Erstveröffentlichung seiner Erzählungen gebeten wurde – was im Laufe der Jahre jeweils ein sagenhaft hohes Honorar für siebenundvierzig Erzählungen einbrachte.

Doch jetzt hielt Evelyn trotz aller Großzügigkeit den Zeitpunkt für eine Trennung für gekommen. Der bloße Gedanke an Scheidung versetzte O'Connor in rasende Wut, aber Evelyn ließ sich nicht einschüchtern und zog mit den Kindern in ein Cottage in den Bergen. O'Connor verließ das öde Haus in Dublin und fuhr zu Joan nach England, bis er auf den Gedanken kam, für seine Mutter ein Haus in einer städtischen Siedlung in Dublin zu erwerben. Joan richtete das erst halbfertige Haus ein und mochte vielleicht ein harmonisches Zusammenleben erwarten, denn Minnie liebte die gütige Joan sehr. Doch weil Evelyn einen Prozeß wegen der drei Kinder eingeleitet hatte, war O'Connor gereizt und nervös und konnte nicht arbeiten. Auch allerlei Ärger und Mißgeschick in Dublin bestimmten den Autor, das Haus wieder zu verkaufen und in ein ihm zur Verfügung gestelltes Häuschen in England zu übersiedeln, wo er mit der kleinen Familie die Erfüllung eines bereits angebahnten Plans für seine Zukunft abwarten wollte. Sowie die Aufforderung an ihn erging, in Harvard und an den Northwestern Universities als Gastprofessor Vorlesungen zu halten und Kurse in »Schöpferischem Schreiben« zu erteilen, reiste er im Sommer 1952 sofort ab, denn er wußte Mutter und Söhnchen bei der tüchtigen Joan gut aufgehoben.

Seine Vorlesungen wurden zu einem öffentlichen Ereignis: der Mann mit der sonoren Stimme mit Corker Akzent, der seine Textbeispiele aus der Literatur mit so dramatischer Begeisterung vortrug, füllte die Hörsäle nicht nur mit Studenten, sondern auch mit Zuhörern aus der Stadt. Obwohl seine eigenwilligen Ansichten den Fakultätsprofessoren zu umstürzlerisch vorkamen, wurde er doch zur Wiederholung im folgenden Jahr verpflichtet. Unter seinen Zuhörern hatte sich eine blutjunge Studentin befunden, Harriet Rich aus einer prominenten Familie in Annapolis, die ihm jetzt täglich Briefe nach England schickte – die er täglich beantwortete (obwohl er sich Joan gegenüber verpflichtet fühlte). Als er nach seinem Amerika-Aufenthalt zurückkehrte, fand er seine Mutter schwer leidend vor. Sie starb in Joans Armen, und O'Connor brachte den Sarg mit ihrer Leiche nach Cork: diese Heimschaffung wurde später Anlaß zu der Erzählung *Die lange Straße nach Ummera* und ist auch in seiner ersten Autobiographie *Einziges Kind* (Diogenes Verlag) erschütternd dargestellt.

Im weiteren Zusammenleben mit seiner »englischen« Familie wurde der Autor immer nervöser: er konnte nicht so arbeiten, wie er wollte, und die gescheite Joan begriff, daß er nie zu einem Entschluß kommen würde. Sie verließ ihn mit ihrem kleinen Oliver und zog zu einer Freundin, während er mit seinem ältesten Sohn Myles, der ihm laut Gerichtsentscheid zugesprochen war, auf die mit Telegramm herbeigerufene Harriet wartete. Sie heirateten und übersiedelten nach Amerika.

Dort begann für den ohnehin nicht sehr gesunden Autor ein anstrengendes Leben: seine Erzählungen waren in Amerika so beliebt, daß er ständig mit Harriet unterwegs war, um den begeisterten Hörern vorzulesen. Die Amerikaner, zum Teil Nachkommen irischer Einwanderer, liebten es, die Schilderungen irischer Typen zu hören, so in den Geschichten *Bauern* oder *Ja, das Gesetz*; oft sind sie mit Ironie und Bosheit gespickt, wie *Und freitags Fisch* oder *Johnny baute sich ein Haus*. Auch *Der Zankapfel* wurde stets mit stillem Vergnügen genossen: solche Großmütter hatte wohl mancher Ire gehabt, ja vielleicht O'Connor selbst, wie man nach der *Die erste Beichte* mit den lebenswahren Haßgefühlen des kleinen

Jungen vermuten könnte. Obwohl der Autor stets erklärte, ihn interessiere allein der Mensch, beweist die geheimnisvolle Erzählung *Michaels Frau,* daß er auch ein Auge für die Natur hatte.

Doch mit den anstrengenden Vortragsreisen war es noch nicht getan, auch das Klima setzte dem seit seiner entbehrungsreichen Jugend stets anfälligen O'Connor zu, vor allem in Annapolis, wo er ausharren mußte, weil Harriet dort, in der Nähe ihrer Eltern und des Hausarztes, ihr erstes Kind zur Welt bringen wollte: ein kleines Mädchen mit dem irischen Namen »Hallie-Óg« (die »Kleine Harriet«). Bald reiste der Autor mit seinen beiden »Hallies« nach Irland und nahm in Dublin eine Wohnung. Der stolze Vater schob den Kinderwagen durch die Straßen und wurde für den Großvater gehalten. Nach der Rückkehr gab er das Herumreisen noch nicht auf, bis er im März 1955 den ersten Anfall von *Angina pectoris* hatte. Die besorgte Harriet zwang ihn, sich in die Obhut des Hausarztes in Annapolis zu begeben, aber er meinte, nur die Heimat könne ihm helfen, und nahm die Einladung eines alten Freundes zu einer Junggesellenreise durch Südirland an. Einzig O'Faolain war nicht dabei, und Eileen O'Faolain »schnitt« ihn förmlich – wohl wegen O'Connors so ausschließlicher Hinwendung zu den USA, seitdem er mit Joan und Minnie in Dublin gewohnt hatte.

In New York begannen die Besprechungen wegen eines Vorabdrucks von ungefähr 50 Seiten aus der fast abgeschlossenen Autobiographie *Einziges Kind.* Als Professor Stegner den Autor einlud, während eines Semesters an der Stanford-Universität Vorlesungen zu halten und Kurse zu geben, sagte er zu, und das milde kalifornische Klima behagte der ganzen Familie. Trotz des hohen Honorars konnte er sich nicht entschließen, noch ein zweites Semester zu bleiben. Es zog ihn unwiderstehlich nach Irland. Sie übersiedelten 1961 endgültig nach Dublin. Die um ihn besorgte Harriet fürchtete eine Wiederholung der Schwindelanfälle und suchte – vergebens – ihren Autor vor Überanstrengung und zuviel Tabak und Alkohol zu bewahren. Aber er arbeitete jetzt – als nun auch in der Heimat berühmter Schriftsteller – unermüdlich weiter, beteiligte sich weitgehend an einem Dokumentaarfilm über W. B. Yeats, hatte wieder einen Schwindelanfall und sagte zu, im Trinity College Vorlesungen zu geben. Die Universität verlieh ihm den Ehrendoktor, was er – als reiner Autodidakt – mit Befriedigung vermerkte. Nach seinem letzten, stark vom Publikum besuchten Vortrag begleiteten ihn Harriet und der besorgte Arzt nach Hause. Als er das Ruhebett aufsuchen wollte, schlug er zu Boden. Es war der 10. März 1966. An seinem Grabe sprach ein junger Dichter die feierlichen Worte eines gälischen Gedichts, das O'Connor vor Jahren übersetzt hatte.

Elisabeth Schnack

Bitte beachten Sie auch die folgenden Seiten

Frank O'Connor im Diogenes Verlag

»Frank O'Connor ist einer der wenigen Poeten unter den Meistern der Kurzgeschichte.«
Norddeutscher Rundfunk, Hannover

»Wer seine Heimat so verewigt, der tut für Irland was Čechov für Rußland tat.« *William Butler Yeats*

»Frank O'Connor verdankt man einige der besten Kurzgeschichten unserer Zeit.« *Die Presse Wien*

Frank O'Connor, eigentlich Michael O'Donovan, wählte sein Pseudonym nach dem Mädchennamen seiner Mutter; er wurde 1903 in der südirischen Hafenstadt Cork geboren, nannte seine Schulbildung »unbedeutend« und las und lernte mit der Leidenschaft eines Autodidakten; im irischen Bügerkrieg kämpfte er auf republikanischer Seite, weshalb ihn die frisch konstituierte Republik Irland ins Gefängnis steckte; nach seiner Entlassung war er Bibliothekar, gründete ein Laientheater, wurde langjähriger Direktor des Abbey-Theaters – und einer der großen Autoren Irlands; im Alter folgte er einem Ruf an die Harvard-Universität, reiste aber immer wieder nach Irland, wo er 1966 in Dublin starb.

Und freitags Fisch
Erzählungen

Die Reise nach Dublin
Roman

Mein Ödipus-Komplex
Erzählungen

Eine unmögliche Ehe
Erzählungen

Eine selbständige Frau
Erzählungen

Brautnacht
Erzählungen

Meistererzählungen
Mit einem Nachwort von Elisabeth Schnack

Alle übersetzt von Elisabeth Schnack

Das James Joyce Lesebuch

Erzählungen aus ›Dubliner‹
und Erzählstücke aus den Romanen.
Aus dem Englischen von Dieter E. Zimmer,
Klaus Reichert und Hans Wollschläger.
Mit Aufzeichnungen von George Borach
und einer Betrachtung von Fritz Senn

Lesebuch und Auswahl aus der Prosa des frühen und mittleren Joyce zum Ausprobieren und Angewöhnen für Anfänger und Fortschreitende, für Neugierige, Besessene und alle, die sich bisher noch nicht getraut haben.
Dieser Querschnitt – in den renommierten Neuübersetzungen der Fankfurter Ausgabe von Dieter E. Zimmer, Klaus Reichert und Hans Wollschläger – bringt: – ›Eine kleine Wolke‹, ›Entsprechungen‹, ›Gnade‹ (drei Kurzgeschichten) und die schönste Novelle der englischen Sprache, ›Die Toten‹ aus *Dubliners* – zwei selbständige Abschitte und Höhepunkte aus dem Entwicklungsroman *Ein Porträt des Künstlers als junger Mann* – ein vollständiges Kapitel (›Hades‹) aus dem *Ulysses*, dem ›Welt-Alltag der Epoche‹ (Hermann Broch), dem ›Andachtsbuch für den objektgläubigen, objektverfluchten weißhäutigen Menschen‹ (C.G. Jung), dem ›bedeutensten Ausdruck, den unsere Zeit gefunden hat‹ (T.S. Eliot), dem ›ernstesten Welt-Buch der neueren Literaturen, das zugleich ihr welterschütternd-witzigstes ist‹ (Hans Wollschläger) – und als Dreingabe Aufzeichnungen von Gesprächen mit Joyce aus dem Züricher Jahr 1917 von Georges Borach, ein buchstabengetreues Joyce-Porträt von Paul Flora und abgeklärte Betrachtungen von Fritz Senn.

Liam O'Flaherty im Diogenes Verlag

Liam O'Flaherty, der ›irische Zola‹, 1897 auf den Aran-Islands geboren, von seinen Eltern zum Priester bestimmt und in einem Dubliner Jesuiten-Internat erzogen, wurde statt dessen Soldat der britischen Armee im Ersten Weltkrieg, dann Student, Schauspieler, Gelegenheitsarbeiter, Matrose und Weltenbummler, kämpfte im irischen Bürgerkrieg auf republikanischer Seite, floh, des Landes verwiesen, nach England und begann zu schreiben. 1931 erschien das sarkastische Resümee seiner Reise durch die Sowjetunion *Ich ging nach Rußland*; 1937 gelang dem »aristokratischen Sozialisten« mit dem historischen Roman *Zornige grüne Insel* eine »grandiose Sympathiekundgebung für den ewigen Kampf des Menschen um Brot, Freiheit und Menschenwürde« (*William Plomer*). Er starb 1984 in Dublin.

»Seine Geschichten atmen den Geruch des Meeres und des beißenden Qualms der Torffeuer. Auch wer noch nie in Irland war, wird dieses seltsame Land mit seinen tragisch-skurrilen Bewohnern nach der Lektüre von O'Flahertys Erzählungen lieben.«

Zornige grüne Insel
Eine irische Saga
Deutsch von Herbert Roch

Der Denunziant
Roman. Aus dem Englischen von
Heinrich Hauser

Meistererzählungen
Deutsch und mit einem Nachwort von
Elisabeth Schnack

Sean O'Faolain im Diogenes Verlag

»Es sind die Geschichten eines eleganten, nachdenklichen Erzählers von großem künstlerischem Format.«
Die Zeit, Hamburg

Sean O'Faolain, 1900 als Sohn eines Polizisten in der südirischen Hafenstadt Cork geboren, im Bürgerkrieg Bombenbauer für die Republik, Leiter des Nachrichtendienstes De Valeras, Harvard-Stipendiat, Dozent für englische Literatur in England und Amerika, Direktor des ›Arts Council of Ireland‹, ein Meister unter Irlands Meistererzählern, gehört zu den drei großen ›O's‹ der Literaturgeschichte: zusammen mit Frank O'Connor und Liam O'Flaherty bildet er das Dreigestirn des modernen anglo-irischen Realismus.

Sünder und Sänger
Erzählungen. Aus dem Englischen und mit einem Nachwort von Elisabeth Schnack

Trinker und Träumer
Erzählungen. Deutsch von Elisabeth Schnack

Lügner und Liebhaber
Erzählungen. Deutsch von Elisabeth Schnack

Brian Moore im Diogenes Verlag

»So unterschiedlich die Handlungsorte und -zeiten seiner Bücher sind, immer beschreibt Moore den Einbruch des Unheimlichen ins Alltagsleben. Mal ist es der Terror der IRA, mal die Konfrontation mit Wertvorstellungen einer ganz anderen Kultur, mal ein Traum, der plötzlich Realität wird. Dafür stand der große Argentinier Jorge Luis Borges Pate, den Moore zu seinen wichtigsten Einflüssen zählt. Und wie bei Borges scheint auch Moores Schreiben die Frage ›Was wäre wenn?‹ zugrunde zu liegen, die klassische Frage des wissenschaftlichen Experiments.«
Denis Scheck / Deutschlandfunk, Köln

Brian Moore, geboren 1921 in Nordirland, wanderte 1948 nach Kanada aus, wo er bis 1952 für die ›Montreal Gazette‹ als Reporter arbeitete. Heute lebt Moore mit seiner Familie als freier Schriftsteller in Kalifornien.

Katholiken
Roman. Aus dem Englischen von Elisabeth Schnack

Die Große Viktorianische Sammlung
Roman. Deutsch von Helga und Alexander Schmitz

Schwarzrock – Black Robe
Roman. Deutsch von Otto Bayer

Die einsame Passion der Judith Hearne
Roman. Deutsch von Hermann Stiehl

Die Farbe des Blutes
Roman. Deutsch von Otto Bayer

Die Antwort der Hölle
Roman. Deutsch von Günter Eichel

Ich bin Mary Dunne
Roman. Deutsch von Hermann Stiehl

Dillon
Roman. Deutsch von Otto Bayer

Die Frau des Arztes
Roman. Deutsch von Jürgen Abel

Kalter Himmel
Roman. Deutsch von Otto Bayer

Ginger Coffey sucht sein Glück
Roman. Deutsch von Gur Bland

Edna O'Brien im Diogenes Verlag

Das Mädchen mit den grünen Augen

Roman. Aus dem Englischen von Margaret Carroux

»Edna O'Brien läßt Kate die Romanze erzählen, aufrichtig im Schmerz und nicht ohne finsteren Humor. Mag die Autorin auch für die schlichten Beter, Raufbolde und Säufer ihrer Heimat wenig übrig haben – einige Halbkünstler und Viertelintellektuelle scheinen ihr noch lästiger zu sein.« *Der Spiegel, Hamburg*

»So alltäglich die Thematik ist, die Art, wie Edna O'Brien ihren Stoff anbietet, ist so ungemein aufrichtig, so fröhlich und tieftraurig, ohne daß die Gefühle der Erzählerin in Sentimentalität abglitten. Sie bleibt immer nüchtern und realistisch. Die Personen sind voller Leben: sie stellen sich dem Leser mit ihrer Sehnsucht, ihren Träumen, ihren Ängsten und ihrem Mut.« *Westdeutscher Rundfunk, Köln*

»Es ist erstaunlich, zu welch frühem Zeitpunkt eine ausgerechnet irische Autorin bereits bewußt und fast überdeutlich den Sex als des Pudels Kern dargestellt hat.« *Süddeutscher Rundfunk, Stuttgart*

Plötzlich im schönsten Frieden

Roman. Deutsch von Margaret Carroux

Plötzlich im schönsten Frieden ist das dramatische Porträt einer Frau, die sich für liebesunfähig hält; ein Roman aus Enthusiasmus, Melancholie und von einer Komik, die aus der detailgenauen Kenntnis der Alltäglichkeit kommt. Plötzlich im schönsten Frieden erfährt die ängstliche Willa die Leidenschaft, bricht Patsy aus dem Trott ihrer Ehe aus. Plötzlich im schönsten Frieden entsteht das Psychogramm einer Frau, die auszog, die Liebe zu lernen.

Meistererzählungen der Weltliteratur im Diogenes Verlag

● **Heinrich Mann**
Vorwort von Hugo Loetscher. Mit 24 Zeichnungen von George Grosz

● **Katherine Mansfield**
Das Puppenhaus
Ausgewählt, aus dem Englischen und mit einem Nachwort von Elisabeth Schnack

● **W. Somerset Maugham**
Ausgewählt von Gerd Haffmans. Aus dem Englischen von Kurt Wagenseil, Tina Haffmans und Mimi Zoff

● **Guy de Maupassant**
Ausgewählt, übertragen und mit einem Nachwort von Walter Widmer

● **Herman Melville**
Aus dem Amerikanischen von Günther Steinig. Nachwort von Hans-Rüdiger Schwab

● **Prosper Mérimée**
Aus dem Französischen von Arthur Schurig und Adolf V. Bystram. Mit einem Nachwort von V.S. Pritchett

● **Conrad Ferdinand Meyer**
Mit einem Nachwort von Albert Schirnding

● **Frank O'Connor**
Aus dem Englischen und mit einem Nachwort von Elisabeth Schnack

● **Liam O'Flaherty**
Aus dem Englischen und mit einem Nachwort von Elisabeth Schnack

● **George Orwell**
Aus dem Englischen von Felix Gasbarra, Peter Naujack, Alexander Schmitz, Nikolaus Stingl u.a. Ausgewählt von Christian Strich

● **Konstantin Paustowski**
Aus dem Russischen von Rebecca Candreia und Hans Luchsinger

● **Luigi Pirandello**
Auswahl und Nachwort von Lisa Rüdiger. Aus dem Italienischen von Percy Eckstein, Hans Hinterhäuser und Lisa Rüdiger

● **Edgar Allan Poe**
Aus dem Amerikanischen von Gisela Etzel. Auswahl und Vorwort von Mary Hottinger

● **Alexander Puschkin**
Aus dem Russischen von André Villard. Mit einem Fragment ›Über Puschkin‹ von Maxim Gorki

● **Saki**
Aus dem Englischen von Günter Eichel. Mit einem Nachwort von Thomas Bodmer und Zeichnungen von Edward Gorey

● **Alan Sillitoe**
Aus dem Englischen von Hedwig Jolenberg und Wulf Teichmann

● **Georges Simenon**
Aus dem Französischen von Wolfram Schäfer, Angelika Hildebrandt-Essig, Gisela Stadelmann, Linde Birk und Lislott Pfaff

● **Henry Slesar**
Aus dem Amerikanischen von Thomas Schlück und Günter Eichel

● **Stendhal**
Aus dem Französischen von Franz Hessel, M. von Musil, Arthur Schurig. Mit einem Nachwort von Maurice Bardèche

● **Adalbert Stifter**
Mit einem Nachwort von Julius Stöcker

● **Rodolphe Toepffer**
Ausgewählt und aus dem Französischen von H. Graef. Vorwort von Maurice Aubry. Mit vielen Illustrationen des Verfassers

● **Leo Tolstoi**
Ausgewählt von Christian Strich. Aus dem Russischen von Arthur Luther, Erich Müller und August Scholz

● **B. Traven**
Ausgewählt von William Matheson

● **Iwan Turgenjew**
Herausgegeben, aus dem Russischen und mit einem Nachwort von Johannes von Guenther

● **Mark Twain**
Mit einem Vorwort von N.O. Scarpi

● **Jules Verne**
Aus dem Französischen von Erich Fivian